風よ　あらしよ　下

村山由佳

集英社文庫

風よ　あらしよ　下

目次

風よ　あらしよ　下

第十二章　女ふたり

冷静な時に思い返せば、鼻で嗤《わら》ってしまうほど穴だらけでお粗末な理屈なのだ。

それなのに、目の前にいる男が吃《ども》りながら持論を熱く語り始めると、市子《いちこ》はどういうわけか何も言い返せなくなってしまうのだった。

一、お互いに経済上独立すること。
一、同棲《どうせい》しないで別居の生活を送ること。
一、お互いの自由（性的のすらも）を尊重すること。

それらを大杉栄《おおすぎさかえ》は、〈自由恋愛〉すなわちフリー・ラヴの三条件と称している。

「お互いが深い理解によって自らを律し、同時に相手の自由を尊重すれば、男を中心に妻と愛人とがそれぞれ満足して共存することは、か、可能なはずなんだよ。あり得ないと思うなら、僕が実験してみせようじゃないか」

けして好色な気持ちで言っているのじゃない、真の目的は習俗打破にある。権力者の支配を逃れて自由を手に入れようと思うなら、まず制度を否定し、世の中の固定観念を打ち崩さなくてはならない。自由恋愛はその一環なのだ。——大杉は自信に満ちた口ぶりでそう言う。

好色が目的ではない？　本当だろうか。たとえそれが本当だとしても、男にばかり都合のいい勝手な理屈であることに変わりないではないか。

堀保子《やすこ》という妻がありながら、わかったようなわからないような理屈で自分との関係を欲張ろうとする男を、厭《いと》わしいと思うのに振り払えない。離れている時は今度こそ訣《けっ》別《べつ》しようと何度も思うのだが、逢《あ》ってしまえばなし崩しだ。

「か、神近《かみちか》くんだけだよ。僕の理想をわかってくれるのは」そう大杉は言う。「保子はその点、駄目だ。愛人の存在なんかとうてい受け容《い》れられないと言っては、泣いたり騒いだりする。そんな通俗的な嫉妬なんか必要ないと言って聞かせるんだが、わからないらしい。しかしね、僕には保子も必要なんだ。あんなに情の深い、真心のある女はいない」

もう十年ほども連れ添っている糟糠《そうこう》の妻だ。獄に投じられることの多かった夫を支え、同志たちや係累の面倒まで見てきた姉さん女房を、大杉もまた大切にしている。病弱な彼女の代わりに布団の上げ下ろしや洗濯まで厭わずにやるとの噂《うわさ》だった。

「自由恋愛と言ったって、何も特別なことじゃない、要するに友人同士と同じ理屈だよ。

僕にはいろんな友人がいる。た、たとえば甲と乙がいるとして、それぞれの人物に対する僕の評価は当然違っているし、尊敬や親愛の度合いも違う。けれども甲乙二人が僕にとって友人であるという一点に関しては違いがないわけだ。か、彼らにしても、おのおの自分に与えられた尊敬や親愛の度合いを自然に受け容れた上で僕と付き合っているんであって、まさか甲が『大杉には親しい乙がいるのだから自分まで友人になるのはごめんだ』などという馬鹿なことは言いださんだろうし、乙にしたって『自分以外の友人を決して作ってくれるな』とは言うまい。どうだね、僕は何か間違ったことを言っているかい？　こんな単純明快なことが、どうして男女の間になるとたちまちややこしくなってしまうのかねえ」

僕は友人と恋人との間にたいした区別を設けたくないんだよ、というのが大杉の基本的な態度だった。そういう男だということを初めから承知で男女の仲になったのだろうと言われれば、市子としても何も言い返せない。が、実際には、初めから〈承知させられて〉こうなった、というほうが近い。

「か、神近くんは頭脳明晰《めいせき》だから、ちゃんとわかってくれるね。僕はきみのその冷静さが大好きなんだ」

そう言われるたびに市子はありもしない余裕を演じ、艶然と微笑《ほほえ》みながら頷《うなず》いてしまう。同時に胸の裡《うち》では、どうしたって頷く以外にないような言葉を向けてくる男を、

（ずるい）

と思う。

狡猾《こうかつ》というのとは違い、もとより罪悪感のようなものさえ備えていないようなのだ。持論を無邪気なまでに信じ込み、周りから馬鹿にされ反駁《はんばく》されるほど躍起になって証明しようとしている。

そんな男に何を言ってもどうせ無駄だ。疚《やま》しさを持ち合わせぬ相手をいくら責めたところで、どうせ通じるわけがない。――そう思っては、ああ、こういうのがいけないのだ、と市子の眉間は曇る。昔からよく頭でっかちだと言われてきたがまったくその通りで、自然なはずの感情を無理やり、理屈で導き出した答えのほうへとねじ曲げようとしてしまう癖がある。

心の動きに忠実になるのは怖ろしい。どこへ連れて行かれるかわからない。きみは冷静と大杉は言うが、市子は時折、身体《からだ》の奥底にどろどろとした熱くて赤黒い何ものかが滾《たぎ》るのを感じることがある。この先何があろうと、溶岩のようなそれを解き放つことだけはしたくないのだった。

大杉の妻・堀保子とは何度か会ったことがある。

あの頃、大杉は大久保に住んでいた。『東京日日新聞』の婦人記者として取材に訪れた市子は、夫人とともにこたつに入って書きものをしていた大杉との話を終えると、率直に感想を述べた。

「こんな立派な方々が、世間からまるで極悪分子のように誹謗《ひぼう》を受けているなんて、世の人たちの理解といったら何て幼いんでしょう。ほんとうに残念なことですわ」

大杉が口をひらいて何か言おうとした、それを保子が遮った。

「よけいなことを言ってないで、さっさとお帰りになって下さいな」

何が逆鱗《げきりん》に触れたのかいまだにわからない。彼ら社会運動家への好意のつもりで述べたことを厭味《いやみ》のように受け取られたのだとすれば悲しかったが、その場で夫人と言い争うわけにもいかない。困惑気味に謝罪して暇《いとま》を告げる市子を、大杉はちらりと見ただけで何も言わなかった。

二度目も、取材だった。大杉はたくさんの書物に埋もれてやはり原稿を書いていた。

夫人は留守らしく、姿が見えなかった。

安堵《あんど》した市子は前回よりも格段に楽な気持ちで取材を進め、懸命にペンを走らせながら、大杉の時々脱線する話に声をあげて笑った。

「その節は、たいへん失礼いたしました」

一段落したところで市子は言った。

「うん？　何のこと」

「前にこちらへお邪魔した時のことです。私の不用意なひとことで、奥様をご不快にさせてしまったようで」

「ああ、あったなあ、そんなことも」

大杉は、イッヒヒ、と息を引くようにして笑った。

「何も気にする必要はないよ。あれも、た、たまたま虫の居所が悪かったんだろう」

「そんな……」

「き、きみにだってあるだろ。そういう時が、つ、つつ月にいっぺんくらいはさ」

黒々とした眼《め》をぎょろりと回してみせる大杉を見て、市子は思わずぷっと噴きだしていた。

「まあ、ないと言えば嘘《うそ》になりますけれど」

「そうだろう?」

共犯者のような顔で笑った大杉が、いきなり首を伸ばすと、隣の部屋に向かって大声を出した。

「おーい保子、喉が渇いた。お茶をくれないか」

膝が座布団から浮くほど驚いた。このまま外へまろび出て、走って逃げて帰りたかった。まもなく襖《ふすま》がすっと開き、表情のない保子が盆に載せた湯吞《ゆの》みを運んできたが、市子の前に黙って置かれた茶はかろうじて色がついただけの出がらしだった。

初対面からどういうわけか敵意を抱かれ、現時点でもまったく良く思われていないのは明らかだが、正直なところ市子のほうでは今も、大杉の妻に対してほとんど悪感情を持っていない。身体の弱い保子と大杉の間にもう長らく夫婦の交わりがないことは察せられ、おかげで肉の嫉妬というものを抱かずに済んでいるせいもあるし、大杉が、知や教養の部分で市子のほうを評価してくれるのも大きかった。

見下すというほどではないが、数えで二十九の自分や三十二の大杉よりもさらにだいぶ年上である保子をどこかで軽んじる気持ちは、市子の自尊心を楽にした。むしろ大杉と一緒になって守ってやらねばならない相手のように思われ、そういう自身の傲慢さを自ら戒めてさえいたほどだ。もっと別の知り合い方をしていたなら、互いに親しく交わることもできたのかもしれない。人と人との間には、どうしようもない成り行きというものがある。

成り行きといえば、市子が婦人記者となるきっかけをもたらしてくれたのは尾竹紅吉《こうきち》だった。紅吉とは『青鞜《せいとう》』の時に知り合い、その後『番紅花《さふらん》』をともに創刊して今に至る。同性の友人の少ない市子が、めずらしく心を許しているのが彼女だ。

四年ほど前の「五色の酒事件」を機にひどく不本意な形で『青鞜』を去ることとなった紅吉だが、今では陶芸家の富本憲吉《とみもとけんきち》と結婚し、奈良に住んでいる。そのことを後から知らされても、市子は驚きこそすれ腹は立たなかった。紅吉がもう二度と新聞や雑誌のゴシップの種にされたくないと思っているのをよく知っていたからだが、紅吉とかつて恋人同然の親密な付き合いがあった平塚らいてうまでもがずいぶん後になるまでこの結婚のことを知らされなかったのは、また少し別の理由によるものだろう。意地っ張りの紅吉らしいと思った。

当の紅吉によれば、富本憲吉との縁は、数年前に彼女のほうから訪ねていったのがきっかけらしい。

「奈良の片田舎にこもって茶碗《ちゃわん》を焼いとるイギリス帰りの変人がいてる、ていうから、どんな人やろうと思て。いざ会《お》うてみたら、変人いうよりは奇人やった」

その時のよしみで、富本が『番紅花』の表紙絵や挿画を描いてくれることとなったわけだが、まさか二人があっという間に結婚しようとは思いもよらなかった。傷心を抱えたままだった紅吉を、富本が大きく包んでくれたのならいい。

そうこうするうち、一昨年の夏の初め、市子のもとに紅吉から手紙が届いた。ちょうど旧知の竹久夢二の家にいた時だった。怪訝《けげん》に思いながらひろげると、見慣れた元気いっぱいの筆で、『東京日日新聞』で婦人記者を探しているそうだから立候補してみてはどうか、もしその気があるなら履歴書を持って小野賢一郎氏を訪ねてみるように、といったようなことが書かれていた。

いったい何を言いだすのだ。小野賢一郎のことなら知っている。紅吉の知り合いで、それこそ〈五色の酒〉の記事を書いた張本人だ。そればかりか、らいてうらが後学のためにと出かけた吉原登楼についても、〈新しい女は女郎買いもする〉などと勝手に面白おかしく書き立てて、おかげで『青鞜』はどれほど世間から後ろ指を指される羽目になったか知れない。悪い人間ではないだろうが、小野が書いた記事によって最も大きな害を被ったはずの紅吉が、こんな縁を取り持とうとするとは……。

しかし――何と言っても〈婦人記者〉だ。市子は思わず、唾を飲み込んだ。こんなすごい話はめったにない、いや二度とないかもしれない。

ずっと、じれていた。通っていた英学塾の〈ミス津田〉こと津田梅子学長から、『青鞜』に加わったことを咎《とが》められ、危うく退学させられそうになり、卒業の条件として弘《ひろ》前《さき》の学校に赴任させられた。たった一学期でまたしても『青鞜』でのことが問題になり、県立高女がそういう人を教師として置いておくわけにはいかないのだと言われて東京に舞い戻った。その後、『番紅花』という小さな生きがいができ、続けようと努力してはいたが先のことがまるで見えず、習俗に従いたくはないのに何をすればいいかわからない、もっと学びたい、自分を高めたい、そう願うばかりで息が詰まりそうだった。

何はともあれと、市子は紅吉の指示のとおり履歴書を持って有楽町へ出かけた。通されたのは新聞社の二階応接室だった。

社会部長の面接を受け、問われたことにきっちり背筋を伸ばして返答し、生まれは長崎だと話していると、唐突に訊《き》かれた。

「ちなみに、子どもの頃のあだ名は何だった？」

どういった狙いの問いかけだろう。市子は少し考え、結局、正直に答えた。

「〈おとこおなご〉です」

「ほう？　それはまたどうして」

「子どもの頃からしょっちゅう高い木に登っては怒られていましたし……教室で、女の子をいじめていた男子の鞭《むち》を奪い取って、その子を反対に泣かしてしまったりもしたからだと思います」

校長室に呼ばれて叱られたと話すと、社会部長は意外そうな顔をした。

「しかしきみはその時、友だちの女の子をかばったわけだろう？」

まさしくそうだったのだが、佐世保から三里も離れた海辺の田舎では、そのような理屈は通用しない。校長は、市子を前に言ったのだった。

〈神近、きみは男女同権をふりまわすそうじゃが、何か考えがあってのことか〉

男女同権？　そんな難しい言葉など、その時初めて聞いた。ぽかんとしている市子に、校長は続けた。

〈日本人である限りはな、日本の教えを守らねばならん。この国では、女は男に従順であることが美徳とされておる。じゃじゃ馬のアメリカ女なんぞをまねて、やれ同権じゃ、男は横暴じゃと騒ぐなど言語道断たい〉

市子は腹が立ち、思わず言い返した。

〈男女同権とは何ですか。私は、そがんふうにせろと言ったことなんかいっぺんもありまっせん。男の子が暴れていたから叱りました。それがいけんかったといわすとでしょうか〉

〈男の子のほうもようなか。ばってん、男の子が殴ったから殴り返さねばならんという考えは、男女同権たい〉

〈それがそうなら、私には男女同権が悪かこととは思えまっせん。ばってん、男の子を

泣かしてはいけんばおっしゃるなら、これからはいたしまっせん〉

あらましを話して聞かせると、社会部長は何がおかしかったのか上を向いて笑いだし、ややあって言った。

「よし。採用」

見習い期間中の給料は四十円程度と聞かされ、では一人前になったらそれ以上もらえるのかと思うと、帰り道は雲を踏んでいるような心地がした。

めまぐるしい日々の始まりだった。七月二十八日にはオーストリアがセルビアに、続いて八月二十三日には日本がドイツに宣戦布告して、刻々と変わる戦局に、『東京日日新聞』は初めて青島《チンタオ》戦線に従軍カメラマンを派遣した。

初めは、記事の書き方もわからなかった。記者としての市子に最初に課せられた仕事は、日本基督《キリスト》教婦人矯風会《きようふうかい》の会頭である矢島楫子《かじこ》女史へのインタビューで、もともと英学塾時代からの知り合いだったので初仕事のわりには緊張せずに済み、たっぷり聞かせてもらった話をそのまま詳細に記して提出した。すると例の小野賢一郎が、原稿用紙が真っ赤になるまで朱筆を入れて突っ返してきた。

「連載小説でも書いたつもりか。こんな小さな字で長々と書かれても組むに組めんよ。もっと大きな字で簡潔に書き直してくれ」

言われて、初めて覚《さと》った。新聞記事というものは、原稿用紙の半分ほどの大きさの藁《わら》半紙《ばんし》に、大きな字でせいぜい四、五十字程度しか書かないものなのか。しかも、小野に直されたところを読むと、いちいち悔しいほどもっともな指摘ばかりなのだ。

市子はその一度きりで、記事の書き方のコツを呑みこんだ。


大杉栄と親しくなったのは、翌大正四年（一九一五年）の夏だ。宮嶋資夫《すけお》・麗子《うらこ》夫妻に誘われて参加した、「仏蘭西《フランス》文学研究会」でのことだった。

麗子は、結婚前は八木という姓で、『万朝報《よろずちょうほう》』の記者であり、また妹の佐和子とともに『番紅花』の同人でもあった。親しくしていた市子は小石川にあった新婚家庭にも出入りし、そこで辻潤《つじじゅん》や山川均《ひとし》、安成貞雄《やすなりさだお》と二郎の兄弟などとも出会って話すうち、だんだんと社会主義について興味を持つようになっていた。

「ははぁん、き、きみだったのか」

研究会が終わると、大杉は髭《ひげ》を撫《な》でながら言った。

「だいぶ前に、安成二郎くんが言ってたんだ。英学塾の生徒で、焼き芋をかじりながら『近代思想』を読む人がいると。それが、か、神近くんだったとはね、いやはやなるほど」

「そんなの安成さんの嘘ですよ。私、お芋なんかかじってません」

思わず顔を赤らめて反論すると、大杉はまた、イッヒヒ、と笑った。

「芋はともかく、その人が今や婦人記者とは恐れ入ったもんだ。噂は聞こえてくるよ。じつに優秀だって」

「お恥ずかしい限りですわ」

「それだけご活躍なら、足を引っぱろうとする奴《やつ》もいるんじゃないか」

市子は苦笑した。

「そうですね。中には」

「きみに仕事を奪われた嫉妬から、か、陰で意地悪をする男とか」

何か言うと角が立ちそうで黙っていると、大杉はやれやれと嘆息した。

「まったく、およそ人の持つ感情の中で、嫉妬ほど始末に負えないものはないね。男のそれはなおさらだ。仕事の機会を奪われるとしたらそれは、か、神近くんが女性だからではなくて、そいつの能力が低いせいだろう。何も臆することはない。きみは思う存分、好きなようにやるといいよ」

思いがけなく向けられた親身な言葉に胸が詰まった。ありがとうございます、と頭を下げる。すると横から麗子が言った。

「ねえ大杉さん、この人、謙遜するけどほんとうに優秀なのよ。新聞社でもすっかり期待されていて、女だからって婦人面の記事なんかじゃなく、男性に交じってあっちこっちへ談話をとりに送り込まれるの。今どきの知名人にはおおかた会ってるんじゃないかしら」

「おおかた、というのはさすがに大げさですけど」

「だってあなた、あの首相とも会見をしたそうじゃないの」

「ええ、まあ一応」

大杉は、興味深げに市子を見た。

「人間はどうだったね、大隈は」

わずかに迷ったものの、市子は感じたままを言った。

「とんでもない狸《たぬき》おやじでした」

「ほう」

「せっかく早稲田のお屋敷まで取材に行ったのに、こちらが婦人の解放や参政権について訊いても露骨にはぐらかすし、勝手に科学の進歩がどうとかどうでもいいことばかり喋《しゃべ》っておきながら、時間が来たら『さあ次！』って。まったく政治家ときたら、ろくなもんじゃありませんわね。あんなものになろうっていう人の気が知れませんよ。この国を良くしようとか、貧しい人たちの暮らしを楽にしようなんて、ぜんぜん本気で考えてやしない。そういうことをちゃんと考えようとしているのは、あなたがた社会主義者のほうだってことがつくづくとよくわかる会見でしたわ」

麗子が、ほらね、とでも言いたげに大杉を見るのがわかった。

その日以来、市子はほとんど欠かさず研究会に出席するようになった。仏語や仏文学を研究すると言いながら何のことはない、テキストはジョルジュ・ソレルの『暴力論』であったりロマン・ロランの『民衆芸術論』であったりと、要するに中身はサンジカリズム運動の勉強会も同然で、どれもが市子にとっては大いに刺激的だった。

しかしその間にも、大杉や荒畑寒村《あらはたかんそん》らが復刊した第二次『近代思想』は、出すたびに当局から発行禁止処分を受ける。作ったものが売れないのでは困窮してゆくばかりだ。

同志の間からも、「こうなったら出せるものを出したらどうだろう」と遠回しな意見があったようだが、それを聞いて大杉は激昂《げきこう》した。

「ふざけるなと言いたいね。そんなことを言ってくる奴らは同志でもない、もはや友人でもない。こ、こっちだってそうそう無茶なものを編集しているわけじゃない、あれでもずいぶん我を折った、僕としては恥じ入るばかりの妥協に満ちた代物なんだよ。それなのにまた発禁とは、される僕が悪いのか、する政府が悪いのか……」

研究会の帰り道、彼は市子を送って停留場まで歩きながら悔しい胸の裡を吐き出した。

「ひとつ確かなのは、こういう時に編集した側の僕を責めて、その結果として政府の味方をしているような奴は最低だってことだ。そうやって迎合するような輩《やから》ばかりだから、け、権力者が遠慮なく力をふるうような世の中になっちまうんだ。自分で自分の首を絞めてるってことにどうして気づかんのかね。荒畑ともよく嘆くんだが、最近はもう暖簾《のれん》に腕押しというか、運動をしていてもまるで手応えがない。ほんものの同志がいなくなってしまった。あの大逆事件以来、なおさらだよ。迫害の恐怖に怯《おび》えて、実際的運動どころか皆まったくの惰性に陥ってしまっている」

市子は、できるだけ黙って聞くに徹し、感想は控えた。かつて、へたに同調したばかりに夫人の保子から〈よけいなことを〉と咎められたのが忘れられなかった。

大杉らはむろん警視庁に対して、いったいどの記事が禁止処分の対象なのか、それとも主義者だというだけで何もかも禁止するつもりかと厳重抗議したらしい。予想されたことだが、まともな返答は一度もなかった。

その年の師走の半ば、大杉と保子は逗子《ずし》の桜山へと住所を移した。雑誌発行人としての保証金が東京よりも安くあがるためだ。週に一度、研究会の行われる土曜から日曜にかけて上京してくるのだという。

その一度目の週末、散会となった後で、市子は大杉や青山菊栄《きくえ》らを麻布の自分の家へ招いた。新聞社に就職した時点では、芝区にある大工の家の二階に下宿していたが、ちょうど研究会に顔を出し始めた頃に麻布へ転居したのだ。たまには客人も迎えてみたい。古い板塀に囲まれた六畳と四畳半の離れで、隣には小野賢一郎と夫人が住んでいた。

そのすぐ翌日、今度は大杉一人がぶらりと訪ねてきた。逗子への帰り際に寄ったのだと言う。

朝のうちに近くまで用事のあったおかげで、市子は仕事の時と同じ小綺麗《こぎれい》な縞《しま》の御召《おめし》を着ており、そのことに胸を撫で下ろした。

「昨夜ね。あの後の会合で飲んでいたらね……」

庭に面した四畳半の縁先で、大杉は市子の出した茶を啜《すす》りながら含み笑いをした。

「ああ、いやや、すまない。何でもないいんだ」

「何ですか。気になるじゃありませんか」

「た、たいしたことじゃないから」

「そうだとしても、言いかけたことはちゃんと言って下さらないと困ります」

はなから話したくてたまらぬから切りだしたに違いないのだ。市子がじっと横顔に目を当てていると、案の定、大杉は再び話しだした。

「だから、昨夜ね。飲んでいる席で、ある先輩が言ったんだよ。『大杉と神近はいったいどういう関係なんだ、怪しいんじゃないのか』って。酔っぱらいのたわごとなんだが、尻馬に乗っかる奴らもいて、ちょっとばかり弱った」

市子は内心ぎょっとなったが、その狼狽《ろうばい》が自分の心のどのあたりから生じたものかわからなかった。余裕のあるところを見せようとして言った。

「それはそれは、災難でしたこと。皆さんに誤解をさせてしまったのが、もしも私のせいならごめんなさいね」

「いやいや、そういう意味で話したのじゃないよ。災難なんてことはない。むしろ僕としては、ご、誤解されて嬉《うれ》しかったほどだ」

「嬉しい？　まさか」

びっくりしてへんな笑い声をたててしまった市子を、大杉が真顔で見る。慌ててごまかそうと、

「おかしなお世辞をおっしゃるものだわ。じゃあこの際、噂を実際にやりましょうか

ね」

　言ったそばから、おそろしく後悔した。

「え？」

　と訊き返す大杉に向かって、引き攣《つ》った作り笑いを重ねる。

「いやだ、嘘ですよ、冗談です」

「冗談なの？」

「当たり前でしょう。私のような者と噂が立ってはご迷惑でしょうし」

「どうして」

「どうしてって……だってこんな、頭でっかちの嫁《い》き遅れ。この通りノッポでちっとも美人じゃないし、そんな女をつかまえて怪しいだなんておかしくって」

　軽口に紛らわすつもりが、言えば言うだけ、自分の耳にも深刻で悲痛な自虐を重ねているように聞こえる。身の置き所のない羞恥《しゅうち》に首筋まで染まるのをどうすることもできず、市子はますます狼狽《うろた》えた。消えてしまいたかった。

　と、大杉が、身体ごとこちらを向いた。

「き、きみはまさか、自分のことを美しくないとでも思っているの？」

「よして下さいよ、そんな話」

「そっちが始めたんじゃないか。ねえ、なんだってそんなふうに思うの？」

　市子は目を背け、うつむいて答えずにいた。

大杉もそれ以上の追及は断念したようだ。やがて、さりげなく他の話を始めた。

気がつけば数時間がたっていた。陽《ひ》が傾いてからようやく腰を上げた大杉を、市子は新橋まで見送りに行った。停車場の人波をかきわけ、大杉が汽車に乗り込む。

車窓越し、互いに何か言いかけてはうつむき、またちらりちらりと目を見交わすうち、市子はふとおかしくなってきた。もう今さら、冗談に紛らせるのも白々しいように思える。

「なんだか、恋人同士の別れみたいね」

大杉がはっと顔を上げると同時に、汽笛が長々と鳴り響いた。

一日一日が今ほど長く感じられたことはなかった。週末というものが週に一度しかめぐってこないのが恨めしく思われるほどだった。

ようやく巡ってきた翌週の日曜日は『近代思想』の校正の出る日で、研究会が済むと市子は大杉を手伝って仕事をし、日本橋の料理屋で一緒に食事をした。

これまでにない親密さに胸がときめき、一瞬一瞬を大切に味わっていたというのに、おおよそ食べ終わろうとする頃になって大杉は言った。

「念のために言っておくが、こ、このあいだ話したことは、何もきみに恋愛をしているという意味で言ったんじゃないんだ」

市子にはそれが具体的にどの発言を指しているのかわからなかった。黙っていると、大杉はなおも弁解がましく言った。

「手紙にそういうことをちゃんと書こうと思ってたんだが、いざ説明しようとするとそれ自体が恋文みたいに受け取られそうで止《よ》した」

どういう言い草かと思った。

「私、そんなに自惚《うぬぼ》れ屋に見えまして？　あなたがご自分の心を恋愛じゃないとおっしゃるなら、それを信じます。本心を隠した恋文じゃないかしらなんて、自分に都合のいい邪推はしませんわ」

「自分に、都合のいい？」

「ええ、そうですとも。私は正直が取り柄ですから、今さら無駄な言葉を弄して真実を覆い隠したりいたしません。自分の気持ちがあなたに惹《ひ》かれていることを、ごまかしたりもしません。ここまで来たら、生まれて初めてこの心に起こっていることの意味をしっかり見極めたいと思うだけです」

大杉は、唸《うな》っただけで何も言わなかった。

それが、数時間前のことだ。料理屋の前で、大杉とはぎこちなく別れて帰ってきた。

市子は、家を借りる時にひと目で気に入った四畳半に座り、総ガラスの戸をぐるりとめぐらせた縁側から寒々しい夜の庭をぼんやり眺めやりながら、くり返し大杉の声を、そして言葉を反芻《はんすう》した。

どれだけ思い起こしてみても、約束事など何も交わしていない。大杉の気持ちさえはっきりとは聞かされていない。おまけに彼には妻がいて、別れるつもりがないこともわかっている。大杉にとって自分という存在が唯一無二になる可能性はまず皆無と考えて間違いはない。

しかし結婚生活とは何だろう。それは男女の幸福を保証し、永続させてくれるものなのだろうか。市子は、姉のところの夫婦生活を思い起こさずにいられなかった。

次姉の政子は、早くに亡くなった父や兄の代わりに、母親とともに働きに働いて一家を支えてくれた。学問をしたいという市子の望みを必死に叶《かな》えてくれたのもこの政子だ。最愛の姉と言っていい。

最初の夫には先立たれ、幸い二度目の縁に恵まれたが、今は眼科医院を開業しているこの夫は非常に封建的な人で、毎度の食事で箸を取るのは家長の自分が一番先でなくてはならず、看護婦たちは家族の食事が終わってから別の間でという徹底ぶりだった。

昨夏、小倉《こくら》の政子宅でしばらく過ごす間にも、夫婦が不穏にぶつかるところを何度も見た。傍《はた》から見れば取るに足らないことが火種となって、姉と夫はまるで仇敵《きゅうてき》同士のように言い争う。その数や激しさが、年々増しているのは明らかだった。性格の違い、生活の不安、それとも何か生理的なものなのだろうか。政子の夫がいくら封建的といってもふだんは穏やかな人物であるだけに、市子には、二人がぶつかる理由は「夫婦であるから」としか思えなかった。他人ならば諦めて許せることが、夫婦には互いに見過ごせない悪となるのだ。

今現在の毎日を思う。独り身であればこその不安もあるかわり、自由もある。何をして、何を食べ、どこへ行こうが、誰にもとやかく言われずにすむ。姉のように、出かけようとするたび行く先を詰問されたり、そうまでして玄関を一歩出たと同時に帰る時間を気に病んだりする必要はない。そもそも、孤独を好む質《たち》の自分には、誰かと四六時中一緒にいるのは無理だ。どれほど愛した男であっても、朝から晩まで共に過ごすなど、考えただけで疲れる。縁側に面した文机に頰杖《ほおづえ》をつき、市子は深々と吐息した。

大杉の言う〈自由恋愛〉の理想が、言うほど素晴らしいものとはいまだに思えない。が、愛する相手とその時々で満ち足りた時間を分け合いつつ、しかし生活は別々に、というのは案外と自分の性質に合っている気がしなくもない。

大杉にとってはどんな女も、大勢のうちの一人。一時期はあの伊藤野枝《のえ》との噂も耳に入ってきたし、たまたま彼女が出産で郷里へ帰ったためにそれ以上の進展はなかったようだが、これから先、第二第三の野枝が現れることもあるのだろう。

(わりあいに平気かもしれない)

ガラス戸に映る自分を眺めながら、市子は思った。野枝という女については初対面の時から生理的に好きになれないままだが、それはそれとして、こちらに見えないところでやってくれるなら、もとから無いものとしてふるまえる気がする。

市子にとって大杉は、初めての男というわけではなかった。誰にも話していないが、記者になって後、妻子ある男と関係を持ち、子までなした苦い過去がある。礼子と名付け、郷里の母のもとに預けた幼子は、市子にとって重い十字架だった。しかしあっという間に終わった関係であったから、男女の肉の交わりによってもたらされる快楽やその深まりというものを、思い描くことができないままなのだ。だから楽だとも言える。

いくら〈自由恋愛〉とはいえ、逢う時には二人きりだ。今そこにいない女のことなど気にしても仕方がない。人が、愛情から出た嫉妬に囚《とら》われるあまりに相手を束縛したくなるものなら、要するに愛し過ぎなければよいのだ。単純なことではないか。

ちりん、とかすかに鈴の鳴る音がした。庭木戸につけてある鈴だ。

こんな夜更けに誰だろう、隣の小野賢一郎の夫人が訪ねてくるにしても遅過ぎる、と目を上げると、もう、すぐそこに立っていた。

思わず声をあげた市子は、心臓の上を押さえながら立っていってガラス戸を開けた。

「──尾行はまいてきた」

走ってきたのか息を乱しながら、大杉は笑って言った。

「ど、どうなさったんです」

「なんだ、き、きみまで吃ってるぞ」

「だって、逗子に帰られたとばかり」

「腹がへった。何か食わせてくれ」

市子は慌てて彼を部屋に上げ、ありあわせのパンと果物を用意して、熱い紅茶も淹《い》れてやった。

「こんなものしかなくてごめんなさい」

「何を言う。いきなり来た僕がいけないんだから」

「まだおなかすいてるんでしょう。買ってきましょうか」

「いや、いい。もう充分だよ」

きっと急な用事ができたか、同志の誰かの家へ向かう途中ででも立ち寄ったのだろう、食べ終わればまたすぐ出ていくものと思っていたのだが、大杉はなかなか腰を上げなかった。それどころか、紅茶茶碗を皿に置き、描かれた薔薇《ばら》の花柄を見つめながらぽつりと言った。

「こ、今夜は、と、泊まっていってもいいんだ」

市子は黙って、同じ茶碗を見つめた。この世のどこにも存在しない青色の薔薇だった。

生来の頭でっかちが、人生をここまで左右するとは思いもよらなかった。何ひとつとしてわかってなどいなかったのに、全部わかっていると思い込んでいた。

愛情が過ぎれば執着となり、やがて嫉妬が生まれる。とすれば、そもそもの愛情をあらかじめ割り引いておくことで執着も嫉妬も軽減されるはずだ——と、まるで万能の数式を発見したかのように賢《さか》しらに決めつけていたけれども、とんだ計算違いだった。考え得る限り最悪の間違いは、愛情も執着も嫉妬も、頭や心の中だけで育つものではないということだった。

男のみっしりと堅くて重たい軀《からだ》がのしかかってきて、あっという間に組み敷かれる。よほどの意思を持って拒絶しない限り、ちょっとやそっとの抵抗で逃れられるものではない。本心から嫌でないのならなおさらだ。

帯を解かれ、襦袢《じゆばん》や下穿《したば》きまで脱がされ、恥ずかしさとみっともなさに震えていると、生まれてこのかた誰からも言われたことのない言葉で賛美され、たとえ嘘だお世辞だとわかっていても言われれば嬉しく、涙しながらしがみついてゆくと男の息が興奮に乱れる。子を産んだとはいえずっと独りであったから、初めの数回こそ忍従を強《し》いられたが、馴染《なじ》んでゆくにつれて痛みはなくなった。少しずつ反応の柔らかくなってゆく市子を、男は嬉しそうに何度も抱き、物慣れないところがまたいいのだと言った。

愛してもかまわないが、必要以上に多くを求めてはいけない。二人でいる間は互いのことだけを考え、そのかわり離れている時には相手の自由意思を尊重する。正式な入籍が永続的なものとは限らないし、固く誓い合った愛情ですら醒《さ》めない保証はないのだ。今この時を一緒に過ごせて、互いを必要としていられるならそれだけで充分ではないか――。

市子は、逢えずにいる間じゅう自分にそう言い聞かせ、その考えを大杉にも語って聞かせた。大杉は男特有の単純さでそれを喜び、市子の〈思想的成長〉を褒めてくれた。

年が改まり、大正五年の正月、大杉はふらりと宮嶋資夫宅を訪れた。またも発禁をくらった『近代思想』のこれからについて、同人会の皆で協議しているうちに、雑誌や編集人個人に対する不満が出て収拾がつかなくなったらしい。不機嫌な面持ちの大杉が宮嶋宅に現れたのは真夜中だったが、もとより酒の飲めない彼は、完全に素面《しらふ》のまま、夫妻を相手に市子との仲を告白し始めたという。

後になって麗子からそのことを聞かされた市子は、いったい何という恥ずかしいことをしてくれるのだと大杉を泣いて責めたが、彼は悪びれる様子もなかった。隠し事をするという発想そのものがないようなのだった。

「それで、その晩、宮嶋さんは何ておっしゃったの」

「うん。保子のことをどうするつもりかと訊かれた」

「あなたは、何て」

「正直に答えたさ」

「ですから、何て」

するとと大杉は、淡々と答えた。

「保子がこのことで騒ぎ出したなら、僕は保子と手を切る。か、家庭というものに長らく捕らわれていたが、ひとり自由になって自分の仕事をすることになるだろう。そう言ったよ」

「じゃあもし、保子さんがうるさくおっしゃらなかったら?」

「その場合は何も変わらない。き、きみだって僕と永遠にこうしていられるわけじゃないんだし、この関係がそんなに長く続くわけじゃない。そうしたら僕は、いつかまた保子のところへ帰ることになるんだろう。宮嶋くんにはそう返事をした」

鼻の頭を思いきり殴られたような衝撃に市子が茫然《ぼうぜん》としていると、大杉は自嘲気味にふっと息を吐いた。

「ま、その後でいささか事情は変わったがね」

「……どういうことですか」

「四日に逗子へ帰ったら、き、きみとのことが保子にばれてしまった」

えっ、と息を呑むなり、頭の中が白くなった。

「それで……どうなりました」

「少しも騒がなかったと言えば嘘になるが、大丈夫、き、気にしなくていい。保子との間のことは、きみには何も関係がないことだから」

慰めの言葉が、これほど残酷に響くものとは初めて知った。

大杉が荒畑寒村とともに再興した『近代思想』が、同人会の決議によりいよいよ廃刊と決まったのは一月下旬のことだ。おもに大杉の杜撰《ずさん》な会計処理や高圧的な態度に不満を持つ同人たちが、荒畑に直訴したのが発端だった。

荒畑は彼らの意を汲《く》んで大杉に意見したが口論となり、幾度かの行き違いと感情のもつれがあったようだ。未解決だったその確執を、上野の「観月亭」で開かれた臨時相談会の席上、十九名もが集まる場で議題としたことに、大杉の堪忍袋の緒が切れた。

「もう、何もかもいやになった」

市子の膝に頭をのせて、大杉は呻《うめ》くように言った。

「同人からの不平不満も、ある部分はもっともさ。僕の態度にだって改めるべきところはあるし、保証金や借金の問題を非難されるのもまあ仕方がない。だが、どんなことにも一つひとつ事情があるじゃないか。なぜ荒畑は、その事情を僕に直接訊かないんだ。僕らは最も近しい友人じゃなかったのか。皆の前で吊《つ》るし上げるように不平をぶつける前に、どうして僕自身に訊いてくれない。それが、か、彼に対する僕のいちばん不満な点だよ」

同志であり親友である男の裏切りがよほど堪《こた》えたのだろう。大杉は、市子がこれまでに見たこともないほど虚《うつ》ろな目をしていた。

雑誌『近代思想』の廃刊とは別の問題ということで、二月一日、「平民講演会」は引き続き行われたのだが、そこで、十四名もの同志が上野署に一斉検束されるという事態になった。扱いはひどく乱暴で、翌日の午後になって釈放された大杉はその足で警視庁まで抗議に行った。

「サンジカリズム研究会」を発展させた平民講演会は『平民新聞』が連続して発禁・押収の弾圧を受けたために、労働者や学生に門戸を開いて、すでに三年も続いている至って穏健な集会である。今さら出席者を検束した理由がわからない。さほどの抵抗もなかったのになぜ一人には縄をかけて拘束したのか。冷えきった留置場で食事の自由も認められず、喘息《ぜんそく》や重い脚気《かつけ》を患《わずら》っている同志はもとより、妻の保子など肺病なのに寝具も与えられなかった。そういった扱いは人道的にどうなのか。さらに、拘束者の氏名に関しては発表しないと署長と約束したはずが、それすらも破られた。どういうことか一つひとつきっちり説明してもらいたい、そちらがそんな無茶をするならこちらも無茶をやるまでだ——。

尋常でなく激しく憤る大杉を前に、保安課長が禿《は》げ頭を撫でながら、先生、先生と拝み倒すように宥《なだ》めていたそうだ。

市子はそれらを、そばで見ていたという宮嶋から伝え聞いた。

そんな大変なことがあったのなら、本人の口から聞きたかった。臨時相談会で吊るし上げにあった後のあの時のように、愚痴《ぐち》を吐いて弱いところを見せてくれればこちらはそれだけで安心し、満足もできるのに。

何が起こっているのか、市子にはよくわからなかった。この時点で、もう十日ほども、大杉は市子の家を訪れていない。逗子から上京してきた時は必ず泊まりに来ていた彼が、仏蘭西文学研究会で顔を合わせてもそっと目をそらす始末だ。

きっと、独りになりたい時もあるのだろうと、市子は無理やりに考えた。こういう時にうるさくつきまとっては逆効果だ。追えば追うほど男は逃げるものと、何かの流行歌にもあったではないか。

じりじりしながら待った。さらに数日がたち、ようやく大杉が来てくれた時には、顔を見たとたんに涙が出そうになった。憔悴《しょうすい》しているかと思ったのに上機嫌だし、ずいぶん優しくしてくれるのでなおさらだった。

自分が信じられない。いつのまにこれほど大杉ばかりを想《おも》うようになったのだろう。昼間、新聞社で電話を取ったり記事を書いたりしている間でさえ、ふと気づくと彼の声や匂いや愛撫《あいぶ》を反芻してしまっている。逢いたさに焦がれればなおさら、抑えきれない疑念が黒々と湧いてきて胃が痛くなる。

一つ、彼に問いただしたいことがあった。

が、今はだめだ。久しぶりに逢う男に不満や疑念などぶつけても何もいいことはない。同志に足をすくわれ、友情を失い、今は妻にも責められてばかりの男を、自分のそばにいる間くらいは安らがせてやりたい。それができれば、彼はこれからも足繁《あししげ》く通ってきてくれるかもしれない。

急いで作った心づくしの料理を大杉の前に並べながら、市子はつとめて明るく言った。

「今日はなんだか、ずいぶん嬉しそうなんですのね」

男は目を上げた。

「ど、どうしてそう思う」

「そんなのは見ればわかりますとも」

「何を言うやら。いつもと変わらんよ」

苦笑いを浮かべた大杉が、てのひらで自分の顔を撫でさする。悪びれた様子もない。

自分の勘違いだろうか、と市子は思った。そんなはずはない。今夜も来ないだろうと諦めかけた頃になって現れた大杉は、部屋に入ってきた時からひどくご満悦で、市子が手早く用意した酢の物をつまみながらも時折にやにやと思い出し笑いを漏らしていた。そう、たった今もだ。

「ほんとうは、どこかでいいことがあったんでしょう」

「何もないよ」

「隠したって駄目よ。顔じゅうが喜びでぴかぴかしているわ」

文句をぶつけたいのではない。ただ悶々《もんもん》と疑っているよりいっそのことはっきりさせてしまいたい。

せんだって宮嶋から、伊藤野枝が、郷里での第二子出産を無事に終えて東京に戻ってきていることを知らされた。自分が知ったくらいだから、大杉ももちろん聞かされているはずだ。

市子は、努めてさりげなく言った。

「さては――野枝さんとでも逢って？」

答えを聞くよりも先に、予感が正しかったことを覚った。大杉の表情は正直だった。

「……そう。やっぱりそうだったのね」

「うん。つ、ついさっきまで一緒だったんだ」

市子は、ゆっくりと大きく息を吸い込んだ。

「それで、どうだったの。今度こそ少しは進展したんでしょうね？」

まったく気に病んでいないふりで水を向けると、男はみるみる警戒を解いて相好《そうごう》を崩した。

「そうだな。三年越しの付き合いになるけど初めてだったね、旦那のつ、辻くんを抜きにして逢えたのは」

「そう。それで？」

「日比谷の公園を歩きながら、初めて手を握りあって、それから抱き締めて接吻《せっぷん》もしたよ」

茶を淹れる手が止まった。

「……まあ、悪いひと」

「き、きみと違って野枝くんは背が小さいから、すっぽり腕の中におさまってしまってね。『いけない、こんなのはいけないわ』なんて言うくせに、懸命に伸びあがって僕をこう、抱き締め返して、そうしながらもひどく震えていたな」

思い起こしながら得意げに語る大杉の身ぶり手ぶりが生々しく、今ここに野枝が立っているようで厭わしさに叫び出したくなる。

市子は言った。

「そう。それはよかったわね。私も一緒になってお喜びしてあげるわ」

からかうように笑ってみせた時、心臓の一部が硬くなり、そこから壊死《えし》してゆく心地がした。

　初めて伊藤野枝と会った時のことを覚えている。『青鞜』に加わってから少したった秋口、市子がまだ英学塾の学生だった頃だ。風のない、九月にしてはやや暑い日で、平塚家のらいてうの部屋には熱気がこもっていた。市子が手紙の整理などの手伝いをしていると、そこへ野枝が訪ねてきた。

　玄関から円窓の部屋までやってくる、その間の物音ですでに小柄なのは察せられた。市子のように背丈のある者は、手足も長いので自然と所作がゆっくりになる。腰をかがめて脱いだ草履をそろえるだけで、膝頭も肩も指先も相当な距離を移動しなくてはならない。野枝の立てる物音は、一つひとつがこぢんまりとまとまっていて小気味よかった。体格による都合だけでなく、いささかせっかちでもあるようだった。

「らいてうさん、ごきげんよう。おかげさまでこのたびは……」

　少し鼻にかかったような可愛《かわい》らしい声で言いながら、色の褪《あ》せた単衣《ひとえ》に赤い細帯、洗い髪を下ろした姿で入ってきた野枝は、市子を見て「あら」と立ち止まると会釈してよこした。市子もおずおずと会釈を返した。

　こんな垢抜《あかぬ》けない少女のために、らいてうがずいぶん骨折ったというのが解せなかった。強制的な結婚を嫌って婚家を飛び出した経緯は、同人の保持研《やすもちけん》から聞かされていた。郷里からいてうに手紙を書いて助けを求めた野枝は、送ってもらった五円でようやく再び東京へ戻ってくることが叶い、この日は挨拶のために顔を見せに来たのだった。

後から思えば、あの時すでに辻潤と深い仲になっていたのだ。野枝が辻の家で世話になっているのを知っていたらいてうでさえ、二人を面倒見のいい教師と元教え子だと信じて疑わなかったようだが、無理もない。市子の目にも、この頃の野枝はまるで子どもに見えた。そのぶんよけいに、妊娠したと聞いた時には嫌悪感を抱いたほどだ。

野枝を匿《かくま》ったせいで、辻潤は上野高等女学校をくびになった。宮嶋家で時々会うので、市子もよく知っている。物腰柔らかで、教養の深さは誰にも引けを取らない辻が、あんなねずみ花火みたいな子どもに入れ込んで職を棒に振ったのが勿体《もったい》なく思えてならない。

いったい男たちは、野枝という女のどこに惹かれるのだろう。辻ほどのインテリを骨抜きにし、木村荘太《そうた》とかいう二流の作家とは不倫寸前の付き合いをして世間を騒がせ、今また辻との二人目の子を産み落とした身で、大杉の心を引っかきまわしている。

野枝との口づけの余韻だろう、その晩の大杉はいつも以上に積極的に挑んできたが、市子のほうは硬く閉じたままだった。いつもの快楽が分厚い膜の向こう側にあって、隔《かっ》靴掻痒《かそうよう》、どうしても届かない。それをごまかしてみせるだけの気力もなくぼんやり抱かれていると、大杉もしらけたのか途中であきらめて寝てしまった。途方もなく寂しい暗がりに、市子だけが取り残された。

野枝とは、今はまだ口づけと抱擁しか交わしていないにせよ、そこまで至ればあとは時間の問題だろう。おぼこで頭でっかちの自分が足もとを気にしながらおずおずと踏み分けた道のりを、野枝ならひと足でまたぎ越えてしまうに違いない。

一晩泊まった大杉は、翌朝、逗子の妻のもとへと帰っていった。市子は玄関までしか送らず、独りになると台所から料理用に置いてある酒を持ってきて飲み始めた。

大杉はまるきり飲まないから、たまに市子だけが燗《かん》をつける時などついつい遠慮してしまうのだが、独りならその必要がない。やはり自分にはこういう自由が必要なのだ、男がそばにいると息が詰まる、と苦笑いしながら湯呑みに注ぐ。

もう、別れよう。こんな関係は荷が重過ぎる。何が自由恋愛だ、何がフリー・ラヴだ。この世に只《フリー》で手に入る愛などないのに、あの男にはそれがまるでわかっていない。記者という天職があって良かった。これからはますます仕事に打ち込み、こんな痛手など早く忘れてしまうのだ……。

ほんの一杯だけと思ったが、一杯は二杯になり、一合になり二合になって、その先はわからなくなった。昏々《こんこん》と眠り、起きるとまた飲んで、誰かを相手に暴れる夢を見た。

気がつくと、肩をつかんで揺さぶられていた。だんだんと声が耳に入ってくる。

「おい、起きろ。何なのだ、あの手紙は」

目の前に大杉がいる。何か忘れ物でもしたのかと思いかけ、違う、あれからずいぶん経《た》っている、と気づく。

「説明してみろ。いきなり、もう来てくれるなと言われても納得できるものか」

言われてみればなるほど、酔いにまかせて思いの丈を書き殴り、逗子の住所に送りつけた気もする。あなたになどもう用はない、二度と逢いたくない、永遠にさようなら……。

ずきずきと痛むこめかみを押さえながら、市子は言った。

「おしまいにしましょう」

喉はがらがらに荒れ、老婆のような声しか出てこない。

「お願いです。もう、苦しいんです」

「つ、つまらんことを言うな。野枝くんと逢ったことで気を悪くしたのか？　僕が多角的な恋愛の実験を試みているのはよくわかってるはずだろう。野枝くんはちゃんと理解しているぞ。保子のことはもちろん、き、きみの存在も知った上で承知してくれているんだ。き、きみがそこへ付いてこられないのは、思想的未熟さのゆえだ。大人になれ」

割れて砕けてしまいそうな額に手をあてて聞いているうちに、市子は身体の奥底から、いつか抑え込んだはずの溶岩がふつふつとせり上がってくるのを感じた。

「……帰れ」

しわがれ声を押し出す。

「え、何だって？」

「帰れ！　帰れ、帰れ、帰れえええ！」

大杉の腕を振りほどき、布団に膝立ちになって突き飛ばす。何を言われようと宥められようとおさまるものではない。手近なものをつかんでは投げつけ、自分でもどうかしていると思うほどの金切り声を張りあげて追い出しにかかると、さすがに手に負えないと観念したか、男は背を丸めて草履を履き、庭を横切って出ていった。ゆっくりと跳ね返ってきた木戸が、ちりん、と鈴の音をたてた。

市子は、くずおれるように畳にへたり込み、しばらく茫然と座っていた。猛烈に気分が悪い。飲み下しても飲み下してもいやな生唾が湧いてくる。ゆらりと立ちあがり、渡り廊下の先の厠《かわや》へ行くと、逆さになって吐いた。酒以外の何も口に入れていないせいで、濃い胃液が食道を爛《ただ》れさせ喉を灼《や》いた。

大杉は、保子のもとへ逃げ帰っただろうか、それともせっかく上京したからと野枝の家でも訪ねているのだろうか。

またこみ上げてくる生唾をどうにか飲み下すと、市子は奥の間へ行き、敷いたままの布団に突っ伏すなり、意識を手放した。

再び目が覚めたのは翌日、陽が高く昇った後だ。久しぶりに口をゆすぎ、顔を洗い、乱れ髪を梳《す》いて身なりを整える。宮嶋資夫の家を訪ね、詫《わ》びなくてはならなかった。一昨日の記憶が断片的に蘇《よみがえ》る。酔って記憶をなくせる質ならよかった。宮嶋と麗子の前で乱れに乱れ、あいつは騙《だま》した、この私を騙した、と泣き叫んで暴れたのがすべて夢であったならよかったのに。

まだふらつく足取りで訪ねて行き、玄関の引き戸をそっと開ける。三和土《たたき》に視線を落とすなり、市子は襲いかかってくる眩暈《めまい》に固く目をつぶった。つい昨日も目にしたばかりの草履が揃《そろ》えてあったのだ。昨夜はここに泊まったらしい。

再び目を開け、大きな草履を凝視する。鼻緒の歪《ゆが》みが、男の足の形を想起させて生々しい。

逃げて帰りたい。しかしここで逃げれば、自分は敗者となってしまう。こちらは何も間違ったことなど言っていない。頭がどうかしているのはあの男のほうだ。

もう何度となく訪れた家の中へ黙って上がってゆき、話し声のする居間の襖に手をかけて、さらり、すたん、と開け放った。正面の宮嶋と、その傍らの麗子が同時に目を瞠《みは》り、続いて手前に座っていた大杉が首と身体をねじるようにしてこちらを見上げてくる。

「私……」

ひび割れた声を精いっぱい張って、市子は宣言した。

「私、あなたを殺すことに決めましたから」

「神近くん、落ち着きたまえ」

と宮嶋が腰を浮かす。

「ね、とにかくほら、座って話をしましょうよ、ね」

麗子が身を揉《も》む。

彼ら二人のほうを見ずに、市子はゆっくりと言った。

「今じゃありません。でも、確かに決心しましたから」

「そうかね」

大杉は一人、冷静だった。少なくとも、そう見えた。

「それもよかろう。それできみの気が済むんならね。だが、殺すんだったら、今までのお馴染み甲斐《がい》に、せめてひと息で死ぬように殺してくれよ」

あえて冗談半分に受け流してみせるあたり、やはり場数が、役者が違うと言わざるを得ない。

「いいわ。その時になって、卑怯《ひきよう》な真似《まね》をしないようにね」

市子が悔しまぎれになおも言えば、

「えーえ、ひと思いにさえ殺して頂けるんならね」

と、また受けて立つ。

市子はふと、宮嶋の家の居間ではなく、大勢の観《み》ている舞台の上で芝居を演じているような心地がしてきた。現実感が遠のき、それにつれてここ数日のあいだ渦巻いていた黒い霧がみるみる晴れてゆくのを感じる。巧《うま》くのせられたようで悔しい。悔しいが、他のどんな男が相手であれ、こんな刺激的な、言葉を交わすだけで体温の上がるようなやり取りは望めない。新聞社の誰でも、いや、これまで会ってきた著名人の誰でもだ。大物政治家にさえ、これほど度胸の据わった馬鹿はいない。

こらえきれない苦笑いが市子の唇に浮かんだことに、大杉は目ざとく気づいたようだ。にやりと笑い返してくる。

「じゃあ、僕はそろそろ帰ろうかな」

あぐらを解いて立ちあがり、ついでのように市子を促した。

「そこまで一緒に行こうじゃないか。また新橋まで送ってくれてもいいんだがね」

おとなしくそれに従う市子を見て、宮嶋と麗子があきれたように顔を見合わせるのがわかった。

大杉の好きな散歩をしながら、時々、まるで石ころを蹴るようにぽつりぽつりと喋った。お互い、昨日までの話題は避けていたが、だからといって気まずくはなかった。

墨色の木綿の着物に対の羽織。洒落《しやれ》た海老茶《えびちや》の襟巻きは、この正月に市子が贈ったものだ。臙脂《えんじ》寄りの色味が、どこか南方の血を思わせる大杉のくっきりとした顔立ちによく似合っている。こちらが酔って書き送った縁切りの手紙を読み、激怒して逗子から上京してくるのに、昨日の大杉はわざわざそれらを選んで身につけてきたのだと思うと、あほらしいやら愛《いと》おしいやら、どうしていいかわからなくなる。

ぐるりと遠回りして歩き、昼飯を腹に入れてから停留場に着いた。たとえそれがただの電車でも、今この瞬間は二人して同じものを待っているのだと思うと、寄る辺なさに胸の底が蒼《あお》く澄むような心地がして、市子は隣に立つ大杉に半歩寄り添い、羽織の袂《たもと》をそっと握った。

反対側の電車が停《と》まり、ちらほらと客が降りてくる。間に横たわる線路をぼんやり眺めていた市子は、握っている袂の先に大杉の緊張を感じ取り、目を上げて彼の視線をたどった。

貧乏くさいなりをした小柄な女が立ち尽くし、喧嘩《けんか》をふっかける野良猫よろしく、肩をそびやかしてこちらを睨《にら》みつけていた。

自分からは決して口をひらくまい、頭も下げまい、と野枝は思った。

＊

大杉の顔にははっきりとそう書いてあった。そのそばで、神近市子が同じく間の抜けた顔をしてつっ立っている。

〈なんと間の悪いことだ。困ったことになったなあ〉

日比谷の公園で大杉と口づけを交わしたのはほんの三日前だ。以来、あれほど思い悩み、良人《おっと》にだけは勘づかれまいと神経をひりつかせ、野上弥生子《やえこ》の親身な言葉にようやく力づけられて足もとを確かめ直していた間に、大杉のほうはこちらのことなどすっかり忘れ、あの案山子《かかし》のような大女と組んずほぐれつしていたというわけか。何もかもが馬鹿ばかしく、すべてが茶番に思われてきた。

絵に描いたような三竦《さんすく》みの状況から解き放たれたい一心だったのだろう、大杉は、神近と野枝の双方を伴って宮嶋資夫の家に戻った。訪《おとな》ったのではなく戻ったのだという事情も、野枝には、迎えた宮嶋夫妻の驚きようと大杉の受け答えを聞いてわかったことだ。麗子夫人は神近と親しい。視界の端、目顔で何ごとか交わし合う二人から、野枝は苦い気持ちで視線をそらした。

「はっきりさせておこうじゃないか」

煎茶で口を湿らせると、大杉は咳払《せきばら》いを一つした。

「か、神近くんも野枝くんもすでにわかっていることとは思うが、僕の言う〈自由恋愛〉というのは、ただの観念や理想ではないし、もちろん浮気目的のふざけた言い訳でもない。頭の凝り固まった馬鹿にはわからんかもしらんが、た、確かに実践する価値のあるものなんだ。ご存じのように僕には妻がいるが、あえて入籍はさせていない。制度によって相手を縛ろうなどとは端《はな》から思っていないからだ。か、考えてもみたまえ、制度が我々の何を守ってくれる？　それを決めたのは腐りきった体制側の人間だろう。そんな奴らを信じ、そんな奴らの決めた制度をありがたがっていたってどうにもならない。自分のことは自分でする、僕の主義は畢竟《ひっきょう》これに尽きる。僕ら労働者は昔からそうやって自分で決めて生きてきたんだ。き、きみたちだってそうだろう、物心つく頃には家の手伝いをして、するべきことはすべて自分でやってきたはずだ。親の財産など当てにもできないぶんだけ苦労は多いが、己の人生を人から勝手に決められるよりはましだろう。威張り散らされることもない、恩に着せられることもない、よけいなおせっかいもない。人間、自由がいちばんんだ。いつも言っていることだが、世の中何であれ、か、変わらないものはない。旧《ふる》いものは必ず倒れて、その後から新しいものが起こってくるんだ。き、きみたちの人生だって、どこからでも新しく始められる。人の一生というものは、できあがってしまった一冊の本じゃない。誰もがそれぞれ一文字一文字書いていくことでようやくできあがる白紙の本なんだ。じゃあ、そこへ何を書き付けるか。いたずらに頭の中だけで理屈をこね回していたって何の意味もない。自分の身の回りの物事を注意深く見回して、そのありのままを観察するのが大事だ。事実そのものに対してはどこまでも深く、その事実と関連する物事に関してはあくまでも広く、できるだけの集中と努力でもって観察を続けるのだ。そうして必要とあれば、自らの身を投じてみるのがいい。自らを自らの実験材料とするわけだ。そう、つまり〈自由恋愛〉もその一つだよ。か、観察と実験をそうしてくり返すことによって、僕らは初めて机上の空論ではない本物の思想というものを築き上げることができるのだ。わかるだろう？　こういった個人的思索というものをしない連中が、いわゆる衆愚というやつだ。体制には都合のいい永遠の奴隷だよ。彼らが歴史を創ることは絶対にない。唯々諾々《いいだくだく》と歴史に引きずられて墓場まで連れて行かれるだけだ。そんな情けない人生を送るより、僕は闘って死にたいね。それこそが真に生きるってことだろう。ち、違うかね」

大杉が口をつぐむと、居間は静まりかえった。宮嶋、麗子夫人、そして神近市子――全員が、どこか途方に暮れた様子で卓の上を見つめている。大変ご立派な演説ではあるが、大杉自身と神近と野枝との膠着《こうちやく》した三角関係、あるいは保子や辻も含めた五角関係について、具体的な解決策は何一つ触れられていない。それはもうあきれるほどに。

「でも……」

嗄《か》れたような声に、野枝は顔を上げた。言葉を発したのは神近だった。

「大杉さんのおっしゃることはいちいちごもっともですけれども、私は自信がありません。人の感情というものはそんなふうに割り切れるものなのでしょうか。もっとこう、理屈ではどうにもならないものなのではないですか」

らいてうの自宅で顔を合わせて以来数年がたとうというのに、神近の声をちゃんと聞いたのは初めてのような気がした。

息をふっと吐くほどの短い間、野枝は、激しく神近に同調したい気持ちに駆られた。そうだそうだ、男には何もわかっちゃいない、頭でっかちはどっちだ、ばかやろう。一緒になって騒ぎ立て、大杉の高々と目立つ鼻っ柱をへし折ってやれたらどんなに胸がすくだろう。

それも一瞬のことだった。吐いた息を吸い込むと同時に、生来の反抗心が鎌首をもたげてくる。

「か、神近くんはああ言うが、どうだね。野枝くんも同じような意見なのかね」

大杉の問いかけにすら、小さく勝ち誇るような気分になる。神近の名前では必ず吃る彼が、自分の名前はすんなりと呼ぶのだ。

「いいえ」

野枝は、あえて神近の蒼白い顔に目を当てながら言った。

「私は、大杉さんの弁に何の異論もございませんわ。〈自由恋愛〉についても、そのような意図のもとに行われるものであること、よくわかりました。存分に実践なり実験なり、されたらよろしゅうございましょう」

「と言うと？」

「私個人には異論などございませんけれども、私の良人である辻には辻で、信ずる考えというものがございます。彼の感情を無視して、私だけが勝手を通すわけにはまいりません。とにもかくにもこのことは当面、私抜きで進めるということになさって下さいな」

微笑みさえ浮かべて言い終え、すっと立ちあがると、野枝は宮嶋と麗子夫人にだけ会釈をして居間を出た。

誰も追いかけてこない。履き古しの草履は玄関の三和土のいちばん遠く、ガラスのはまった引き戸寄りに脱いであった。手前の大杉や神近のそれらを踏みつけるのも業腹で、上がりがまちに腰をかがめて手をのばす。

その拍子に、じわりと肌襦袢に熱く滲《にじ》み出すものがあった。生まれて間もない流二のため、出がけに一滴残らず絞ってきたはずなのにもうこれか。

外へ出るなり、二月半ばの寒風が耳を引きちぎる勢いで吹きつけてくる。身八つ口からもぴょうぴょうと吹き込み、湿った布地を凍らせる。

かばうように自分の胸をそっと抱き、野枝は舌打ちをもらした。せっかく出かけてきたが、このぶんでは用事を明日に延ばしたほうがよさそうだ。予想外の邪魔さえ入らなければ、今ごろはもう集金を済ませられていただろうに。

自分の身体が、自分の意思に逆らう。毎月のものもそうだが、妊娠や出産ははるかに暴力的で破壊的だ。日に日に出っ張ってゆく腹の中では見知らぬ生きものが育ち、出てくるとなったら抗《あらが》うことはできない。鼻の穴から風船を出すほどの痛みとともにこの世に産み落とすと、身体はたちまち赤子が育つのを助けるためだけの装置と化してゆく。子らは、愛しい。それは紛れもない事実であって、乳房を含ませれば理屈など超越した動物的・宇宙的満足感に陶然とする。しかし一方、二人の子を産んだことによって野枝は、柔らかだが決して千切れない足枷《あしかせ》を嵌《は》められた思いがしていた。もう二度と、今《いま》宿《じゅく》の海を裸で泳いでいた自分には戻れないのだった。

あの案山子女にはまだわかるまい。いびつな優越感を杖に、停留場へと歩き出す。

ああ、痛い。乳が張る——。

第十三章　子棄て

かつての木村荘太との恋愛沙汰など、子どもだましの真似事でしかなかった。

今のこれは全然違う。何をしていても、わずかでも気をゆるめると大杉との接吻が思い起こされる。それが厭わしくてならない。厭わしいのに焦がれる自分がわからない。

夜の日比谷公園を歩いているうちに、ふと隣から伸びてきた大杉の手。指先をきつく握られ、引きずるように木陰へ連れて行かれて抱きすくめられた。帯のお太鼓越しにも背中に食い込む、ごつごつとした木肌。自分の唇がどれほど冷えきっているかに気づいたのは、大杉の唇がおそろしく熱かったからだ。口臭のきつさに思わず眉を寄せた野枝が口で呼吸したと同時に、唇よりもさらに熱い彼の舌が滑り込んできた。獣の匂いが鼻《び》腔《こう》から脳へと抜け、膝が砕け、溺れかけた者のようにすがりつき、がっしりと分厚い背中に腕をまわしたあの瞬間、良人の辻の薄っぺらい身体を憐《あわ》れんでいた。

気持ちはとうに辻から離れているけれど、夫婦の間のことを決するのに、まるでスプリングボードのように大杉を利用するのは嫌だった。辻と駄目になったのは大杉のせいではない。そもそものきっかけはと遡《さかのぼ》れば、あの足尾鉱毒事件をめぐる夫婦間の思想の対立であり、傍観者然とした辻の生き方への軽蔑であり、さらにはそんな矢先に起こった彼と従妹《いとこ》との不実な戯れでもあった。いずれも大杉とは何の関係もない。

一度はやり直せるかと思ったのだ。こちらが身重と知った上での辻の裏切りに傷つき、そこで初めて自分が傷つけてきた相手と同じ気持ちを味わって、贖罪《しょくざい》のような、はたまた復讐《ふくしゅう》のような得も言われぬ心地で抱き合い、やがて流二《りゅうじ》を産んだ。あれから、まもなく一年。いっときの奇妙な熱は去り、後に残ったのは、一度喪《うしな》われた信頼は再び返ってこないという寂しい確認だけだった。

別れる決心はまだつかずにいる。夫婦の間にどれほどのすれ違いがあろうとも、かつて二人は誰よりも互いを理解し、尊重していた。そういう日々が、出会いから数えて五年ほども積み上げられてきたのだ。どうして簡単に捨て去ることができるだろう。

それに加えて、お互いが相愛の生活を続けるために支払ってきた様々な対価が惜しまれてならない。野枝がそうであるように、もしかすると辻のほうも言い出せずにいるのかもしれない。どちらもが自分たちの関係の空疎さに絶望しながら、過去の良かった時間への未練や、現在進行形の生活にともなう様々な事情、あるいは馴染んだ互いの肉体への執着に縛られて、まあ今日でなくとも、と問題を先送りにしているのだ。

妥協や忍従をこの世の何より憎んでいたはずの自分が、今、唯々諾々とそれらに引きずられていることが野枝には信じがたかった。かといって、ここで辻を見放してしまえば彼の憂鬱は深まり、ますます隠遁《いんとん》的になってゆくに違いないし、彼との夫婦別れはすなわち二人の幼子から父親を奪うことでもある。何もしない父親でも、いないよりはましだろう。二親から引き離される苦痛は身をもって知って……。

いや——違う、そうじゃない。

自らの裡にあるごまかしに気づいた時、野枝は思わず唇を嚙《か》んだ。

愛のない相手と夫婦でいるなど愚の骨頂、本心ではそう思いながらぐずぐずしているのは、ほんとうに子どもや生活のためなのか？ それ以上に、虚栄心や保身のためではないのか。

正直、世間に何と言われるかを想像すると怖くなる。辻の浮気が発覚した際にあれほど責め、『青鞜』の誌上でまで事細かに書き立てて弾劾した自分が、今また別の男に軽々しく心を移したなどと知れれば社会的に無事でいられるわけがない。おまけに、相手の大杉には堀保子という妻があり、神近市子との愛人関係もあって、なおかつ〈自由恋愛〉を標榜《ひょうぼう》している。そんな中、良人と子どもを棄てて大杉のもとに走ったりするのは、自ら地獄の釜へと飛び込むようなものだ。新聞雑誌はきっと〈新しい女〉の次なる恋の顚末《てんまつ》を面白おかしく書き立て、そうなれば世論も黙ってはいないだろう。ありがちな三角関係ですら厳しく糾弾されるものを、それが四角関係、五角関係ともなれば、万人の理解を超越すること請け合いだ。

野枝は、野上弥生子の助言を思い起こし、めずらしく理詰めで考えようとした。

ほんとうに辻と別れるつもりならば、大杉とは距離を置かなくてはいけない。どちらの男からも完全に離れ、自立した女の生き方を世間に示した上でならば、いつか大杉との未来がひらけることもあろう。ひらけなくともそれはそれ。まずは完全に独りきりになって、学問や原稿執筆に集中する時間を持つのだ。

平塚らいてうから強引に『青鞜』の発行権を譲り受けた時点では、自分にならできる、らいてうより凄《すご》い雑誌が作れると思い上がっていた。が、現実には継《つ》ぎ接《は》ぎのやっつけ仕事でどうにか体裁を整えたものを出すのが精いっぱいだったし、生活に追われて編集作業に時間を割くこともかなわず、とうとう二月号をもって休刊とせざるを得なかった。

おのれの小ささを思い知らされた。そもそも、公娼廃止運動をめぐる誌上論争で青山菊栄《きくえ》に惨敗を喫した時から、気づいてはいたのだ。自分の持ちものは若さによる勢いのみであって、他には何もない。基礎的な学問や知識、とくに論理を組み立てる能力が致命的なまでに欠けているということが。

もう、二度と再びあのような恥をさらしてなるものか。弱点がわかった以上、速やかに補強しなくてはならない。口惜《くや》しさとともに、情熱が、今また野枝の身の裡によみがえりつつあった。何が何でも勉学を続けたいと望んだ少女時代と熱量は同じほどでありながら、自分があの頃よりも数段高い次元にいることもわかるのだった。

この上はただただ、自由になりたい。良人の束縛や嫉妬からも、また姑《しゆうとめ》の美津《みつ》に代表される旧い習俗からも解き放たれ、手の中にある未熟な若さをこそ武器に、自らの可能性に挑んでみたい。そのためにも、大杉との間柄は単なるフレンドシップであることを周囲にもはっきり主張しておかねば……。

野枝は、げんなりした。何と小狡《こずる》い女だろう。フレンドシップが聞いて呆《あき》れる。破廉恥な女、無慈悲な母親と断じられたくないばかりにうまく立ち回ろうとすればするほど、自身のちっぽけさに愛想が尽き果てる。

ごまかす以上は、己に対しても徹底的にごまかし通さなくてはならない。あの夜の大杉の接吻などはあくまで冗談であり、友情からひょっこり生じた戯れに過ぎない。絶対にそうなのだ。誰が何と言おうとそうなのだ。そうして自分は、辻との別離を果たした後、〈自由恋愛〉などという愚かな実験からは距離を置き、たった一人初心に立ち返って学ぶのだ。

そうとなれば、自ら退路を断つためにも、大杉にはきちんと話しておく必要がある。あの男のことだ、このままほうっておいたら、野枝とキスしたなどと誰に話すかわからない。一度は毅然《きぜん》とした態度で、あなたとは友人にしかなれないと宣言しておかなくては——。

桜も散り終えた四月の半ば、野枝は、麴町《こうじまち》三番町にある下宿屋「第一福四万館《ふくしまかん》」へ大杉を訪ねていった。彼は妻の保子から離別を言い渡され、とりあえず別居というかたちを呑んでもらった上で、保子は四谷に借家し、自分も逗子からこちらに移っていた。

下宿の主人から部屋は二階だと教えられ、着物の褄《つま》をとって一段一段上がってゆく。

狭くて急な階段が軋《きし》む音を聞きながら、この先に彼が独りきりでいるのだと思うと、あれほどの決意が萎えそうになる。

これまで大杉とはほとんど、辻の同席するところで会ってきた。たまたまその慣習が破られた最初が、あの日比谷公園の夜だったのだ。そのあと彼と顔を合わせたのは一度きり、神近市子と停留場にいるところに鉢合わせをしたあの時だけだ。いま彼の顔を見たら、あの日浴びせかけてやりたかった怒りを我慢しきれずぶちまけてしまうかもしれない。

いけない。そんな話をしにきたのではない。

階段を上がりきり、奥の襖の前で立ち尽くす。中に人の気配がするが、いきなり開けては失礼だろう。野枝は思いきって声を掛けた。

「ごめんください」

中の物音が、はたと止《や》む。ややあって、はい、と応《いら》えがあった。

「大杉さんのお部屋ですか」

「だ、誰だね」

慕《した》わしい声が、例によって吃る。

「野枝です」

あれもこれもまぜこぜになった想いが溢《あふ》れ、自分でも意外なことに泣きだしてしまいそうだ。こらえて、野枝は言った。

「いきなりお訪ねしてごめんなさい。お話ししたいことがあるんです。入ってもよろしいかしら」

再び、しばらくの間があいた。慌てたような物音と衣擦《きぬず》れが聞こえる。寛《くつろ》いでいるところを邪魔してしまったなら申し訳ない、散らかっていたってかまわないのにと思い、そう声を掛けようとした時、

「ど、どどどうぞ」

促され、野枝は戸襖の引手に指先を掛けた。

「失礼致します」

意を決して引き開ける。卓袱台《ちゃぶだい》の向こう側に大杉が座っていた。

「やあ、野枝くん。よく来てくれたね」

「大杉さん、私……」

切羽詰まった想いで足を踏み入れた野枝は、目の端に映ったものにはっと息を呑み、立ち尽くした。六畳ほどの部屋の片隅、神近市子が気まずそうにうつむいて正座していたのだ。

どうして、と思う尻から、絶望に刺し貫かれる。

自分は——とくに自分は、この案山子女を咎められる立場にない。

決意と、緊張と、それらとは相反する期待でもってはちきれそうだった身体から空気が漏れ出し、みるみるうちに萎《しぼ》んでゆく。

「き、きみたちは、よくよく縁があるんだなあ」

宥めるように大杉が笑う。

「……縁？」

「そうさ。た、たまたま今日に限って、か、神近くんが、た、たた訪ねてきたと思ったら、き、き、きみまでやってこようとはね。か、かか神近くんもついさっき、きききき来たばかりなんだ」

麩《ふ》を求める金魚のような口つきで激しく吃る男を、野枝は見下ろした。

それから市子へと目を移した。縞の着物の衿元はかき合わされているが、ひっつめ髪の乱れは隠しようもない。

「お邪魔でしょうから、すぐにおいとま致しますわ」

自分の顔から表情が抜け落ちているのがわかる。

「いや、お気遣いには及ばんよ。僕らが、こ、この〈自由恋愛〉の実験を続けていこうとすれば、こ、こういう場面はいくらでもあり得るのだから」

「そうでしょうね。じつは私、そのことをお話ししたくて参りましたの」

「いよいよ決心してくれたかね」

「ええ。今度こそ、決めました」

大杉の顔がぱっと明るむ。野枝は言った。

「私は、やはりお断りします」

「なんだって？」

「今日ここへ伺って、いよいよはっきりとわかりましたわ。あなたの言う〈自由恋愛〉とやらが、愚にもつかない空論だということが」

大杉の眉根が寄る。その下の黒々とした眼を凝視しながら、野枝は言った。

「あなたはずいぶんと簡単に考えておいでのようですけど、多角的な恋愛関係を結ぶという選択は、ここにいる神近さんにとっても、私にとっても、そしてもちろん奥様の保子さんにとっても、大変に重大な問題なんです。きっとあなたには痛くも痒《かゆ》くもないんでしょう。ご自分で思いつかれた実験ですし、しょせん真剣ではない片手間の恋愛でしょうから、いくら世間から後ろ指をさされようと心の痛手にはならない。殿方同士の間でもせいぜい、からかわれたり羨ましがられたり、ご苦労なことだと冷笑されるだけで済むのかもしれません。だけれどね、大杉さん。私たち女は満身創痍《まんしんそうい》なんですよ。いやでも世間の目にさらされて、破廉恥だ、不道徳だ、無分別だ愚かだと散々に誹《そし》られる。ふつうに表を歩くことさえできなくなる。そういう辛《つら》さを、男と女の間に横たわる不公平を、ねえ大杉さん、あなたは一度でもまともに考えたことがありますか。私たち女が生きてゆく上での苦しみを、ほんとうに想像してみたことがありますか。無いでしょう？」

いつしか、部屋の隅から市子も顔を上げてこちらを見ていた。強い視線を頬に感じる。同じ女性、同じ立場として共闘すればいいものを、市子の粘つくような視線が煩《わずら》わしく感じられてならない。彼女はもう、目の前にいるこの男から愛撫を受けたのだ。自分がここへ来る寸前まで、視線に蜜をたたえて見つめ合い、唇を交わし合っていたに違いないのだ。

かっと胃が灼けた。あまりにも激烈な嫉妬に、ようやく自分の本心を覚る。

この男が欲しい。この、おそろしく目端が利くくせに或《あ》る部分では馬鹿で愚かで単細胞で、だからこそどうしても憎めない、野良犬のような男が。誰かと分け合うなど冗談ではない。今すぐにではなくとも、いざ自分が本気になりさえすれば、他の二人を斥《しりぞ》けて彼を独占することはできるのではないか。火の玉を呑んだように身体が熱い。

「今日は、お別れを言うために来たのです」

きっぱりと言ってのけた。大杉は答えない。

「あなたへの気持ちを否定しようとは思いません。けれども、あなたに保子さんと神近さんという存在があるうちは、私は一歩たりとも先へ進むつもりはありません」

大杉が、とってつけたような苦笑いを浮かべてみせる。

「そういうきみにも、つ、辻くんという夫がいるじゃないか」

「ええ。ですから別れます。それも決めました」

「ほう」

「自分の心を偽ることはできませんから。でも勘違いなさらないで下さいね。そのことと、あなたとのこととはまったく関係がありませんので」

「どうだか知らないが、とにかく僕は、別れるつもりはないよ。きみとも、か、神近くんとも、保子とも」

「そうですか。わかって頂けないのなら、これっきりということですわね。二度とお目にかかりません、さようなら」

言い捨てて、市子のほうへは目もくれずに踵《きびす》を返す。何を言われようと、今は絶対にふり返ってはいけない。絶対に。奥歯を嚙みしめながら襖を開け、廊下に出ようとした時だ。

「待ちたまえ」

いつになく恐ろしい声で呼び止められ、踏み出しかけていた足が竦《すく》んだ。

「野枝くん。だ、だとするときみは、僕を愛してもいなければ愛そうという気もないのに、あんな情熱的な口づけをしたのかね」

何を言いだすのだ。

「私からしたんじゃありません」

「応じたろう？」

「ですからあれは、あくまでも友情の、」

「馬鹿を言え。あんなにも激しい友情のキスがどこにある」

「やめて下さい！」

市子が聞いていると思うと恥ずかしさで死んでしまいそうなのに、いっそのこともっと言って欲しくなる。もっともっと聞かせて、同じくらい激しく嫉妬させてやりたくなる。

「き、きみは僕を好きなんだろう？　本当は今日、それを言いに来たんだろう？」

ふり向かぬまま柱にすがり、野枝は必死にかぶりを振った。違う、違う、そうじゃない。馬鹿なのか、男は。そんな単純な話ではないというのに。

「もう一度、よく考えてみて欲しいんだ。僕らの心が結ばれた動機は何だったか」

――動機？

ようやく野枝が聞く耳を持ったのを感じ取ってか、大杉の声が少し和らぐ。

「僕らは、恋人であるよりも前に親友だった。同じ理想のために闘わんとする同志でもあった。今だってそうだ、何も変わってやしない。だったら、僕らが別れを選ぶ理由なんか何一つありはしないじゃないか。そうだろう」

親友。

同志。

そう呼ばれることで、胸にゆっくりと落ちてゆくものがある。張りつめ、強《こわ》ばりきっていた背中から勝手に力が抜けていってしまう。

いや、駄目だ。どうしてこうも容易《たやす》く揺らぐのだ。彼のはどうせ詭弁《きべん》に過ぎない、頭ではちゃんとわかっているのに。

野枝は、かすれ声で言った。

「しばらく……考えさせて下さい」

後ろ手に襖を閉め、廊下を戻って階段の下を見おろす。ゆうらり、眩暈がした。

辻に向かって離婚を切りだしたのは、その日のことだ。夫婦の寝起きする部屋だった。

当然、理由を訊かれた。もうずっと前から夫婦関係など形ばかりのものでしょうと言っても、それならなぜ今日になって言いだしたのだ、何があったのだと問い詰められる。

これまでの五年間、どんなことでも言葉を尽くして話し合うのが、辻との間の約束事になっていた。言い交わして取り決めたわけではないがどちらもがそれを守ってきたし、その信頼関係があったからこそ、木村荘太との恋愛沙汰が世間を騒がせた時も二人で乗り越えられた。

ただ、あの時とは事情が違う。木村との騒動では、辻から静かに別離を仄《ほの》めかされただけで野枝のほうが半狂乱になり、許して欲しいと膝に取りすがって謝罪した。その自分が、今度は自ら別れを切り出したのだ。

「言えよ。どうして急にそんなことを言いだすんだ」

野枝は、すりきれた畳に目を落とした。恩ある辻に、この期に及んで嘘などつきたくない。顔を上げて言った。

「好きに、なったからです」

「誰を」

「……大杉さんを」

辻が、みるみる蒼白《そうはく》になってゆく。その顔を見て野枝は、良人がもう長らく、妻と大杉との不貞を疑っていたことを覚った。

「本気なのか。本気であいつを好きなのか」

「ええ。でも、それはあなたと別れる直接の理由じゃありません」

「何を言ってる。たった今、お前が自分で言ったんだろう、大杉を好きになったから別れるって」

「いいえ、それについては『どうして今日』とあなたが訊くから答えたまでです。あなたと別れたからといって、代わりにあの人と一緒になるつもりはありませんから」

「だったら離婚の必要はないじゃないか」

「それとこれとは別々のことでしょう？　私たち、もう元には戻れない。こんな虚しい毎日、夫婦生活とも呼べない。いいかげん結論を出したほうがいいってことは、あなただってとっくにわかっていたはずです」

「大杉と、やったのか」

「潤さん、やめて」

「答えろ。あいつはもう、お前を抱いたのか」

「そんなことしてません」

「じゃあどこまでだ、どこまでやった。ええ？　キスはしたのか」

薄い座布団を蹴って、辻が飛びかかってくる。蒼白い顔の中で、目だけが真っ赤に血走っている。いい年をした男が口づけ一つに逆上している姿は滑稽だが、両肩をつかまれ、乱暴に揺さぶられているうちに怖くなってきた。

「正直に答えろ、あいつと接吻したのか！」

野枝は、揺さぶられながら頷いた。

とたん、左頬に衝撃を受けた。頭が部屋の隅まで吹っ飛ぶかと思った。殴られたのだとわかったのは、続いて逆側の頬も張られたからだ。

何か怒鳴っているようだが、鼓膜が破れたのか聞こえない。畳に倒れ伏した野枝の背中を、辻が裸足《はだし》で踏みつけ、蹴り飛ばし、また踏みつける。ただごとではない悲鳴を聞きつけた姑の美津が部屋へ飛んできて止めてくれなければ、半殺しの目に遭わされていたかもしれない。それほどまでに辻の怒りは激烈だった。

翌日になって宮嶋資夫が訪ねてきた時、辻はすっかり酔いつぶれ、正体をなくしていた。野枝の左目の縁が紫色に腫れ上がっているのを見た宮嶋が、慌てて辻を揺り起こす。

ようやく起き上がった辻は、空っぽに近い酒瓶を引き寄せながら大声をあげた。

「もう駄目だね、俺んとこもうすっかり駄目になった」

野枝は黙っていた。鼓膜はどうやら無事のようだ。

「こいつはキスしただけだなんて言いやがるが、どうせ嘘ばっかりだ。その先がなかったかどうかなんてわかるもんか。俺はもういやだ、何もかもいやになった。今日でこの家も解散だ……」

困ったように宮嶋がこちらを見る。仕方なく、野枝は言った。

「どれだけ言っても信じてもらえないんです」

口を動かすと、切れた唇の端が痛んだ。鉄錆《てつさび》くさい血の味がする。

「確かに私にだって非はありますけれど、こう頑《かたく》なじゃ、何を言ったってどうしようもありません。私、当分の間、独りで暮らしていくつもりです」

数日後、野枝は、家を出た。数えで四歳になる長男の一《まこと》を辻のもとに残し、次男の流二だけを背中にくくりつけていた。

辻は、久しぶりに素面だった。あきらめた顔で静かに言った。

「幸せになってくれ」

頷き返すだけで精いっぱいだった。何もかも自分で決めたことだ。後悔はないはずなのに、こんなにも涙が噴き出すのはなぜなのだ。

「ありがとう、すみません。あなたもどうかお元気で」

野枝は泣きじゃくりながら流二を揺すり上げ、歩きだした。

角を曲がり、背中に注がれる視線の鎖が切れた瞬間、ああ、自由だ、と思った。

廊下との間を隔てるたった一枚の薄い襖に、古い木刀で心張り棒をかって、こらえきれずに漏れる声はかろうじて布団の中へ逃がす。軀の中心を、大杉の持ちものがおよそ遠慮なく穿《うが》っては掘り進む。揺さぶられながら野枝は、あの接吻の夜に初めて触れた男の背中を存分に愛撫した。みっしりと張りつめた、農耕馬のそれを思わせる筋肉。かつて抱かれた末松福太郎とも辻ともまったく違う、自分はいま生まれて初めて、牡《おす》と交合している。そう思うだけで、肉体の快楽を脳のそれが追い越し、自身もまたただの牝《めす》になってゆくのがわかった。

一、お互いに経済上独立すること。
一、同棲しないで別居の生活を送ること。
一、お互いの自由(性的のすらも)を尊重すること。

大杉の提唱する〈自由恋愛〉三条件のうち、さっそく二つまでを犯すと知りながら、行き場をなくした野枝は大杉の下宿に転がり込むほかなかった。

「いいじゃないか、しばらくここにいれば。なに、そういつまでものことじゃない。落ち着き先が見つかるまでの話だろう。誰にもとやかく言わせやしないさ」

もつれ合いながら男は優しいことを言うが、野枝にも意地がある。

「いいえ、そうもしていられないわ。独りになってきちんと勉強をしたり原稿を書いたりするんだと、辻にも野上弥生子さんにも約束をしたのです。このままぐずぐずとあなたの厄介になったのでは、私、口ばっかりの大嘘つきになってしまう」

たしかにこれでは格好がつかないと、大杉のほうも考えたのだろう。野枝が、ひとまず『青鞜』時代の同人・荒木郁《いく》の母親が経営する神田三崎町の旅館「玉名館《ぎょくめいかん》」に置いてもらい、そのあとは御宿《おんじゅく》へ行くつもりだと言い出すと、強く反対することはなかった。

四月二十九日の夕刻、玉名館での送別会を経て、野枝は大杉らに見送られ、両国駅から汽車に乗った。千葉県御宿の「上野屋旅館」はかつて、平塚らいてうが奥村博《ひろし》と逃れるように行き着いてしばらく暮らしていた宿だ。当面はそこに籠もって原稿を書くつもりだった。

何しろ、余分の金など一銭もない。辻のもとを出てくる時も、流二のほかにはわずかな衣類などを抱えてきただけで、御宿に逗留《とうりゅう》するための二十円も大杉がかき集めてくれたものだ。

〈大杉さんとの間については、もう私には何も言えないけれど、できれば、食べることまでは頼らないようにしなさいね〉

戒めるような野上弥生子の言葉が耳について離れない。『青鞜』を潰してしまった今、自力で収入を得ようとするなら、執筆にいそしむ以外に手だては残されていない。目算はただ一つだけ。前に連載をさせてくれた『大阪毎日新聞』に、このたびの顚末を材料にした小説を書いて持ち込むのだ。

世間を騒がせることになるのは覚悟の上だった。どれほど後ろ指をさされるかと思うと身が竦むが、一方で、事実とは異なる噂や勝手な憶測などを片端から斬って捨てたい気持ちが渦巻いていた。

真実を書いてのけたい。幼子を育ててゆくためにも、躊躇《ちゆうちよ》している場合ではない。日常を離れて独りきりになれば、家事や編集作業の諸々に追われていた時よりはるかに集中できるはずだ。一日も早く小説を仕上げ、堂々と自立してみせなくては。

御宿の駅に降り立った時にはすっかり夜だった。うら寂しい停車場に風雨が吹きすさび、戸を閉《た》てた商店のトタン屋根だけが騒がしくはためいていた。旅館は駅のすぐ近くと聞いていたのに少し距離があって、真っ暗な中でも建物の向こう側はもう海であることが感じられる。中二階のような四畳半に通され、ようやっと背中から子どもを下ろして腰を落ち着けると、数日来の疲れがどっと溶け出して動けなくなった。

外は雨でも東京よりはいくらか生暖かく、部屋の空気が濃い。湿気た畳の藺草《いぐさ》の匂いに混じって、身じろぎするたび自分の髪の脂くささが鼻先をかすめる。

寂しい。流二がそばでいくらハイハイをしていても孤独は埋まらない。長く馴染んだ生活を離れてきたから寂しいのではない。唯一求める男がここにいないのが寂しいのだ。

腰が鈍く痛む。汽車の座席の硬さがこたえたようだ。ああ、この部屋は押し入れがないのだなと気づく。まばたきのたび、雨音が遠のいたり近づいたりする。

家を出てくる前の来し方が、何もかもひどく頼りなく思えた。結婚生活も、『青鞜』の日々も、輪郭がおぼろでよく思い出せない。上野高等女学校の五年生に上がった春、桜の下の坂道を並んで歩いたのは、あれは辻だったろうか。卒業式の翌日に上野の森へ絵を観に出かけ、郷里へ帰る自分を新橋の駅近くまで見送ってくれた男はほんとうに辻であったろうか。

確かに思い浮かべられるのは、この数日間ずっとそばにいた男の顔だけだった。第一福四万館と玉名館に滞在した間、ほぼすべての時間を費やして大杉との愛欲に溺れきった野枝の肉体は、もうまったく彼だけのものへと作り替えられてしまっていた。

夕まぐれに両国駅で別れた彼の面影が慕わしくてならない。良人に別れを切り出すに際してあれほど強く自身に刻みつけたはずの独立への決意も、噴き上げるような恋情の前には早くも崩れてしまいそうだ。

野枝は荷物を解き、大杉の著書『生の闘争』を膝の上に開いた。辻の家を出る際、一冊だけ持ち出した本だった。何度くり返し読んでもそのつど、初めて読んだかのような感動がある。

そうだ。彼との関係は、単なる男女のそれではない。世にも得がたい異性の親友であり、なおかつ共に闘う同志なのだ。その点こそが野枝の、保子とも市子とも違うところだと、大杉がくり返し言ってくれていたではないか。

文机に便箋を広げてペンを用意する。ようやく少し落ちついた。

翌朝、いかにも海辺の宿らしい朝食を食べ終わると、野枝は流二を宿のばあやに預けて部屋に戻り、さっそくペンを走らせた。

——ゆうべ、つくとすぐに手紙を書き出しましたけれど、腰が痛んで気持が悪いので止めました。

窓の外の空は白い。夜通し降り続けた雨はまだ止む様子がない。風が吹き荒れ、窓ガラスが鳴り、裏手では海も鳴っている。故郷今宿の松原が思い起こされ、野枝は寄る辺ない心持ちになった。

——こうやって手紙を書いていますと、本当に遠くに離れているのだという気がします。あなたは昨日別れるときに、ふり返りもしないで行っておしまいになったのですね。ひどいのね。私はひとりきりになってすっかり悄気《しょげ》ています。早くいらっしゃれませんか。それだと私はどうしたらいいのでしょう。こんなに遠くに離れている事が、そんなに長くできるでしょうか。お仕事の邪魔はしませんから、早くいらして下さいね。

こんな事を書いていますと、また頭が変になって来ますから、もう止します。四時間汽車でがまんをすれば来られるのですもの、本当に来て下さいね。五日も六日も私にこんな気持を続けさせる方は——本当にひどいわ。私はひとりぽっちですからね。この手紙だって今日のうちには着かないと思いますと、いやになってしまいます。

かつて、何も知らないおぼこの自分を教え導いてくれた辻に向けてさえ、こんなにも手放しで甘えきった手紙を書いたことはない。どれだけ委ねても、大杉なら嫌な顔などしない。むしろもっともっと、全身全霊で甘えてくるようにと言ってくれるだろう。野枝にはその確信があった。

一通目を書きあげて、なお溢れる想いは止まず、午後になって二通目を書き綴《つづ》る。

——ひどい嵐です。ちょっとも外には出られません。本当にさびしい日です。けれど今日は、さっきあなたに手紙を書いた後、大変幸福に暮しました。なぜかあててごらんなさい。云《い》いましょうか。それはね、なお一層深い愛の力を感じたからです。本当に。

こないだあなたに云いましたね、あなたの御本だけは持って出ましたって。今日は朝から夢中になって読みました。そして、これがちょうど三、四回目位です。それでいて、何だか始めて読んだらしい気がします。あなたには前から幾度も書物を頂く度に、何か書きますってお約束ばかりして書きませんでしたわね。私は書きたくってたまらない癖に、どうも不安で書けませんでしたの。それは本当に、あなたのお書きになったものを、普通に読むという事が、輪廓だけしか読んではいなかったのだという事が、今日はじめて分りました。なんという馬鹿な間抜けた奴と笑わないで下さい。

私が無意識の内にあなたに対する私の愛を不自然に押えていた事は、思いがけなく、こんな処にまで影響していたのだと思いましたら、私は急に息もつけないようなあなたの力の圧迫を感じました。けれども、それが私にはどんなに大きな幸福であり喜びであるか分って下さるでしょう。あんなに、あなたのお書きになったものは貪るように読んでいたくせに、本当はちっとも解《わか》っていなかったのだなんて思いますと、何だかあなたに合わせる顔もない気がします。

ペンを走らせながら野枝は、これを受け取って読む時の大杉の顔を想像していた。硬い口髭の下で、苦笑いの形にほころぶ唇。目尻に寄る皺《しわ》。

――今夜もまたこれから読みます。一つ一つ頭の中にとけて浸み込んでゆくのが分るような気がします。もう二、三日位はこうやっていられそうです。一ぱいにその中に浸っていられそうです。でも、何だか一層会いたくもなって来ます。

本当に来て下さいな、後生ですから。

嵐はだんだんひどくなって来ます。あんな物凄いさびしい音を聞きながら、この広い二階にひとりっきりでいるのは可哀そうでしょう。でも、何も邪魔をされないであなたのお書きになったものを読むのは楽しみです。本当に静かに、おとなしくしていますよ。でも、ちょっとの間だってあなたの事を考えないではいられません。こうやっていますと、いろいろな場合のあなたの顔が一つ一つ浮んで来ます。

じりじりと一日が過ぎてゆく。原稿用紙をひろげてはみるものの、ただの一行どころか一文字も書けない。ペン先を見つめたまま、あるいは窓の外を眺めたまま、気がつけば何時間も過ぎている。思い出すのは大杉の姿、声、話し方、それに彼がこの軀に加えた数々の愛撫や仕打ちばかりだ。大杉のもとを離れたことによって、かえって大杉を離れては一日も生きていけないと思い知らされるとは皮肉なものだった。

返事を受け取ったのは翌々日、五月二日のことだった。胸に押し当てるように喜びを嚙みしめてから封を開ける。

はたして手紙には、大杉自身の日々の様子や共通の知人の消息のほかに、神近市子のことがやけに詳しく書かれてあった。あの女の様子など知りたくもない、わざわざこちらへ話して聞かせて何になるのだと思いかけてから、大杉とのこれがそういえば〈自由恋愛〉であることを今さらながらに思い出す。あまりにも濃い蜜月の日々を過ごした後だけに、すっかり頭から飛んでいた。

市子の影が濃いのも道理だ。こちらにとっては大杉ただ一人だが、彼のほうは日々の用事の合間に妻も含めて三人の女の相手をしなくてはならない。自分がそばからいなくなったことで、他の女に使える時間が増えたというわけだ。

〈お互いの自由（性的のすらも）を尊重すること〉

どうだ公平だろう、と大杉は言うだろう。よしんばきみたち女性の側が誰かと交渉を持ったところで、僕はそれを束縛しないよ、だから僕のことも縛り付けないでくれ、と。男女の同権については異論がない。それどころか、野枝自らが『青鞜』誌上や他のところにくり返し書いてきた。そう、男と女は同じに扱われるべきだ。けれど、男と女はけして同じでないのだ。複数の女性と同時に関わって、なおかつそれぞれを別々に愛することができると豪語する大杉とは異なり、彼をめぐる女たちは誰一人として恋愛の同時進行など望んでいない。一人を愛すれば、定員は埋まってしまう。絶対とは言わないが、ほとんどの女はそういうものではないのか。

神近市子がずいぶん痩せて、大きな眼をギョロつかせているというくだりを読んで、さもありなんと思う。大杉をめぐるこの関係が、勤めている新聞社の知るところとなってしまったので、早晩辞める決心でいるらしい。

少し、同情してしまった。野枝はそれが、今は自分こそがいちばん多く男の愛を受けているがゆえの余裕であることも、はっきりと自覚していた。

大杉の語りかけは続く。

——あなたの手紙は、床の中で一度、起きてから一度、そして神近が帰ってから一度、都合三度読み返したのだが、少しも胸に響いてくる言葉にぶつからない。早く来い、早く来い、という言葉にも、少しもあなたの熱情が響いてこない。

本当にあなたは、この頃、まったく弱くなっているようだ。そしてその弱さは、単にいじらしいという感じをのみ、僕に与える。僕には、それが、堪《たま》らなく物足りないのだ。

なんとひどいことを言うのだろうと思った。少しも響いてこないとは何ごとか。一言一句をどれほどの想いで書き綴り、手紙以外に繋《つな》がる手立てがないのをどれだけ心細く思っているか、大杉にはわからないのだろうか。歯ぎしりとともに、野枝は悔し涙で曇る目を拭い、その先の文面を追った。

——三度目に手紙を読んで、しばらくして落ちついてから、第一のはがきを書いた。それから仕事に取りかかるつもりで、本のところへ手を延ばしてみたが、急にさびしさがこみあがって来て、その手はこめかみのところに来てしまった。逢いたい。行きたい。僕の、この燃えるような熱情を、あなたに浴せかけたい。そしてまた、あなたの熱情の中にも溶けてみたい。僕はもう、本当に、あなたに占領されてしまったのだ。

肉体的な疼痛《とうつう》をともなうほどの歓《よろこ》びが身体の奥底からこみあげてきて、野枝は低く呻き、畳の上につっぷした。彼が求めているのがこういう言葉であるなら、こちらの書き送る手紙が少しも響いてこないと言われても仕方がない。

流二が幼子らしい奇声をあげ、ハイハイをして近寄ってくる。小さな指が髪を乱暴にまさぐるにまかせながら、野枝は目をつぶり、大杉の愛撫を思い出そうとした。

それから、急いで返事を書いた。

――会いたくない人に無理に会わなくてもよろしゅうございます。何卒ご随意になさいまし。一生会わなくったって、まさか死にもしないでしょうからねえ。そんな人に来て頂かなくても、私一人で結構です。なぜあなたはそんな意地悪なのでしょう。

不実な恋人を責める皮肉な物言いの裏に、甘えた上目遣いがどうしようもなく滲み出てしまう。何を言っても迫力のないことおびただしかった。

手紙を書いては返事を待つだけの一日は、長い。焦《じ》れて、焦れて暮らすからなおさらだ。宿に蓄音機を借りて何かかけても、得意の三味線を弾いて歌ってみても、面白くもおかしくもない。女中に買わせた酒を飲んで酔っぱらってみたが、とにかく何をしていてもつまらない。おまけに、ウイスキーやら日本酒やらをいちどきに飲んだせいか、すっかり体調を崩してしまった。ふさいで寝込んだかと思えば手紙ひとつではしゃいだりするので、宿の者たちも腫れ物に触るような扱いだ。

手紙を出しに行った郵便局に、東京と通話のできる電話があるのを見つけた時は嬉しかった。少しの間でも声が聞ける。明後日、五月四日の朝かけるからどうか下宿にいてほしいと書き送り、うきうきしながらその日を待った。

が、いざかけてみると大杉は不在だった。一昨日からずっと、声を聞くことだけを楽しみに耐えてきたというのに、どうして居てくれないのか。手紙が着かなかったのだろうか。いや、どうせ保子か市子のところへ泊まっていてまだ読んでいないのだ。そうに決まっている。

打ちひしがれた野枝が郵便局からとぼとぼと宿まで戻り、旅館の名前が書かれたガラス戸を引き開けたところへ、

「やあ」

出迎える声があった。

「朝早くから、ど、どこまで行っていたの？」

茫然と立ち尽くした野枝は、歓迎の言葉すら声にならずに、いきなり子どものように手放しで泣きだして大杉に笑われた。何の予告もよこさなかったのは、持ち前の茶目っ気を発揮してのことらしい。

それからの三日間、二人はただただ互いを求め合って飽くことがなかった。宿のばあやに預けた流二に乳を含ませに行っては、またすぐ部屋に籠もる。離れてしまえばあの辛さが襲ってくると思うと、貪っても貪っても足りなかった。

六日の午後、御宿駅まで大杉を見送って行った野枝は、停車場前の店でしばらく休み、

ようやく気を取り直して宿の部屋へ戻った。手に入れてきた新聞や雑誌に片端から目を通す。

『中央公論』には中村孤月による「伊藤野枝女史を罵る」と、西村陽吉の「伊藤野枝に与う」の二つが掲載され、『万朝報《よろずちょうほう》』にはここ四日間にわたり「新婦人問題――伊藤野枝子と大杉栄氏――」と題した記事が連載されていた。

いずれも思ったほどの内容ではなく、野枝はつまらなくなって新聞を畳んだ。思ったほどの、というのは、裏返せば、もっとひどい罵詈雑言《ばりぞうごん》を浴びせられるものと思い込み、それをどれだけ恐れていたかという表れでもある。

自分の小心ぶりに苦笑しながら部屋の中を見渡すと、何もかもそのままだった。四畳半がやけに広い。座布団が二つと、つい先ほどまで大杉が着ていた浴衣。ぬけがらのようなそれを、野枝は手に取って引き寄せた。

やがて届いた愛しい男からの手紙を、野枝は、素肌の上に彼の残した浴衣を着て、布団に潜り込んで読んだ。

――発車するとすぐ横になって、眼をさましたのが大原の次の三門《みかど》。そこで尾行が代った。たぶん大原から新しいのが乗り込んだのだろう。また、本千葉まで眠った。そこでも新しい奴が乗り込んで千葉で交代になった。最後にまた亀戸で代った。都合三度、四人の男が代った訳だ。ご苦労様の至りなり。

電報と手紙と一通ずつ来ている。今その手紙を読んでみて、あんなに電話をかけるのをたのしみにしていたのを、本当にすまなかったという気が、今さらながらにしきりにする。どんなに怒られても、どんなに怨《うら》まれても、ただもう、ひた謝りに謝るつもりで出かけたのであったが、会ってみると、それも何だか改まり過ぎるようでできなかった。しかし本当に済まなかったね。

もう一つ済まなかったのは、ゆうべとけさ、病気のからだをね、あんなことをしていじめて。あとでまた、からだに障らなければいいがと心配している。

けれども本当にうれしかった。本千葉で眼をさまして、おめざめにあの手紙を出して読んで、それからは、たのしかった三日間のいろいろな追想の中に、夢のように両国に着いた。今でもまだその快い夢のような気持が続いている。

『東京朝日』(けさ宿でかしてくれたあの新聞にも、この記事があったのじゃあるまいか。ツイうっかりしていたが)と『万朝』と『読売』との切抜を送る。きょうの『万朝』には何も出ていない。もう終ったのだろうか。

孤月は「幻影を失った」のだね。余計な幻影などをつくったから悪いのだ。あきれ返った馬鹿な奴だ。

便箋の間からこぼれた新聞の切り抜きには、例によって批判ばかりが書き立てられており、中でも『読売新聞』にはまたしても中村孤月が文章を寄せていた。題して「幻影を失った時」。大杉の手紙にあるのはそれのことだ。

何を書き立てられようと、野枝はもう痛くも痒くもなかった。大杉を含めた四人以外、いや、突きつめれば彼と自分の二人以外には、誰にも、何もわかりはしないのだ。

そんなことより仕事をしなくてはならない。このままでは宿代が滞るばかりか、東京へ帰る旅費すらもない。

階下で、流二のむずかる声がして、たちまち泣き声に変わった。日中はばあやか女中が相手をしてくれているのだが、やはり母親でなくてはどうにもならない時もある。

「……可哀想《かわいそう》な子」

口の中で呟《つぶや》くと同時に、今さらのようにおそろしい自己嫌悪に襲われた。

いくら仕事が大切とはいえ、我が子を蔑《ないがし》ろにしてまですることだろうか。幼い頃から口減らしのため親戚の家をたらい回しにされた、あの寂しさと辛さを忘れたか。郷里の母ムメに向かって、どんなことがあろうと自分は子どもを手放したりしない、と言い放ったのはこの口ではなかったか……。

ため息をつくとともに、ほろほろと心から泣けてきた。連れられてきてこのように放《ほう》擲《てき》される流二も可哀想だが、辻のところに残してきた一もまた憐れに思われてならない。四つになる彼には、母親の記憶がしっかり残るだろう。これから先ずっと、この母を恨んで育つのではないか。愛されていなかったと誤解したまま、世をすねて生きてゆくかもしれない。

こんな身勝手な自分は、子など産むべきではなかった。この先、流二をどうやって育てていけばいいかもわからない。

泣きながら、野枝は大杉の使っていた枕に顔を埋め、目を閉じた。彼が帰ってしまった日を境に、また天気まで曇って風が出てきたようだ。潮の遠鳴りがいっそう耳につく。書かねば生きていけない。気ばかり焦るのに、どうしても机の前に座ろうという心持ちになれない。

遅れているのは原稿だけではない。大杉以外の誰彼へ向けて書かねばならない手紙さえ、もう何日も滞っている。

*

「あなたが困ることは、私が困ることだから」

大杉の苦境を知るたび、市子はにっこりとそう言って、入り用な金を用立ててきた。

その気持ちが嘘だったことはない。金などは、たまたま稼げる者が出せばいい。大杉のような主義主張を持つ男がよけいな金を持たないのはむしろ清貧にも通じる気がして、婦人記者という物珍しさからちやほやされ、結構な高給を受け取っている自分が恥ずかしく思えるほどだった。

しかし市子の金は、大杉を養うだけではなかった。主宰していた雑誌『近代思想』が相次いで発禁処分を受け、収入の道を閉ざされてしまった彼は、やがて別居中の妻・保子の生活費についてまでも市子に頼るようになり、さらにはそこへ、辻と別れて家を出た野枝が加わるに至った。

本心では笑って許容もできなくなっていたが、ここで急に吝《しわ》いことを言いだせば大杉を失望させてしまう。

「野枝さんが困って、そのためにあなたが困れば、私もまたやはりそのために困るのです。だから、誰のため彼のためということはいっさい抜きにしてお送りしましょう。ね、いいでしょう？」

いつものようににっこりすれば、大杉は心から感激し、市子を女神のように扱うのだった。

どうしてこんなことになるのか理解できなかった。ふつうなら、愛人から養われるなど、正妻にとってももう一人の愛人にとっても、おそろしく屈辱的なことではないのか。

これは大杉には話していないことだが、一度、思いあまって保子の住む四谷の家を訪ねていったことがある。入口に「大杉栄」「堀保子」と二つの表札がかかっているのは以前と変わらなかったが、家にいたのは保子一人だった。

あえて口にしなくとも、夫に稼ぎがない以上は現在の生活費がどこから出ているか、保子ほどの人が気づいていないわけがないと市子は思った。そこに油断があったのかもしれない。大杉の愛情がすっかり野枝一人に向かっている今、余りものの女二人で慰め合い、なんとか問題解決の糸口を見つけられればという気持ちだったのだが、「あなたたちが起こしたことでしょう」保子は冷たく言い放った。「だったら、あなたたちで解決して下さいな」

市子は蒼白になって帰るよりほかなかった。茶の一杯どころか、こんどは白湯すら出なかった。

大杉との関係に影が差し、だんだん終わりに近づきつつあるのはわかっている。意外なことにそれは、彼の側の変節というよりは市子自身の内部から立ち現れてきたものだった。

大杉栄という行動者の思想を尊敬し、その理想に憧れたところから始まった恋愛であるから、彼が自身の信ずる社会の実現のために運動を起こし、またそのための困窮であるなら、たとえ酌婦に身を堕《お》としてでも働いて助けるつもりだったのだ。しかし彼は、何ごとにつけ甘さと愚かさを露呈した。野枝との恋愛に惑溺《わくでき》するようになってからは、その傾向がなおのこと顕著になった。

大杉を信じてついてゆくのは、もしかして間違いではないか。

ここへ来て市子はようやく、友人の宮嶋資夫と麗子夫妻の意見を思い返した。最近はアナキストたちの集会もあまり開かれなくなってきたという。お上の取り締まりもさることながら、大杉の不品行やだらしなさに呆れた同志たちが次々に離反していったというのが実情のようだった。

新聞はこの四つ巴《どもえ》の醜聞を毎日のように書き立てていたが、市子はすっかり醒めて、当事者の一人だというのに傍観者の心持ちでいた。

あんな〈自由恋愛〉の三条件など、どうやったって守られるはずがなかったのだ。病弱な保子に経済的な自立はどだい無理な相談だし、野枝はといえば辻潤をそれこそ〈弊《へい》履《り》のように〉棄《す》てて家を出たものの、御宿の旅館代の支払いにも困り、結局は大杉に頼まれた市子が用立ててやる始末だ。

ようよう東京に舞い戻ってきた野枝が、身一つでまた大杉の下宿に転がり込むのを見た時は、驚いて、子どもはどうしたのかと訊いた。

「養おうにも金がないんだ」

大杉はいつもと同じ台詞《せりふ》をくり返した。

「子どもは、御宿の漁師の家に欲しいと言われてね。悩みに悩んだ末にとうとう里子に出したそうだ。そのほうがきっと良かったに違いないんだが、か、可哀想に、あのひとは悲嘆に暮れているよ」

可哀想なのは、振り回されて棄てられた子どものほうだと思った。

しかも野枝は今なお一文無しだ。なんでも、『大阪毎日新聞』に連載させてもらうはずだった小説原稿が、文芸部主任にして小説家の菊池幽芳《ゆうほう》からたいそうな賞賛の手紙とともに送り返されてきたらしい。載せるには内容があまりに個人的である、というのがその理由だった。

「なるほどね。事情はわかりましたけど、だからってどうして野枝さんがいつまでもあなたの部屋にいるんですか」

「彼女だって本意じゃないんだ。か、金がなければ動くに動けないんだからしょうがないだろう」

「またそんなことを言って。最初に、お互い同棲はしないで独立するようにと条件を付けたのはあなただったじゃないですか。〈自由恋愛〉っていうのはそんなにいいかげんなものだったんですか」

するると大杉は、いらいらと肩を揺すって怒鳴った。

「うるさいな！　僕はあのひとが好きなんだ。つまらんことで、ぶつくさ言わんでくれ！」

――ぶつくさ。

心臓を冷たい手ですうっと撫でられた心地がした。

その時を境に、市子は大杉のことを、新聞記者として誰かを取材するような目で見るようになった。そうして醒めた目で見つめ直してみれば、これまでは男らしさの塊のように思っていた大杉が、急に卑小な、脇の甘い人物に見えてくるのだった。

きっぱり別れてしまえばいいものを、どうして自分がそうしないのかわからない。執着にしたって度が過ぎていると思うのだが、いざ顔を見て、強い言葉を浴びせられると、思考が止まってしまう。他の男が相手ではあり得ないことだ。悪い魔術でも使われているかのようだった。

大杉からの仕打ちで市子が何より辛いのは、

「あんたには物事の大局を見る目がない。それに比べて野枝くんはよく理解している」

時には当人の前でまでそう言って面罵《めんば》されることだった。市子から見れば、野枝の余裕は一時的な勝利者の自信に過ぎないのだが、口に出すのは自尊心が許さなかった。

せっかく勤めた新聞社を辞めてからも、翻訳や通訳の仕事を世話してもらえたおかげで、収入には困っていない。ただし、そのほとんどをそっくり大杉に渡していたために、市子自身は秋に入っても垢じみた袷《あわせ》に粗末な羽織を引っかけて寒さを凌《しの》ぐしかなかった。

そして大杉の困窮ぶりはひどくなるばかりだった。あちこちへ家移りをくり返す彼ら二人の部屋代を、いったい何度立て替えてやったかしれない。これまでも彼は、ダーウィンの『種の起源』を訳した金が十月初めには入るはずだとか、これこれの原稿が何に載るからもうちょっと待ってくれなどと言っては金をせびっていったが、返してもらった覚えはまったくない。そのくせ、野枝の着物までも質に入れてしまって着るものがないというのでまた金を渡せば、次に会ったときには市子より野枝のほうが上等な袷を着ていたりもした。

関係する四人全員の生活がひとりの肩にのしかかるばかりの日々は、市子を疲労困憊《こんぱい》させ、荒《すさ》ませ、ますます思考能力を奪っていった。

——もう、いっそ、死んでしまおうか。

ある日その考えが頭に浮かんだ時、市子は、急速に楽になってゆくのを感じた。神保町から駿河台に抜ける途中にある刀剣屋の店先だった。飾り窓の中に妖しく輝く小ぶりの短刀が目につき、立ち止まって見入っているうちに、それまで張りつめていたものがふうっとゆるんでようやく息がつけるようになった。

衝動的に買い求めたそれを、市子は折に触れ、鞘《さや》から抜いては眺め尽くした。周囲の誰も、こんな自分を知らない。表面的にはまったく静かに生活しているぶんだけ、その内側でどれほどの怒りが荒れ狂っているかに気づかない。

そうだ。なぜこの期に及んで大杉と別れずにいるのか自分でわからないと思いこんでいたが、突きつめてゆけば、そこにあるのは熾烈《しれつ》なまでの怒りだ。こちらの真心を嘲笑いながら踏みにじってよこした男に、たとえ言葉の上だけでもいい、何らかの謝罪をさせない限り、決して自分からは身を退《ひ》いてやるものか。

着物の袖に隠れた腕の内側を、刃先で薄く浅くなぞれば、小さな血の粒がふつふつと滲んで盛り上がる。その紅《あか》さの向こう側に仄見える昏《くら》い死の影は、市子に、ただひとつ残された救いを指し示してくれるかのようだった。

「こ、今月は、少し金が入ったよ」

大杉がそう言ったのは、十一月に入ってすぐ、三日の夜のことだ。夕刻から神田で同志たちと会合を持った彼は、そのあと尾行を振り切るべく車に飛び乗り、市子のもとを訪れていた。

「それは良かったわね。どのくらい入ったの？」

「百円ばかり。そうはいっても五十円は保子に渡してやらなければならなかったし、げ、下宿にも二十円支払ったろう。それに、野枝くんの着物もないので三十円出して、また一文無しになってしまったよ」

市子は、苦笑いで応えるしかなかった。

少し前の寒い日に、大杉が浴衣しか着るものがなく寝間から出られないでいることがあったので、見かねて従姉の子にまで金を借り、十円にして渡してやったことがあった。自分にも持ち合わせがないが、それくらいあれば質からセルの着物と袷の羽織くらいは出せるだろうと思ったのだ。

それなのに、金が入るなり野枝の着物に三十円。自分の吝嗇《りんしょく》さにうんざりしながらも、市子の胸はざわめく。

「そんなわけで、当分の間、葉山へ行こうと思うんだ。知っての通り、雑誌を起こすなら向こうのほうが安く上がるからね」

「そう。お一人で？」

市子が訊くと、それだけでも嫉妬による勘繰りと思ったのか、大杉は顔を歪めた。

「もちろん僕一人だとも。みんなから逃げて、た、たった独りになって仕事をするんだ。野枝くんとも、これを機に別々に暮らす」

やっとですか、という言葉をかろうじて呑み込む。

「それは良いことだわ。たくさん仕事をなさるといいわ。ええ、とても良いことですよ、きっとあの人にとっても」

「うん」

久々に、男の顔が清々《すがすが》しいものに見える。おかげで晴れやかな気持ちになってきた市子は言った。

「いつ発《た》つの？」

「そうだな。まあ、二、三日のうちには」

「それじゃ、たった一つだけお願いを聞いて下さらない？」

「……何だね」

大杉の顔が怪訝そうに曇る。それを寂しいと感じるには、すでに同じような扱いに慣れきっている。市子は明るい笑い声を立ててみせた。

「そんなに怖がらないで下さいな。本当に簡単なことよ。葉山へ行く時には必ず私を誘って、向こうでほんの一日だけ一緒に遊ぶこと。後はもう、決してお仕事のお邪魔はしませんから」

「……うん」

「いいでしょう？　ね、あなた、いいでしょう？」

「そうだね」

「ね、必ず約束して下さるわね？」

「わかったから、うん」

大杉の口もとに浮かんだ渋々ながらの笑みでさえ、市子にはようやく与えられた砂糖菓子のように思えた。

葉山で泊まるなら、彼が以前から行きつけだという「日蔭茶屋《ひかげぢやや》」だろう。気に入りの宿に部屋を取り、遮るもののない青空と海とに挟まれて、散歩をしたり、貝を拾ったり岩海苔《いわのり》を採ったりする一日のうちには、男の心の中に凝り固まってしまったものも溶け出し、以前のような気持ちのいい呵々大笑《かかたいしよう》を響かせてくれるのではないか。想像するだけで切なくなってくる。

――まあ、二、三日のうちには。

そう言われたから、おとなしく待った。すっかり旅の準備を整え、質屋に入れてあった羽織を少し無理をして請け出してきた上で、まる二日間待った。

が、大杉からの連絡はない。本人も来なければ手紙も電報も来ない。

とうとう約束の三日目も過ぎた朝、市子は、大杉らの投宿している本郷の「菊富士ホテル」に電話をかけてみた。

「大杉さんは、しばらくお留守になさるそうですよ」

宿の主人は呑気《のんき》な声で言った。

「留守、ですか」

「はい。お仕事で葉山のほうへ籠もられるとか」

市子は、湧いてくる嫌な唾を飲み下した。

「それでは、野枝さんは」

「あのひともお留守です。さあ、御一緒かどうかは……」

頭にカッと血がのぼるのがわかった。

執筆に集中したいからこちらに声をかけず一人きりで行ったのかもしれない、と思おうとしたが無理だった。野枝も一緒に違いない。だから秘密のうちに出かけたのだ。絶対にそうだ、そうにきまっている。

市子は、部屋の文机の前に座り、何時間もじっとしていた。

遅い秋の陽が縁側に面したガラス戸から射《さ》し込んでいる。庭木戸の鈴はむろん、鳴らない。この先、二度と鳴ることはないのかもしれない。

午後の陽も高くなってから、市子は顔を上げた。やはり、葉山へ行って確かめよう。そうしてそこに野枝の姿が見えなかったら、疑ったことを大杉に謝り、悄然《しょうぜん》とここへ帰ってこよう。けれど、もしあの女がいたなら――。

大層な旅仕度など、もう必要なかった。立ちあがり、いつのまにかすっかり手に馴染むようになった短刀を手提げの中に滑り込ませる。

降り立った逗子の停車場から、人に教えられながら歩き、海沿いを走る街道に面した日蔭茶屋まで辿《たど》り着くと、あたりはすでに薄暗かった。想像していたより厳《いかめ》しい構えの大きな旅館で、母屋の南側には漆喰《しっくい》塗りの土蔵の白さが夕闇にぼんやりと浮かび上がっている。

玄関まで出てきた年増《としま》の女中は、物腰柔らかに膝を折って手をついた。

「ようこそお越し下さいました」

にこにこと迎える顔へ向けて、思いきって尋ねる。

「あの……大杉さんご夫妻はみえていますか」

いいえ、大杉さまが一人でおいでです、という返事を、どれほど強く祈ったことだろう。

「ええ、ええ、昨日からみえてますよ」

無邪気に答えた女中は先に立ち、お客様も東京からですか、それは遠いところをよくいらっしゃいました、どうぞどうぞなどと言いながらそのまま階段を上がって、市子を案内していった。

「今日はお二人とも、午前中は自動車でお出かけになって、景色のいいところをお散歩されましてね。お昼過ぎからは、今度は私なんかを誘って下さって、すぐ前の海で舟遊びをされました。そりゃあもう、ぽかぽかと気持ちのいいお天気でしたからねえ、すっかり日灼けなさってまあ。さっきお風呂も使われて、いま夕飯をお待ちになっているところです。お客様のぶんもご用意致しましょうかね」

渦巻く怒りと緊張のあまりぼうっとしていた市子は慌てて訊き返し、もう一度同じことを尋ねられて、首を横に振った。

今すぐ引き返したほうがいい。大杉の嘘はこのとおり露呈したのだから、現場を押さえるなどという品の無いことはよしたがいい。くり返される理性の囁《ささや》きが遠い。足が勝手に、のめるように前へ出る。

二階の長い長い廊下の奥、いちばん山側の部屋の唐紙がすっきりと開け放たれている。まるで、二人の関係が誰憚《はばか》ることもないものであるのをことさらに誇示しているようで、市子は磨き抜かれた廊下に落ちる四角な明かりを睨《ね》めつけながら女中の後をついていった。

「大杉さん、女のお連れ様がおみえですよ」

女中が中へと報《しら》せた。

「えっ」

と彼の声がする。

それを聞いて初めて慌てたようにこちらをふり返った女中の脇をすり抜け、市子は足を踏み入れた。十畳もの広さがある立派な造りの部屋だった。

がっしりとした欅《けやき》の座卓の前で、宿の浴衣姿の大杉が煙草《たばこ》をふかしている。野枝のほうも明らかに湯上がりで、こちらは壁際の鏡台の前で諸肌脱《もろはだぬ》ぎになって髪を梳《と》かしていた。鏡の中で視線がぶつかると、露骨にいやな顔をして肩を入れたきり、こちらを無視して続ける。腹が立つより、市子はたまらなく惨めな気持ちになった。

「あの……二、三日中っておっしゃったものだから、私、毎日待っていたんだけれど」

思わず、弁解のような物言いになる。

「ちっとも何も言って下さらないものだから、今日ホテルに確かめてみたら、お留守で、もうこちらにいらしてると言うでしょう。それで私、来てみたの。まさか野枝さんが御一緒だとはちっとも思わなかったものですから」

「いや、寄ろうと思ったんだけど、ちっ、ちょっといろいろ、つ、つつ都合があったものでね」

大杉の目が、落ち着かなげに揺らいでいる。よほどばつが悪かったらしい。

「た、たまたま野枝くんが、ち、ちち茅ヶ崎にらいてう女史を訪ねたいと言うから、それなら一緒にということになって行ってきた」

最初から計画していたわけではないし、野枝も明日には帰る予定だという意味のことを、大杉のほうも弁解がましく言う。

「まあせっかくだから、き、きみも風呂に入ってくるといい」

「よしておきます。少し熱があるもので」

具合が悪いのは嘘ではない。長いこと食欲が湧かず、胃はきりきりと灼けて体調は最悪だ。けれどそれより、いま大杉と野枝をこの部屋に残せば、二人してこちらのことをどのように勘繰り、どんな陰口を叩《たた》くか——想像するだけで我慢がならない。

やがて用意された三人分の膳には、ほとんど誰も箸を付けなかった。大杉が何か適当に口に放り込み、市子も無理に一口だけ食べたが喉を通らず、野枝はといえば箸さえ取ろうとしない。無言の行が続いた後、いきなり野枝が座布団を蹴るようにして立ちあがる。

「私、帰る」

誰も止めなかった。大杉も、「うん、そうか」と言っただけだ。

さっさと着替えを終えた彼女が、迎えの自動車に乗って帰ってしまうと、大杉と二人きりになった。努力の末に共通の友人の噂話などをひねり出しても、やり取りは続かず、そのたびに重苦しい沈黙が降りてくる。

一膳軽くよそわれただけの飯を、無理やり詰め込むようにして飲み下す。膳を下げに来た女中に、大杉はすぐ床を敷くように言い、それ以上の会話を拒むかのようにさっさと布団に入って目をつぶってしまった。

疲れが出て、ほんの少しばかりうとうとしたかもしれない。一時間ほど経つと唐紙の外から、先ほどの女中の呼ぶ声がした。

「失礼致します。お電話がかかってますが、いかがしましょう」

誰からとも言わないことで、ぴんときた。

「ほう。だ、誰だろうな」

白々しく呟きながら起き上がり、慌てたように部屋を出ていった大杉は、ずいぶん経ってから戻ってくると、市子のほうを見ずに言った。

「野枝くんが、き、きき菊富士ホテルの鍵を、こ、ここに忘れたというんだ。途中まで帰ってから気づいて、今、逗子に戻ってきたから、停車場に届けてくれと言ってる」

　市子は息を吸い込み、「そうですか」と短く答えた。来る時に歩いてわかったが、停車場までは十幾町もの距離がある。

　どうせ口実だ、と市子は思った。わざと忘れていったに違いない。そもそもホテルには必ず合鍵が用意されているはずだ。手ぶらで帰ったって路頭に迷いはしない。

「いやはや、こ、困ったお嬢さんだよ。仕方がないな、ちょ、ちょっと行って届けてくるから、き、き、きみは先に休んでいなさい」

「ええ。そうさせて頂きますわ」

　起きて送り出す気にはなれなかった。彼のほうもそんなことは望んでいないだろう。浴衣の上からどてらを着込んだ大杉は、そそくさと、見ようによればいそいそと再び部屋を出て、唐紙を後ろ手に閉めた。

　行灯《あんどん》だけが灯《とも》された暗がりの中、まぶたを閉じる。眼球の奥が熱を持って煮えたぎるようだ。限界まで疲れきった身体と裏腹に、神経ばかりがひりひりと立っている。

　――もう、いい。楽になってしまいたい。

　長い廊下を遠ざかってゆく足音に耳を澄ませながら、市子はひとり、手提げ袋の中に忍ばせた冷たい刃物を思い浮かべていた。

第十四章　日蔭の茶屋にて

昼間よりも潮の匂いを強く感じる。分厚いどてらを着込んでいてなお、錐《きり》の先のように研ぎ澄まされた風が耳を刺す。女中が呼んでくれた自動車に乗りこみ、

「逗子の停車場まで行ってくれ」

大杉栄は、運転手に言いつけた。

暗がりの中、硬い座席に身体を預ける。思わず長い吐息が漏れるのは、神近市子の無言の圧からようやく逃れられたからだ。床を並べて寝ているだけで息が詰まりそうだった。

どうしてああもひつっこいのか。数日前に市子の家を訪れた際、しばらく葉山に籠もる、野枝とも別居をすると告げると、彼女はうきうきとはしゃいだ末に、一日だけ葉山で一緒に過ごしたいと言った。

〈いいでしょう？　ね、あなた、いいでしょう？　ね、必ず約束して下さるわね？　いいでしょう？〉

おねだりの中身は何でもないことだったが、最近の大杉には彼女のそういう執拗《しつよう》さ、事ごとに細部を追及したり要求したりする性格の傾向がどうしても受け容れがたくなっていた。いいでしょう、いいでしょう、の念押しがいい例だ。がんぜない子どもならばまだしも、いい年をした女に袂をつかまれて揺さぶられても鬱陶《うつとう》しいだけなのだが、拒めばもっと鬱陶しいことになるので、つい、いいかげんな返事をしてしまった。

こちらに落ち度がないとは言わない。市子はすっかり誘ってもらえるつもりだったろうし、その市子を誘わずして、成り行きとはいえ野枝を連れてきてしまったことについては責められても仕方がない。それは確かにそうなのだが、そもそもお互いを粘着質な感情で縛り付けること自体、〈自由恋愛〉の条件に反しているではないか。と言いながら、他ならぬ自分もまたとっくに約束事を破って野枝と同棲しているのだから、いくら腹立たしくても文句が言えない。それでよけいに腹が煮える。

夕刻、東京に居るはずの市子が突然部屋に現れ、鏡の前の野枝へと般若《はんにや》の一瞥《いちべつ》を向けるのを目にしてからというもの、大杉はもう、市子の顔を見るのも嫌になっていた。せっかく愉《たの》しかった休日を台無しにされ、今となっては彼女の息遣いさえ厭わしかった。

向かう先の停車場では、野枝が待っている。あんなに勢いよく部屋を出ていったくせに、やっぱり市子と二人きりにはしておきたくなかったのかと思うと、面倒くささの奥底から、あぶくのようにきらきらとこみあげてくるものがある。

二人の女に対するこの感情の温度差ばかりは、どうすることもできなかった。彼女たちを説き伏せて〈実験〉に取り組み始めた当初はまだ、妻の保子を含めた三人の女たちを平等に愛し、それぞれと素晴らしい関係を育むことができるはずだと考えていたのに、ここ最近はどうも違うのだ。ことに、野枝が辻潤を棄てて独りになってからというもの、こちらの側でも何か大きなものが揺らいでしまったのを感じる。御宿まで追いかけて行き、ろくに食事さえ摂《と》らずに思うさま彼女を抱き潰した三日間、あれが境目だった。離れていると身体の一部が削がれたかのようで、思いの丈を綴った手紙を連日、時には日に二度までも、送りつけずにおれなかった。

野枝が再び転がり込んでくるのを許したのもそうだ。金銭的問題もさることながら、今では大杉自身が、彼女と離れての日々など考えられないでいる。

七月中旬、金策のため大阪に住む叔父の代準介《だいじゆんすけ》を訪ねた野枝が、周囲からの諫言《かんげん》にさっそく音《ね》を上げて、

――すこし甘えたくなったから、また手紙を書きたいの。野枝公もうすっかり悄気ているの。だって来ると早くからいじめられているんだもの、可哀そうじゃない？

そんなふうに書いてよこすと、もういけなかった。

――大阪なんか本当にいやになっちゃった。野枝公もう帰りたくなったの。もう帰

ってもいい？　まだ早い？

などとあるのを読むと、もうもういけなかった。

浴衣の上にお納戸鼠《なんどねず》の夏羽織を着けた彼女が、麻布の手提げ袋をさげて旅立つのを東京駅で見送ったばかりだというのに、居ても立ってもいられず、

——大ぶ弱っているようだね。うんといじめつけられるがいい。いい薬だ。あれほどの悪いことをしているのだから、それくらいは当り前のことだ。本当にうんといじめつけられているがいい。そして、ついでのことに、うんと喧嘩でもして早く帰ってくるがいい。そのご褒美には、どんなにでもして可愛がってあげる。そして二人して、力をあわせて、四方八方にできるだけの悪事を働くのだ。……帰っておいで。早く帰っておいで。一日でも早く帰っておいで。

つい、甘ったるい返事を書き送ってしまう為体《ていたらく》だ。

野枝のあのさばさばとした気性、泣いたかと思えばもう笑っている栗鼠《りす》のような顔、ぷりぷりこりこりとした肉体……。こうして思い浮かべるだけで、得恋《とくれん》の歓びが熱と震えをともなって湧き上がってくる。愛人であると同時に、同志としての尊敬にも値する存在は、彼女が初めてだった。

大阪の叔父夫婦が反対するのも道理だ。彼らにしてみれば、野枝には苦労のかけられ通しだろう。どうしても勉強をしたいと言うから手もとに引き取って高等女学校へ通わせてやったというのに、卒業するなり入籍まで済ませていた夫のもとを出奔《しゅっぽん》、一緒になったのは恩師である英語教師で、二人の子までなしながらその家を飛び出したかと思えば、今度の相手はこともあろうに〈自由恋愛〉を標榜するアナキストだという。世間からさんざん後ろ指をさされ、女の身で警察の尾行までつくようなことになってしまったのは、その自堕落な男に感化されたせいだ。金を貸してやるどころか、一刻も早く二人を引き離したいに違いなかった。

「着きましたぜ、旦那」

と声がかかる。

橙色《だいだいいろ》の明かりに照らされた停車場前に降り立ち、待合室にひとつだけ見える人影を目指して近づいてゆくと、つくねんと取り残されたように待っていた野枝は顔を上げ、大杉の姿を見るなり口を歪めて泣きそうな顔になった。

「ごめんなさい、こんな遅くに。いったん汽車に乗ったんですけれど、鍵のことを思いだして」

まぶたが厚ぼったく腫れている。大杉は、長椅子の隣に腰を下ろした。

「どこまで乗って行ったの」

「鎌倉まで。そこから降りて引き返してきたの。だけどこんな時間になっては、今夜はもう上りの汽車がないわ」

「そうだね」

「鍵は？　持ってきて下さって？」

ふところに入れて持ってきたことを大杉は身ぶりで示したが、取り出して手渡しはしなかった。鍵が目当てで引き返してきたのではないはずだ。

「ごめんなさい」

と、野枝は再び呻いた。

「いや。き、きみは何も悪くない」

「神近さんだって悪くないわ」

暗に、悪いのは誰かと問われている気がする。

「大丈夫よ。宿屋なら他にいくらもあるでしょう。一人でどこかに泊まって、明日帰るから」

「そういうわけにはいかない。一緒に日蔭へ帰ろう」

「いやよ。どこに泊まるの」

「同じ部屋だが、ど、どうせ寝るだけだ。すぐ朝になる」

「いやですよ。そんなことをしたら、私もあなたも殺されてしまうわ。最近の神近さん、酔うと必ずあなたを睨んで、殺す、殺すと言ってたそうじゃありませんか」

「じゃあきみは、僕ひとりがそんな日に遭ってもいいって言うのかい？」

「あなたひとりだったら、あの人だってめったなことはしませんよ。さっき部屋に入ってくるなり私を睨みつけたあの目つき、あなたも見たでしょう？　思い出しただけでもぞっとする。あの人は、ただただ私が邪魔なんですよ」

顔を背けてうつむく野枝の肩に、大杉は手を置いた。細い肩先が小刻みに震えている。寒さのせいばかりではないようだ。

「そう心配しなくていい。か、神近くんだって、話せばわかる女だよ。ここでいつまでも凍えているより、いっそのこと三者会談でもして、腹に溜《た》まったものを全部吐き出してしまえばいいんだ。そうでもしないことには解決の道は見つからないだろう」

すると野枝は顔を上げ、まっすぐに大杉を見た。

「ばかをおっしゃいな。この関係に、解決の道なんかありゃしませんよ。事ここに至っても、あなたにはまだ何もわかっていらっしゃらないのね」

まるで憐れむような目だ。

「いいから、おいで」

野枝の手首をつかんで立ちあがる。と、彼女が腫れぼったい目を瞠った。

「熱が？」

「ああ、なに、たいしたことはない。昼間のうち汗をかいたり風に吹かれたりしたせいだ。き、気にせんでいい、いつものことだ」

もともと肺を患っているから、感冒とは古い付き合いだ。ちょっとでも風邪をひけば熱が出るので、そういう時はすぐ床に入って休むと決めている。今夜、市子と言葉を交わすのが難儀だったのは熱のせいもあった。野枝ならばこうしてすぐに気づいて労《いたわ》ってくれるのだが、そのへんは曲がりなりにも幾年か子どもを育てた女ならではだろうか。

手を引くと、野枝は抗わずに立ちあがった。

待たせてあったはずの車は、しびれを切らしたか、影も形もなくなっていた。仕方なしに宿までの長い道のりを歩く。昼間はひっきりなしに頭上で鳴き交わしていた海鳥の声も今は聞こえず、あたりに響くのは二人の息遣いと草履の音だけだ。

「寒いだろう」

「いえ、大丈夫」

暗がりで野枝の手を握っていると、ふいに昔の、それも大昔のことが思い出されてきた。

たしか十歳の頃だったはずだ。例によって悪戯《いたずら》を母親にきつく咎められ、頬を打たれた。が、その時はなぜだか謝るのがいやだった。謝れと迫られれば迫られるだけ心臓のあたりが硬くなり、ますます謝ることができなくなった。

ふてくされて寝ていると、近所に住む軍人の娘、一級下の〈礼ちゃん〉が親に連れられて訪ねてきた。事情を聞かされたのだろう、そばへ来るなり布団の中にそっと手を差し入れてくる。小さな手はひんやり冷たくて柔らかく、払いのけたいようなのにできなかった。

〈ね、栄さん、わたしがお母さまに謝ってあげる。あんな悪戯、もう決してしないから勘弁して下さいって。わたしが一緒になって謝ってあげるから、ね、強情を張らないで、栄さんももう謝るわね〉

こちらが頭までかぶっていた布団をめくり、間近に顔を覗《のぞ》き込んで、ね、いいでしょう、ね、と心配そうに念を押されると、胸の奥の硬い強ばりが溶けてゆき、いつしか素直に頷いてしまったのを覚えている。

後に、嫁入りが決まったと知らされた時の口惜しさといったらなかった。彼女の美しい顔を想い浮かべながら自瀆《じとく》に耽《ふけ》ったことなら何度もあったが、はっきり恋だと気づいたのはその時が初めてだった。

〈ね、栄さん、いいでしょう？　あなたも一緒に謝るわね〉

あの時の「ね、いいでしょう？」と、最近の神近市子のそれとは、どこがどのように違うというのだろう。そして自分はいったいどうして、野枝の手を握って歩きながらこんなことを思い出しているのだろう。

軍人の家へ嫁に行き、千田から隅田という苗字《みようじ》になった〈礼ちゃん〉と久しぶりに会ったのは五カ月ほど前、そろそろ梅雨に入りかけた頃のことだ。その直後、彼女の夫が肺病で亡くなり、こちらは葬儀にふさわしいような着物も袴《はかま》もないので通夜にだけ訪れ、翌朝の飯まで食わせてもらって帰ってきた。

通夜の晩、彼女はすっかりやつれた泣き顔で声を低め、夫がもういけないことはわかっていたので仕方がないけれども、亡くなってからというもの親戚に苛《いじ》められ通しなのだと言った。

〈良人のお国のほうの人が来ると、わたしをつかまえて、おや、お前はまだ髪を切らずにいるんかい、と責めるんです。そうかと思えば今度は、壁にかけてあるヴァイオリンを見つけて、ああこれは早く人にあげておしまい、後家さんにはもう鳴り物なんかいっさい要らないんだからね、と言うでしょう。わたし、今どきまだこんなことを言う人があるのかと思ってびっくりして。髪もヴァイオリンもちっとも惜しくありませんけど、周りの言うように尼さんみたいになったところで、いつまで辛抱できるかと思うと、それが怖いんです。だって、今まで見てきた軍人の奥さんで、ことに日露戦争の間に旦那さんが戦死して未亡人になった人で、本当に立派な未亡人のまま通した方はまるでいないんですもの。みんな、二、三年か四、五年のうちには辛抱できなくなって、しかも最初のうち立派だった人ほどそれがひどいんですもの〉

言葉は濁しているが、どういうことを言わんとしているかは明らかだった。平凡ない奥さんとだけ思っていた彼女が、そこまで先を見通しているとは意外だった。

〈でもわたし、辛抱してみるつもりです。どこまでできるか知りませんが、とにかくできるだけどこまでも辛抱していきます〉

悲壮な横顔に向かって、大杉は言った。

〈あなたがそうまで決心しているならそれでもいいでしょう。しかし、無理な辛抱はできるだけしないほうがいいです。するにしても、もうとてもできないと思う以上のことは決して辛抱しちゃいけません。ど、どうしても嫌なことを辛抱しなきゃならん理屈なんかちっともないんです。そんな時には、もういっさいをなげうって飛び出すんだ。すぐに逃げていらっしゃい。僕がいる以上、どんなことがあってもあなたを不幸にはしませんから〉

彼女は涙を溜めて、ありがとう、と言った。

〈わたし、どこまでも辛抱します。してみせます。ただね、ほんとうに栄さん、わたしあなたのことをたった一人の兄さんだと思っていますから、どうぞそれだけは忘れないで下さいね。ね、お願いね〉

あの時――目の前にいる彼女を抱き締めたいと、どれほど強く望んだことだろう。何度も衝動に駆られ、その都度、かろうじて抑えた。手をのばしそうになるたびに、市子や野枝の顔がちらついた。彼女たちや妻の保子に対しては迷いもなくぶつけてきたはずの〈自由恋愛〉の持論を、どうしてか、初恋の〈礼ちゃん〉の前では口に出せないのだった。

それに気づいた時、潮時かもしれないと思った。理論上は充分に成り立つはずでも、不確定要素が加われば加わるだけ無理が生じてくる。人間の感情を型に嵌めることはできない。そもそも大杉自身が野枝との関係において感情をコントロールできなくなってきた以上、この〈実験〉の答えはおのずと見えたと言わざるを得なかった。

実験そのものを無駄であったとは思わない。得られた解が予想の通りであってもなくても、過程を経ることで初めて見えてくるものはあるのだ。

「ねえ」

一歩後ろを歩いていた野枝が、夜に遠慮するかのように小さな声で言う。

「神近さんには、話したの？　あのお金のこと」

何について言っているかはすぐにわかった。最近入った金と言えば、あれ以外にない。

「半分は話したよ」

「半分？　半分って？」

思わず歩みがのろくなる。

「つ、つまり、百円入ったと言った」

「それじゃ、半分じゃなくて三分の一じゃありませんか」

金額で言うならその通りだ。実際に手にしたのは三百円で、そのうち雑誌の創刊資金に取っておかなくてはいけない二百円はよけておき、市子には百円だけ入ったと話したのだった。

「悪いとは思ったんだが、か、神近くんからはもう、た、たた沢山借りてしまっているからね。三百円入って少しも返さないのじゃ、さすがに言い訳が難しい」

「少しも返していないんですか」

「返したとも。一円ね」

「たったの？　もしやあなた、どうやって工面したお金かも話していないのですか」

うん、と大杉が頷くと、野枝はあきれ返った様子で立ち止まり、ため息のような声をもらした。

金は、じつのところ内務大臣・後藤新平から直《じか》にもぎ取ってきたものだった。

どうしてそんなことになったかといえば、なかなかややこしい。

まず、金策のため性懲りもなく大阪へ、続いて郷里の福岡へ出向いた野枝が、叔父の代準介の伝手《つて》で、遠縁でもある頭山満翁《とうやまみつるおう》のもとへ無心に行った。翁は、出してやりたいが今は金がないと言い、杉山茂丸《しげまる》のところへ紹介状を書いて渡してくれた。かつては「玄洋社」の金庫番、今や政界の黒幕とまで言われている男だ。野枝は東京に帰ってくるなりすぐさま杉山を訪ねたが、彼は何を思ったか、きみではなく大杉栄と会ってみたいなどと言いだした。そこで大杉がいざ出かけていってみると、やつはこう宣《のたま》った。

〈無政府主義というのは、きみ、どうにかならんのかね。せめて白柳秀湖《しらやなぎしゅうこ》だの山口孤剣《こけん》だののように、国家社会主義くらいのところになれば、金もいるだけ出してやるんだが〉

話はそれで終わりになった。大杉がすぐに踵を返して帰ったからだ。しかし収穫も無いではなかった。杉山は、話の中で肝腎なところになると、後藤が、後藤が、と内務大臣の名前を出したのだ。

大杉は内務大臣官邸に電話をし、後藤はいるかと訊いてみた。すると、いるけれども今夜は大事な晩餐会《ばんさんかい》があるので、何か用事があるなら明日以降にしてくれとの返事だった。知ったことではない。すぐに霞ヶ関へ向かい、秘書官に名刺を渡して取り次いでもらうと、思いのほか簡単に、

〈どうぞこちらへ〉

と二階の部屋へ案内された。

茶を運んできた給仕が、いちいち窓を開けては鎧戸《よろいど》をおろしてから再び窓を閉め、鍵をかけて出てゆく。続いて入ってきた秘書官も、

〈大臣は今すぐおいでですから〉

そう言ったなり出入口のドアに鍵をおろして出てゆく。

なるほど、何か間違いのあった時に逃げられなくするための用心らしい。笑いだしたいのをこらえ、煙草をくゆらせながら待っていると、ほどなく内務大臣が入ってきた。

〈よくおいででした〉

新聞で見るとおりの偉丈夫だった。丸い鼻眼鏡の奥から、鋭い眼差《まなざ》しがこちらを見据えてくる。顔の部品が中心に集まっているためか猛禽類《もうきんるい》を連想させる。刈り込んだ髪に、口髭や顎鬚《あごひげ》までも白い。

〈お名前はよく存じていますよ。私のほうからも是非一度お目にかかりたいと思っていたのでした。どうしてあなたが今のような思想を持つようになったか、ざっくばらんにお訊きしてみたかった〉

さすがの大人物というべきか、それとも旨《うま》い酒を飲んで上機嫌なだけなのか。いずれにしても好都合だ。

〈で、今夜のご用件は〉

訊かれて、大杉は単刀直入に切りだした。

〈じ、じつは、かっ、金が少々欲しいんです〉

自分で思うより気が張っているらしい。どうしても吃る。

〈金……。ほう、それはどういう金ですか〉

〈ど、どういうもこういうも、僕、いま非常に生活に、こ、ここ困っていましてね〉

後藤の目尻に皺が寄る。笑ったほうが厳しく見える顔だった。突然の金の無心と、大杉の吃るのと、どちらを笑ったのかはわからない。

〈大杉さん。あなたはじつにいい頭と腕を持っているという噂ですが、どうしてそんなに困るんです？〉

〈それは、政府が僕らの仕事を邪魔するからですよ〉

〈なるほど。で、わざわざ私のところへ無心にきた理由は？〉

〈政府が僕らを、こ、困らせる以上、政府に無心に来るのは、と、とと当然でしょう。そういう理屈を、あなたなら、き、きっとわかって頂けるだろうと思いましてね〉

ふだんはいちいち気にせずにいるのだが、こういう時ばかりは言葉が途中で蹴躓《けつまず》くのが悔しく、もどかしい。

そうですか、と後藤は言った。迷いも見せず、わかりました、と続ける。

〈いくら欲しいんです〉

いっそのこと莫大《ばくだい》な金額を吹っかけてみたいと思い、五万円、と頭に浮かんだものの、さすがに気が引けた。それに、ゴ、を口に出せばきっとまた吃る。

〈さしあたり、三百円もあればいいんです〉

後藤はあっさり頷いた。

〈よろしい、差しあげましょう。が、このことはお互い、ごく内々にして頂きたいですな。むろん、同志の方々にも〉

否やのあろうはずはない。三百円をふところに帰った大杉は、野枝の他には誰にも金の出所を言わなかった。同志たちにも、別居中の保子にも、そして神近市子にもだ。

雑誌のための二百円を除《の》けると、ここしばらく金を渡せていなかった保子のところへ五十円を届け、ぼろぼろの寝間着のような着物一枚をずっと着たきりでいた野枝には三十円を渡して、質に入れてあった御召と羽織を請け出させた。

残る二十円を市子に返そうという考えが、頭に浮かばなかったわけではない。しかし、自分や保子や野枝と違って新聞社を辞めてもまだ充分な収入の道がある市子には、もう少し先まで待ってもらっても大丈夫だろうと思われた。どうせ今すぐ返さないのなら聞かせるだけ罪であるから、全部黙っていることにした。

しかし今日、宿の部屋に乗り込んできた市子のなりを思い出し、大杉の良心は遅ればせながら痛んだ。薄汚れたメリンスの袷、それとも単衣だったろうか。その上から、これだけ寒いというのに木綿の羽織一枚。彼女もまた自分の着物を質に入れて金を作ってくれていたのだ。せめて冬物だけでも請け出させておいてやるのだったと気づいたが、もう遅い。頑なに凝り固まってしまった市子の態度が、今さらそんなことで軟化しようとも思えない。

潮の匂いがする。砂まじりの暗い道の行く手に、ようやっと明かりらしきものが見えてくる。日蔭茶屋の門灯だ。野枝も気づいたらしく、つないでいる手がきゅっと強ばった。

「き、気にすることはないさ」大杉は、無理に笑ってみせた。「朝までなんて、すぐだ」

野枝を連れ帰ると、それまで起きて行灯の明かりに新聞を広げていた市子は、ものも言わずにまた布団に入り、背中を向けた。部屋の空気はますます気まずく冷えきり、誰も口をきかなかった。

風邪を押して寒い中を歩いたせいで大杉の熱は上がり、とうてい目を開けていられなかった。うつらうつらとしながら、時折まぶたをこじ開けては二人のほうを盗み見る。市子はすぐ隣に、その向こうに野枝が寝ているが、二人ともがまんじりともせずにいるのは気配でわかった。一度など、市子が半身を起こし、向こう向きに寝ている野枝を恐ろしい形相で睨み据えていた。それとも熱が見せた悪夢であったろうか。わからない。見張っていなければと思ったのに、熱に引きずり込まれるようにしていつしか深く眠りこんでいたようだ。目が覚めた時にはすでに陽が高かった。

女たちはまだ眠っていた。二人とも無事であることにどれだけ安堵したか知れない。自分のまいた種とはいえ、こんな思いはもう懲りごりだ。

相変わらずの無言の行で朝餉《あさげ》を済ますと、野枝はすぐに東京へ帰っていった。もともと市子が来なくてもその予定であったのだ。

しかし市子はまだ疑っているようだった。

「どこかこの近くの宿にでも隠れて、私が帰ってしまうのを待っているんじゃないの」

「馬鹿な」

「だって、私が来なかったなら、ずうっと一緒に楽しまれるはずだったのでしょう。新婚さんみたいに」

「そうじゃない。何度言ったらわかるんだろうな。か、彼女は、ち、ち、茅ヶ崎まで平塚さんを訪ねていく用事があって、だからついでに一緒に来ただけなんだ。き、きみがゆうべ来ても来なくても、いずれにせよすぐに帰るところだったんだ。信じないと言うならもう、いい。話にならん」

市子は不機嫌そうに、しかしまた申し訳なさそうにも見える表情で、黙って目を伏せた。

女中が片付けた布団を押し入れから引っ張りだし、だるい身体を横たえる。また熱が上がってきたようだ。ひとりにしてくれ、とよほど言おうかと思ったが、市子の神経をこれ以上逆撫《さかな》でするのもよろしくない気がする。

彼女に隠していることは沢山あるが、少なくとも先ほど言ったことだけは事実だった。一昨日、野枝は、久々にらいてうを訪ねたのだ。

辻と別れて家を飛び出す時、野枝はすでに世間の非難を覚悟していた。しかし、見も知らぬ他人からのそれならばともかく、長年の友人による無理解はさぞ苦しかったろう。彼女が夫ばかりか子どもまで棄てて大杉との〈自由恋愛〉を選んだについては、悪罵《あくば》にも等しい批評が雑誌や新聞に続々と載った。その中には、野枝が年の離れた姉のように慕っていた野上弥生子や、野枝の自立を扶《たす》け導いてきた平塚らいてうの名もあった。

手放した二人の子どもたちのことを思えば何を言われても仕方ない、と口では言いながら、大切な友人たちにまでわかってもらえないのはたまらなく寂しいことだったに違いない。野枝はよく、かつての友情を懐かしみ、宝物のように語っていた。それだけに大杉としては、野枝の願いを容れて、らいてうのもとへ連れて行ってやりたくなったのだ。ひとりきりで訪ねてゆくだけの勇気はなくとも、二人でなら勢いで訪ねることができる。現実に一緒にいるところを見てもらえば、あるいは解ける誤解もあるかもしれないと思った。

甘かった。同棲している奥村も交え、昼飯まで用意してもらって二、三時間も話したのだが、野枝がもう少し深い話にまで踏みこもうとするたびにのらりくらりと躱《かわ》され、本当に話したいことは何一つ伝えられぬまま終わってしまった。

〈いいわ、もう。あのひとのことは諦める〉

家を辞して海辺の松原を歩きながら、野枝は、大杉の手を強く握って言った。

〈私、もう、友だちにだって理解してもらおうとは思わないわ。あなたさえいてくれたら充分よ〉

言葉とは裏腹に、唇が震えていた。そんな彼女を、どうしてそのまま東京へ帰すことができたろう。

引き留めて、日蔭茶屋に泊まらせたその晩、野枝はこれまでで最も激しく深く、大杉を求めてやまなかった。成熟した女であると同時に、まるで親の愛を全身全霊で欲する幼子のようでもあって、大杉は彼女の中に精を放ちながら禁忌と倒錯にくらくら眩暈がし、自身もまた全身全霊で溺れた。誰にも理解されない、誰の理解も要らない、天涯に自分たちただ二人きりだという寂しい興奮が互いを結び合わせていた。つながったところから溶け合って二人が一緒になってしまうほどの快楽は、野枝を抱くまでついぞ経験したことがなかった。これまではどんな女を抱こうと、最中から事後に至るまで相手は他人のままであったのに。

余韻が下腹によみがえりそうになるのを、大杉は口から息を吐いてやり過ごした。昨夜、市子さえ乗り込んで来なければ、またあの続きを味わえたのだ。野枝がへそを曲げて帰ろうとすることもなかったし、そうすれば延々と秋寒の夜道を歩く必要もなかった。熱だって上がらなかったかもしれない。

背後の壁際にぞろりと座った市子が、粘り着くような目で時折こちらを見ているのを感じる。蜘蛛《くも》の巣が絡まったように、うなじを手でごしごしこすって払いたくなる。

才気煥発《さいきかんぱつ》、誰より優秀な女であったはずだ。今もなお、自分のそばを離れれば有能きわまりないのだろう。何かと姉さん風を吹かしながらもお人好《ひとよ》しで、すぐに他人を信じてしまうところがある一方、市子には、いったん疑いだすとどこまでも止まらなくなる難儀な癖があった。やきもちを愛しいと感じていた頃はそれが原因の喧嘩さえも夜のための燃料になったものだが、今の大杉にはもう、彼女のとめどない邪推を払いのけて闘うだけの気力がない。

やがてまた運ばれてきた昼食を終えると、大杉は机に向かって原稿用紙を広げた。それを見た市子が仕方なさそうに立ちあがり、携えてきた手提げ袋をしっかりと抱える。

「か、帰るのかね」

期待を押し隠して訊くと、鼻でふっと嗤われた。

「お散歩でもしてこようと思って。あなたも一緒に行かない？　気分が変わっていいわよ」

「いや、よしておく。言っただろう、か、風邪をひいているんだ。だるくてたまらん」

「そう。じゃあ私一人で行ってくるわ。ついでにお湯も頂いてこようかしら」

「好きにするといいさ」

「そうさせて頂くわ」

廊下に通じる唐紙を引き開け、ふり返りざまに付け足す。

「お仕事、進むといいわね」

呪いの言葉のように聞こえた。

唐紙を閉めて市子が遠ざかってゆくのがわかると、ようやく息を深く吸えるようになった。胸の上に載っていた重石《おもし》を取りのけられた心地がする。

肩と首を回してほぐし、原稿の参考にと持ってきた本を広げた。雑誌『新小説』に、組閣されたばかりの寺内内閣が標榜する〈善政〉とやらについての批評を書かねばならない。

睨めば睨むほど、目が文字の上を滑る。風邪の熱で頭が重い上に、雑念ばかり生じて少しも集中できない。一時間ほども呻吟《しんぎん》していた末に、大杉はとうとうペンを投げ出し、両手で顔を覆った。

無理だ、これ以上はもう。

どうあっても神近市子との間柄をお終《しま》いにしなければならない。

この一年ほどの間、市子とは良い時も悪い時もあった。愛人としてはしょっちゅうヒステリーを起こされ、泥酔するたび死ぬの殺すのと騒がれて閉口したものだが、彼女に対しては今もって感謝しかないのだ。よく勉強し、成長してくれたし、時に尾行からかくまってもくれた。金銭面では常に支えてもらい、面倒をかけてきた。けれどもいささか甘えすぎた。姉さんぶるのを好む彼女に対しては、かえって大いに甘えてみせたほうが関係性も落ちつくように思われたからそうしていたつもりだったが、途中からだんだんと遠慮がなくなり、自分ばかりか野枝や保子の生活までも一緒くたに彼女に負わせ、だらしなく寄りかかりすぎてしまった。その反省は大いにある。あるのに、昨夜以来の市子の態度《う》を思い返すにつけ、彼女を労ろう、その恩に報いる言葉をかけようという気持ちが失せてゆくのだ。この上は、いったん距離を置くべきだろう。頭にのぼった血を互いに冷やしてからでなければ、別れ話でさえもうまく進むはずがない。

さらに小半時ほどもたったろうか、市子が帰ってきた。唐紙を開けて部屋に入ってくると同時に石鹸《せっけん》の香りが漂い、湯浴みを済ませてきたのだとわかった。

机の上の原稿用紙にただ一行、「善政とは何ぞや」と題が書かれているだけなのを見おろし、市子は冷ややかに微笑んだ。糊《のり》のきいた宿の浴衣を身につけているせいで昨夜来よりはましに見えたが、大杉はできるだけ彼女のほうを見ないように心がけ、やがて夕飯を済ませるとまたすぐ女中に寝床をのべさせて横になった。

市子はしばらく黙りこくって座っていたが、やがて自分も隣の布団に横たわり、何やら落ちつかなげに身じろぎをくり返した後、仰向《あおむ》けになって天井を凝視した。大杉が横目で見やると、行灯の明かりを受けて、蒼いほどの白目が光っているのが見て取れた。

またずいぶんたってから、息を吸い込む気配がした。

「ね、何か話をしない？」

切羽詰まった、泣きそうな声だ。

互いの間に争いがあった後には、彼女は必ず自分のほうから和解の糸口を見つけようと話しかけてくる。黙っているのが寂しくて辛くてやりきれなくなるらしい。

「してもいいが、ぐ、愚痴はごめんだな」

大杉は言った。熱が上がって、口をひらくのが億劫《おつくう》でならない。

「愚痴なんか言わないわ。だけど……」

「その『だけど』が嫌なんだ」

「そう。それじゃもう言わないから。だけど、」

「ほらまた」

「ごめんなさい」

話を折られて、市子は口をつぐんだ。

それからまた一時間以上もたった頃だろうか。

「ね、ね」

腕をつかんで揺り起こされ、大杉はぎょっとなって目を開けた。

「ね、本当に私たち、もう駄目なの？」

勘弁してほしい。どうか眠らせてほしい。忍耐をふりしぼって、大杉は答えた。

「ああ、駄目だね。もういいかげん、打ち切り時だよ。お互いにこんな嫌な思いばかり続けていたって仕方がないだろう。もう本当に、止しにしようよ」

「……そうね。だけど、」

「またそれか」

「ええ、でも、聞いて下さいな。あなたは、二人の女が一人の男を挟んで、昨日からのような気持ちで向かい合うのを、浅ましいことだとは思わない？」

「思うよ。じつに浅ましいと」

「そうでしょう。でも、その状況を作り出しているのはあなたなんですよ。浅ましいと本当に思うなら、浅ましくならないようにしようとすればできるんじゃありませんか。そうしようという意志さえあれば」

寝ているところを起こされてまで議論を吹っかけられるとは思わなかった。市子の声はかん高く、言い争う時いつもそうであるように今も語尾がきりきりと尖《とが》っている。あれからずっと起きて何を言うか考えていたのかと思うと、大杉はうんざりした。

「ね、以前のあなたは……少なくとも私が知り合った頃のあなたは、意志の人でしたよ。強い意志のもとに何でもやってのける人でしたよ。だけれどこの頃のあなたときたら、意志というものをさっぱりお持ちになっていないように私には思われる」

大杉が黙っていると、市子は息を継いだ。

「ね、聞いている？」

「ああ。そう大声でまくしたてられちゃあね」

「よかった。私が今、何を考えているか、あなたにわかる？」

「さっぱりわからんな」

「私ね、今ね、あなたにお金のない時のことと、ある時のことを考えていたの」

大杉はむっとなった。

「何が言いたい？」

「あのね、私がお金を用立てたからって、これから言うことを曲げて取らないで頂きたいの。あなたがこの際、野枝さんと二人きりで一緒になりたいと考えてらっしゃるなら反対もしません。私のほうはいつでもお別れする覚悟でいるの。だから、お願いですから何も言わずに聞いてやってちょうだい」

「前置きはいいから言ってごらん」

「これまで、私がどんな気持ちであなたにお金を渡し続けてきたか、あなただってまさかそれがわからないとは言わないでしょう？　私は、あなたを好きでした。〈自由恋愛〉なんていう無茶苦茶を言われても、あなたがそれを本当に望むのなら何とかして理解しようと努めてもきましたし、男性としてだけじゃなく人間としても好きだったから、本物の同志になりたかった。だけれど、あなたのほうは口ばっかりじゃないですか。野枝さんと一緒に暮らしているのは二人のどちらにもお金がないからで、お金さえできたらすぐにでも別居するって、これまで何度も言っておいでだった。葉山に来る前だって、私にそうおっしゃったでしょう？　仕事だから必ず一人で行くし、これを機会に野枝さんとは別に暮らすって。その結果がこのざまじゃありませんか。まとまったお金ができたにもかかわらず、お互いの自立だなんてことは過去に一度たりとも言ったためしがないかのような顔をしてとぼけておいでになる」

聞いていてむかむかと腹が立つのは、市子の指摘の多くが図星だからだ。が、反論もある。葉山に野枝を伴って来たのは、何度も言うが成り行きに過ぎず、市子さえあんなふうに乗り込んでこなければ彼女は気持ちよく帰り、こちらが仕事に集中している間に東京で自立への準備を整えているはずだったのだ。

市子の話はまだ続いている。

「私がそういうことを説明しようとすると、あなたはすぐムキになって、私の理解が遅れているだの、野枝さんのほうはよく付いてきているだのと言って辱めようとなさるでしょう。そんなふうだから私は何も言えなくなってしまうんです。貸したお金のことなんかどうでもいいの。貸した以上はどんなふうに遣ってもあなたの勝手だわ。私はただ、あなたに自分の考えをきちんと伝えたかっただけなんです。なのに、いつも曲げて取って、ちっとも聞いて下さらないから……」

「つ、つまり、何もかも僕のせいだと言いたいわけだな」

さすがに黙っていられなくなって遮った。

「きみは、金の話をしているのではないと言いながら、か、金のことばかりじゃないか」

「違いますよ」

「ああ、そういえばさっき、僕に金のない時のこととある時のことを考えていると言っていたが、あれは何なんだ」

市子が、初めて少し言いよどんだ。迷った末に言った。

「──野枝さん、綺麗《きれい》な着物を着てらしたわね」

その瞬間、大杉の中で最後の糸が切れた。

「そうか、そういう意味か。わかった、もう結構だ」

「いいえ、違うのよ。私はただ、お金がない時のあなたは、金さえあればああするこうすると言うのに、いざお金ができても結局する意思なんかないでしょうと、そこのところを確かめて、ちょっと考えてもらいたかっただけなんです。決して、野枝さんにだけ着物をどうとか、そんな意味で言ったのじゃ……」

「いや、もういい、もう沢山だ。か、金の話まで出てしまったならお終いだ。きみとはもう話したくない。か、借りた金は明日ぜんぶ返す。それでいいんだろう」

市子はまだ何か言い訳めいた繰りごとを言っていたが、大杉は受け付けずに耳を遮断してしまった。

怒りや苛立ちよりも大きく心を占めているのは、大杉自身にも意外なことに、悲しみだった。これまでいつもさっぱりと快く、しかもたいていの場合は市子のほうから進んで出してくれていた金のことを、今さらのように恩着せがましく言われようとは思いもよらなかったのだ。それでは、彼女の望んだ本物の同志としての協力のすべてが、じつは男の情を自分に繋ぎとめるための手管だったように聞こえてしまうではないか。あるいはこちらに金が入ったから自分は用なしになった、と言っているかのようにも。姉さん風を吹かすのが似合う彼女の口から、そんなつまらない物言いは聞きたくなかった。

「ねえ」絞り出すような細い声で市子が呻いた。「ねえ、お願い、後生ですから」

「何も話すことはないね」あえて酷な物言いを選んで言った。「こ、こっちこそ、ご、後生だからもう寝かせてくれないか」

それきり、彼女は何も言わなくなった。声を殺してすすり泣いている気配がした。

後味の悪いことこの上ないが、関係を断つ段になってまで相手にいい顔を見せるのは偽善者のすることだ。寝返りを打ち、背中で市子のすすり泣きを聞きながら、大杉は目をつぶった。

これは恨まれて当然だ、と思ってみる。どこでどう間違ってこんなことになってしまったのか。殺す、殺す、と常から彼女は言っていたが、もし本当に実行するつもりなら今夜しかあるまい。

背を向けているのが急に不安になり、再びそろりと仰向けになる。一度気になりだすと、かすかな布団の擦れる音さえ禍々《まがまが》しく聞こえる。心臓を守るように両腕を胸の上に置き、市子が動いたならすぐに起き上がれるよう息を殺して身構えた。

風邪の熱はまだ下がらぬようだ。腰が腐り落ちるようにだるい。

一時間ばかりの間に、市子は二、三度わずかに身じろぎをした。洟《はな》をすする音はいつしか止み、そのぶんだけ沈黙がますます意味深長に思われてくる。

絶対に寝てはならない、寝たらお終いだ。しかし、三人で床を並べた昨夜の眠りも浅かったせいで、襲いくる眠気に抗うのは容易ではない。

どこかで柱時計が三時を打つのが聞こえる。胸の上で腕を交差し、拳を握りながら市子の息遣いに耳を澄ませているうちに、大杉はふと、喉のあたりに灼けるような塊を感じて目を開けた。

やられた、とわかった。

いつのまに眠ってしまったのか。慌てて喉へ手をやり、その手を行灯の明かりに透かし見る。真っ黒、いや真っ赤だ。思わず叫び声をあげていた。首の後ろまでぬるぬるとしたもので濡《ぬ》れているのがわかるのに、痛みを感じないことが恐ろしい。

頭をもたげようとするとまた血が溢れる感触があった。唐紙を開けて、寝間着姿の市子が廊下へ出ていこうとしている。

「待て！」

ふり返った。例の般若の形相を予想していた大杉は言葉を失った。憐れな泣き顔で彼女が言う。

「許して下さい」

もがいて起き上がろうとする大杉を見て悲鳴をもらし、手に握っていたものを投げつけてくる。目の前に落ちた短刀の柄《つか》の部分に念入りに巻き付けてあるのは、血に染まってはいるが刺繍《ししゅう》の入った女物のハンカチだ。市子が自害するためではない、あらかじめこちらを刺すために用意していたものと察して、大杉の身体はぐらりと傾《かし》いだ。

「待、て」

身を翻《ひるがえ》して逃げる市子を追う。廊下は煌々《こうこう》と明るい。彼女の顔の異様な白さが際立つ。血の噴き出る傷口を手で押さえながら追いかける。

「許して下さい！」

何度かふり返りながら長い廊下をどんどん逃げ、階段をまろぶように駆け下りる市子の背中へ、後ろから段を蹴って飛び降りるが、一瞬だけ彼女のほうが早い。床にたたきつけられた足の裏が痛む。呼吸がどんどん苦しくなる。喉がひいひいと音を立てる。どこをどう走ったのか、その騒ぎは宿の者にもとうに伝わっているはずだが、恐ろしがってか奥に隠れて出てこない。

別棟の二階へと逃れたりまた下りたりの果てに、廊下を左へ折れた拍子に市子が躓いて倒れた、その背中へ覆い被《かぶ》さり、折り重なって倒れる。

「いやっ、許して」

許さない、と言ったか、許す、と言ったのだったか。

気がつくと大杉は、ひとりきりで倒れていた。縁側の窓越しの月明かりで、板の間の血だまりが見て取れる。寝間着の胸から腹のあたりがぐっしょりと重たい。呼吸は、苦しいどころか弱くなりかけている。

力をふりしぼり、這《は》いずるように隅へ行き、白い漆喰壁に血みどろの爪を立てて起きあがる。玄関のそばに女中部屋があるはずだ。

呼んでも、女中はおびえて返事をしなかった。助けてくれ、このままでは死んでしまう、と掠《かす》れ声《ごえ》で訴えると、しばらくして一人がおそるおそる近くへ寄って来た。

「あのね、急いで医者を、呼んで下さい」

ひと呼吸するのも苦しい息の下から切れぎれに絞り出す。

「それから、東京の伊藤野枝のところへ、すぐこっちへ来るように、電話をして。本郷の、菊富士ホテルです。それからもう一つ、神近を……神近市子を、急いで探して、下さい。どうかすると、自殺をするかも……。誰か男衆に頼んで、まずは……海岸のほうから……」

尋常でない痛みが、今になっていちどきに襲いかかってくる。これほど激烈な痛みを、どうして感じずにいられたものか。痛い。痛い、痛い。喉がぜろぜろと鳴る。溢れる血がいくらかおさまってきたのは、もう残り少ないからなのか。

板の間に横たわった大杉は、少しでも苦痛をごまかそうと、番頭に煙草をもらって吸い付けた。煙が傷口から漏れそうな気がする。寒い。誰かが毛布を掛けてくれたが追いつかない。末端の感覚はもうとうになくなっている。頭の上の柱時計が三時半を指しているのに気づき、ということは寝入ってすぐに刺されたのだと覚った。

玄関口の電話機に向かって誰かが早口に喋っている。その声を聞きながら、ふと、先ほどの自分がまったく吃らなかったことに気づく。電話の向こう側は野枝だろうか。そうだとしたらいったいどんな思いで報せを聞いているだろう。

どれほど急いでこちらへ向かったとしても、着くのは昼頃になるに違いない。生きている間にはもう会えないかもしれないな、と思ったのを最後に、吸いさしの煙草が指から離れていく。

暗がりに吸い込まれるような意識の中で、野枝の顔と、なぜか〈礼ちゃん〉の顔が、とろりと混じり合って溶けていった。

*

呻き声が聞こえる。

(ああ、まただ)

眠りの淵《ふち》から浮かび上がりながらも、野枝は、すぐには声をかけずにいた。頭上の寝台の主が、さらに二度ばかり呻いたかと思うと、がば、と頭をもたげ、情けない声をあげる。

野枝は床に敷いた布団から起き上がり、枕元に近づいた。大きな赤ん坊のようなその身体に腕を回し、抱きしめてやる。小刻みな震えが伝わってきた。

しばらく野枝に抱きついていた大杉が腕をほどき、おもむろに枕元の台に置かれた時計へ手をのばす。薄明かりの中、目を凝らせばきっかり三時だった。

「また出たの？」

「うん」

時計を戻し、再び枕に頭をつける大杉を、野枝はもう一度しっかりと抱きしめてやった。

「馬鹿ねえ」

「……うん」

「大丈夫。私がついているから。誰が来たって、あなたをどこへも連れて行かせたりしない」

「うん」

「ほんとにあなたは馬鹿ねえ」

「うん」

頭を抱えて撫でてやると、豊かな髪が寝汗でしっとり濡れていた。

命を落とすかと思われた怪我《けが》から生還し、もうしばらくすれば退院できると言われたあたりから、大杉はしばしば夜中にうなされるようになった。毎晩ではない。が、必ずと言っていいほど夜中の同じ時刻だ。気配にふと目を開けると、寝台の足もとの壁ぎわに寝間着姿のあの女が立ち、ちょっとふり返って見るふうで彼を凝視するのだという。やつれた頰に影が落ち、死人のように青ざめた顔色を際立たせる。見ひらいた目には恐怖が満ち、動かない口からか細い声が聞こえる。

〈許して下さい〉

喉を刺されて血まみれの大杉を残し、廊下へ逃れようとする寸前の神近市子の姿だった。

命を取り留めたのは奇跡と言ってよかった。市子の握りしめた短刀は、大杉の顎の右下に、ほとんど一寸もの深さで突き刺さった。あとほんのわずか深ければ、あるいはほんのわずかずれていれば頸動脈《けいどうみゃく》に達していただろう。多量の失血に耐えながらも大杉が案じた市子はといえば、一度は海に入ったもののなまじ泳げたばかりに死にきれず、近くの交番に自首をして葉山分署へ護送されたそうだ。

警察から未明に電話を受けた時、野枝は気を失いそうになった。怪我を負って危篤、と聞かされただけで詳しい事情まではわからなかったが、市子のあの恨めしさと憎悪に満ちた顔つきを思えば、起きたことの察しはつく。

待ちかねた始発の汽車に揺られている間じゅう、今この瞬間にも大杉が息を引き取るのではと思うと不安でじっとしていられず、奥歯を潰れるほど嚙みしめながら車窓を睨みつけていた。どうしてあの二人だけを残して東京に帰ってしまったのか、どんなに気まずくてもあそこで頑張り抜いて市子のほうを先に追い返していればこんなことにはならなかったのに、と後悔ばかりがこみ上げた。自分にとって大杉栄という男がどれほどかけがえのない大事な存在であるか初めてわかった。もう二度と、あのひとを他の女なんかと分け合いたくない。たとえそれが妻であっても。大杉がもうとっくに死んでしまっていたとしてもだ。

入院先である逗子町の千葉病院に駆けつけると、幸い大杉は意識だけはしっかりとしており、野枝に向けて苦笑いを向ける余裕さえあった。

〈やあ。なかなか、た、大変だったよ〉

掠れ声で言われて、思わず泣きだしてしまった。

〈馬鹿ねえ。ほんとうにあなたは馬鹿ねえ〉

寝台の端に突っ伏して泣きじゃくる野枝の頭に、大杉の分厚いてのひらが載せられた。

〈……うん〉

医者は、血液が肺に入っての肺炎だけが心配されるが、それさえなければ命に別状はないだろうと言った。午後には別居中の妻・保子と宮嶋資夫が、続いて荒畑寒村と馬場孤蝶《こちょう》が見舞いに駆けつけた。

さらに翌日からは、新聞各紙に事件のことが続々と報道され始めた。

〈大杉栄情婦に刺さる　被害者は知名の社会主義者　兇行者《きょうこうしゃ》は婦人記者神近市子　相州葉山日蔭の茶屋の惨劇〉

などと大見出しのもと全六段の写真入りで報道したのは『東京朝日新聞』だ。〈野枝

と市子は犬と猿　理窟を云う新婦人も恋の前には平凡な女〉と揶揄《やゆ》するような解説記事や、〈今回の不幸もほぼ想像されるわけだ〉といった堺の談も掲載されていた。

また『万朝報』は〈伊藤野枝子の情夫　大杉栄斬らる〉、『東京日日新聞』は〈神近市子、情夫なる大杉栄を刺す　野枝と栄の情交を妬んで〉と派手派手しかった。

世論は、刺した市子に同情的だった。となると当然、野枝の側が悪者扱いされる。

とくに宮嶋資夫は、市子とは浅からぬ付き合いであったために、野枝への憎悪がよけいに強まったのだろう。同志たち数名と市子に面会しようと葉山分署へ行ったものの、すでに護送された後で会えなかった彼は、その足で千葉病院にとって返し、ちょうど近くの雑貨店で買い物をしていた野枝の姿を見つけた。

　大杉の身の回りの品を買って病院の玄関を入ろうとした時、突然飛び出してきた人影に驚いて思わず大声を上げたのを覚えている。

〈おまえのせいだ、おまえのために親友一人を……！〉

　声が宮嶋のものであることに気づいた時には、両の頬を打たれ、井戸端のぬかるみに突き転ばされていた。四、五人はいたろうか、そろって息の酒臭い男たちに、背中を踏みつけられ、腹を蹴り上げられ、息も絶えだえに悲鳴をあげていると、事件後から付き添っていた巡査が聞きつけて止めに入り、泥まみれの野枝を抱きかかえて病室へ連れて行った。

〈ど、どうしたんだ、いったい〉

驚く大杉に駆け寄り、胸に取りすがって泣き崩れたところへ、宮嶋らがまたなだれ込んできて野枝を引き剝がし、壁へ突き飛ばす。花瓶が倒れ、床に落ちて粉々に割れた。

〈この売女《ばいた》めが！　自分の子どもより男のほうが可愛いか！〉

突き刺さる言葉だった。しかし、別れた良人や当の子どもたちから言われるなら甘んじて受けても、宮嶋らから言われる筋合いはない。泥水の滴る髪を振り乱し、腫れあがった顔に怒りを露《あら》わに睨み上げると、男たちは野枝を再び引き起こして殴り、蹴りつけた。

宮嶋の目には、はじめに保子とともに駆けつけた時にも、野枝が大杉のそばを頑として離れず〈面倒を見るのは私一人で充分ですから〉と譲らなかったのも身の程知らずと映ったようだ。平手打ちとともに、それらしい言葉をさんざん浴びせられた。

寝台から動けない大杉が、無言のまま睨みつけているのに気づいた宮嶋は、最後に大杉めがけて唾を吐いた。

〈悔しいか、意気地なしめ。たかが女との恋に溺れて主義主張を葬り去るとは、なんと情けない男だ。自由恋愛の実験だと？　そんな下らない思いつきのために、神近くんも保子さんもどれだけ苦しんだか。いいか大杉、この女こそ厄病神だ。君がこんな不幸にさえ遭っていなかったら、俺は心置きなくこの女を殺せたところだったのにな。このざまが悔しいと思うなら、全快してからやって来い。いつでも、いくらでも決闘してやる〉

言い捨てて、男たちは立ち去った。

もともと酒に酔えば荒れる質だったにせよ、宮嶋の言葉は彼だけのものではなく、同志たちの根強い反発を代表するものでもあったろう。それだけは大杉も認めないわけにいかなかった。


そばについて看護をしたのは野枝だったが、同志の村木源次郎《げんじろう》が近くに宿泊し、毎日のように見舞いに通って話し相手になってくれた。もともと大杉に心酔していた村木だが、四面楚歌《しめんそか》の今だけに、気遣いがどれほどありがたかったかしれない。ひょろりとノッポで面倒見のいい彼とは、野枝もすぐに打ち解けて何でも話すようになった。

幸い予後の経過は悪くなく、事件から十日余りが過ぎた十一月二十一日、大杉の退院は叶った。

逗子か葉山にしばらく滞在して療養することも考えたが、貸間を探しても、名前を知れば端から断られてしまう。警察による干渉もあったろうが、世間に大杉栄の名がほとんど悪魔や蛇蝎《だかつ》と同義のものとして伝えられているのも事実だった。彼が力を注いで全訳し、ほんの数日前に書店に並んだルトウルノウ著『男女関係の進化』など、わざわざ翻訳者を〈社会学研究会〉などとして刊行されたほどだ。

菊富士ホテルへ帰るしかなさそうだった。野枝と村木が付き添い、この日の夕刻の汽車に乗り込む。

体力まではまだ戻らぬのだろう、大杉は崩れるように腰を下ろし、背もたれに身体を預けると、窓の外へぼんやり視線を投げた。村木がその向かいに、野枝は隣にそっと座る。顎の下の傷は、縫われてふさがりこそしたが、いまだ貼り付けられたままのガーゼと包帯が痛々しい。

「なあ、村木」

車窓の風景へ目をやったまま、大杉は言った。

「何です？」

「僕が、幼年学校の頃に一度刺されたって話はしたっけね」

村木が苦笑した。

「聞きましたよ。友だちと決闘みたいな喧嘩をして、ぐさぐさやられたんでしたよね」

野枝もその話は知っていた。頭やら腕やら肩やら、その時もかなり危なかったらしい。

「こ、今回また新たに喉を刺されたわけだが、こ、幸か不幸かどちらの時も命は取り留めた。しかしね、こうなってみると思うんだ。僕はいつかきっと、誰かに悪意の刃を向けられて斃《たお》れる運命を持って生まれてきたんじゃないかね」

「ちょっと」野枝は思わず、大杉の袖を引いた。「やめてちょうだいよ、縁起でもない」

「いやあ、運命ってものはあると思うんだよ。次なる三度目の正直は、そうだな。け、憲兵か巡査にでもやられるか、そうでなければ絞首台の露と消えるか、ね。案外、もうとっくに決まっているんじゃないかって気がするよ」

人を食った顔で言うものだから、冗談か本気か、判別がつかない。

「お願い、やめて」

呻くように言う野枝の手を、苦笑いした大杉の熱い手が包み込む。久しぶりに動いたせいで熱が出てきたのかもしれない。

雲を染めて海の向こうへ沈んでゆく夕陽が、窓越しに彼の横顔を照らしつけている。あの晩流れた血はこれよりも赤かったろうかと思いながら、野枝はその顔から目が離せなかった。

第十五章　自由あれ

産婦が腹を減らすのは、子に乳を吸われるせいだ。たとえそれがゆるい粥《かゆ》であっても、せめて野枝にだけは米の飯を食わせてやりたい。

その一念で、村木源次郎と大杉とは、もう何日もふかし芋ばかりかじっている。薩摩《さつま》芋《いも》を五銭で手に入れ、まとめて蒸して塩をふる。飽きるが、腹にたまるだけで御の字だ。

同居の三人、誰も食い物のことで文句など言わない。痩せ蛙《がえる》さながらの村木はもとより、みっしりと体格のいい大杉までが毎日、今日の芋は甘いなどと喜んで食っている。大杉が三十三、野枝が二十三、そして村木がちょうど真ん中の二十八。寄せ集めだが不思議と気の合う三人だった。

月日は過ぎゆく。あの「日蔭茶屋」での刃傷沙汰《にんじようざた》ですら、すでに遠い。

世間を大いに騒がせた事件と相前後して身ごもった野枝は、つい先月、九月の終わりに、大杉との第一子となる女児を産み落とした。幸い母子ともに無事だが、いまだ産《さん》褥《じよく》期《き》にあって微熱が続いており、完全な床上げは少し先になりそうだ。

集会、運動、執筆とそれでなくとも忙しい大杉の両肩に、このうえ家事や赤ん坊の世話までのしかかるのを黙って見てはいられず、村木は自ら手伝いを買って出て、それまで居候していた山川均・菊栄夫妻の家から、大杉らの暮らす巣鴨《すがも》の住まいに移った。長く親しんできたキリスト教の教えでは〈姦淫《かんいん》〉は特に重い罪のひとつだが、悔いている者のために犠牲を払うのは正しいわざだろう。

早くも数日後には菊栄に愚痴をこぼしていた。

「覚悟はしていたけど、こうまで用事が多いとは思わなかったよ。野枝さんなんか赤ん坊に乳しかやりゃしない。前の旦那の子にもああだったのかね。おしめなんぞ、『あら、ちょっと濡れたくらいなら洗わなくていいのよ』なんて俺からひったくって、そのまま干しといてまた使うんだぜ。こっちはほかにも、台所の手伝いから、尾行や掛け取りの撃退まで引き受けなくちゃならない。乳母兼、執事兼、なんとやら……さきの関白太政大臣そこのけの肩書きだよ」

ひと息にそう話すと、菊栄に笑われてしまった。

「おまけにだ」

「まだあるの？」

「あるとも。曲がりなりにも俺は男だのに、野枝さんときたら遠慮も恥じらいもないときたもんだ。便所の紙が切れていたら中から大声で『源兄《に》ぃ、紙がないの、早く持ってきて』と、こうだよ」

「あら。野枝女史、源さんのことをそう呼ぶのね」

「いつのまにか勝手な話さ」

「文句ばっかり言いながら、なんだか嬉しそうよ」

「まあ、ちびすけだけは文句なしに可愛いからね」

決まった恋人を持った例《ため》しすらない自分にあらかじめ父性のようなものが備わっていたことが、村木には意外でならなかった。菊栄のところに生まれたばかりの長男・振作《しんさく》も可愛かったが、女の子となるとなおさら愛おしい。

名前を付けたのは大杉だ。

「世間があんまり僕らのことを、悪魔だ、悪魔だと罵って後ろ指をさすものだから、こ、こっちもついその気になっちまってね。悪魔の子なら〈魔子《まこ》〉だろう、ということで、何というかこう、勢いで名付けてしまった」

一つ話のようにして誰かに話すたび、イッヒヒ、と大杉が笑うすぐそばで、野枝も仕方なさそうな苦笑いを浮かべている。

「『こうなったら開き直ってやろうじゃないか』なんて言い張るんですよ、このひと。私は、いくらなんでも女の子にそれはあんまりじゃないですか、って止めたんですけど、通りませんでした」

「いいじゃないか。こ、こんなに強くて可愛らしい名前はなかなかないぞ」

大杉にとっては初めての自分の子であり、野枝にとっては初めての女児だ。その赤ん坊を抱いて乳を含ませる野枝の姿を見ていると、村木はそこに、かつて自分だけが目にした彼女の泣き顔を重ねずにいられなかった。

例の事件が起こるよりわずかに前、昨年の十月のことだ。当時、やはり金のなかった大杉と野枝はそれまで逗留していた麴町三番町の「第一福四万館」にいよいよいられなくなり、友人の大石七分《しちぶん》の紹介で本郷の「菊富士ホテル」に転がり込んだところだった。

七分のことは村木も知っている。様子のいい青年だがいささか変わり者で、同棲しているカフェーの女給とは毎日のように喧嘩が絶えない。大逆事件の際に処刑された大石誠之助の甥《おい》にあたる彼は、長兄の西村伊作《いさく》がずいぶんと裕福であったおかげで、自身もゆとりのある生活をしていた。

「僕の投宿しているホテルへいらっしゃいよ」

大杉の困窮ぶりを見かねた七分は言った。

「数年前にできたばかりなんだが、主人の羽根田幸之助がなかなか不思議な男でしてね。東京大正博覧会の外国人見物客をあてこんで本格的な洋館をこさえたんだが、そのわりに勘定は大雑把、宿代からしてうるさく言わない。店屋物をとるにせよ新聞や煙草にせよ、なんでも女中に頼めば代わりに買ってきて、しかも勘定は立て替えておいてくれます。まあ当分は一銭もなくたって暮らせるでしょう。ああ、ちなみに女主人と娘たちは美人ぞろいですよ」

一人ひと月三十円、二人で六十円。今のところ払える目算などなかったが、大杉と野枝は一も二もなく飛びつき、まだ新しい瀟洒《しょうしゃ》な洋館の二階、三十四番の六畳間に落ちついた。前身を「菊富士楼」というとおり、晴れた日にはひしめく屋根の遠くに富士山を望める明るい部屋だった。

村木がその部屋を初めて訪ねていった日、大杉はたまたま近所まで出かけていた。六畳間の真ん中にぽつんと正座した野枝は、まだ今ほど親しくもなかった村木の来訪に気づくなり、慌てて涙を隠そうとした。

何かあったのかと問うてみれば、別段何もない、と言う。ただ、前夫の辻のもとに残してきた長男と、千葉の御宿で里子に出してしまった次男を思うと、時々たまらない気持ちになるのです、そう言って彼女はうっすらと笑ってよこした。〈自由恋愛という実験〉の名のもと神近市子と張り合っていた野枝が、ついに夫ばかりか子まで棄てて大杉に走ったというので、彼女に対する世間の風当たりはそれまで以上に強くなっていた。

菊富士ホテルに大杉が投宿するやいなや、所轄の本富士署からは例によって尾行の刑事が二人差し向けられ、朝から晩まで一階のロビーに陣取って見張るようになった。外出するたび、後をついてまわる。

刑事らもまあ気の毒なことだと村木は思った。しばしば外出先で大杉の姿を見失い、真っ青になって探しまわった末にホテルに戻ってみると、先に帰っていた当人から「やあ失敬、ご苦労さんでしたな」などと労をねぎらわれる。彼らがぼんくらなのではない、大杉の尾行をまく技術が天才的なのだ。

そうかと思えば、当の大杉らが部屋に籠もっている間は、刑事たちとて他にすることもない。ロビーで暇をもてあましているものだから、幸之助一家の子どもたち、とくに幼い連中から懐かれる。大杉もまた無類の子ども好きであるからして、何の因果でか一緒にけん玉遊びに興じ、大人たちのほうが本気になったりしているうちに、すっかり互いに気安くなってしまった。「今日はどちらへ」と訊かれて詳しく教えてやる大杉も大杉で、尾行の二人に荷物ばかりか飲み食いの勘定まで持たせ、やりたい放題だった。

そんな矢先に、野枝と連れ立って出かけていった日蔭茶屋であの事件が起こったのだ。葉山の警察から菊富士ホテルに連絡があったのが十一月九日の未明、電話を受けたのは幸之助の三女で高等女学校に通う八重子だった。警察官のただならぬ様子に驚いて母親に替わり、野枝を呼びに走る。自身も葉山から戻ったばかり、疲れから深く寝入っていた野枝は、状況を知らされるなり半狂乱になったようだが、すぐに気を落ち着け、始発に飛び乗って逗子へと駆けつけた。

それらのいきさつを、村木は、病院のベッドに横たわる大杉の口から聞かされた。神近市子と親しい宮嶋資夫らが、怒りにまかせて野枝に殴る蹴るの暴力をふるった話はもとより、同じく駆けつけた妻の保子がどれだけきつい態度を取ろうと、野枝が頑として大杉のそばを動こうとしなかったことも聞いた。

「それで、どうしたんですか」

村木が訊くと、大杉は当たり前のように言った。

「正直に頼んださ。二人ともにそばにいてほしいって」

「そんな無茶な」

「どうして。か、看病だって二人で分担したほうが楽じゃないか」

こういう時は得てしてして、分別のあるほうが損をする。野枝は譲らず、とうとう保子のほうが帰ったそうだ。

「保子はもう、俺にあきれただろうな」

ぽつりともらした大杉を、枕元の村木は驚いて見おろした。こんなふうだから、女たちは結局この男をほうっておけないのだろうと思った。

新聞各紙には連日、大杉や野枝をよく知る、あるいはろくに知らない、友人知人他人の感想が躍った。その多くが二人を厳しく糾弾するものだった。

〈神近さんはごくあっさりとした方で、正直な上、優しい義俠《ぎきょう》的なところもあって、困っている友達が来ると、本を売って金をやったり、財布の底をはたいて御馳走《ごちそう》したりするという風でした〉

事件から数日後、野枝を殴った宮嶋資夫の細君・麗子の、神近を擁護するかのような弁が新聞に載った。

〈昨年暮れ頃から大杉さんとああいう関係になって以来、一生懸命に翻訳したり原稿を書いたりして、そのお金の大部分、少なくとも二百円以上は春から収入の全く絶えてい

る大杉さんに貢いでいました〉

〈野枝さんも初めはただ野生を帯びた単純な性格の人と思っていたのですが、様子を見ると非常に感情的で、確《しっか》りとした根底のない上、廉恥心《れんちしん》の少しもない人のようです〉

〈野枝さんは今後どういう態度をとるかが問題で、私としては彼女に対しては好い感情を持てぬばかりか、人間とさえ思うことを疑っているのです〉

水に落ちた犬を叩くかのごとき物言いだった。

親しく行き来があった宮嶋家、それも同性の細君にまでこのように罵られても、野枝は何も言わなかった。平塚らいてう、野上弥生子、およそ野枝が深く親しく関わった人間のほとんどが、はっきりと殺意をもって男の喉を刺した神近市子ではなく野枝の側を否定する言葉を吐く。それでも当の野枝は、大杉の枕元で記事を読み終えると、黙って新聞を畳み、窓の外を見るだけだった。

四面楚歌の状況の中、やがて退院した大杉を、菊富士ホテルの人々が全員で出迎えてくれたことは二人にとってどれほどありがたかっただろう。杖にすがって路地を歩いてゆく大杉と、その腕を支える野枝の後ろから、村木は荷物をかかえてゆっくりとついていった。

大量の血を失った大杉の体調は優れず、快復までにはしばらく日にちがかかったが、少しずつ起きている時間のほうが長くなり、ひと月ほどがたつうちには野枝とともに渡《わた》良瀬川《らせがわ》流域の旧谷中村《やなかむら》まで出かけてゆく気力も出てきた。

それが師走の十日。

大杉の妹・秋の訃報が飛び込んできたのはその三日後だった。

秋は、身を寄せていた名古屋の親戚の家で、包丁を喉に突き立てて死んだ。年明けに嫁入りが決まっていたのに、大杉の事件をうけて突然破談とされ、将来を悲観しての自害だったようだ。親戚宅のあるじが、アメリカより帰国中の秋の姉・菊から祝いの丸帯などを預かって帰り、それらを見せようと寝間の障子を開けたところ、血の海につっぷしてすでに事切れていたという。

愛人に刺された自分は命汚く生き延びて、何の罪もない妹があえなく死んでしまう。黙して語らない大杉の心中を思うと、村木の胸の裡は引き攣れるように痛んだ。

「俺も行きます」

「こっ、こ、ここ来んでいい」

「断られても行きますよ」

大杉もそれ以上は拒まなかった。

夜行で名古屋へ駆けつけると、保子が先に来ていた。大杉の父・東《あずま》が亡くなった後、秋を手もとに引き取って四年前まで面倒を見ていた彼女は、身を揉むようにして大杉を叱りつけた。

「わかっているのですか。これだけの犠牲をもってしてもあなたが改めるべきところを改めないならば、秋は、まったくの無駄死にです」

大杉は歯を食いしばり、十年連れ添った妻の前に深く頭を垂れた。切りつけるような保子の言葉は、同時に、秋の死にぎりぎりの意味を与えようとしてくれるものでもあったのかもしれない。

帰京した大杉は、弁護士と堺利彦の立ち会いのもと、ずるずると先延ばしにしていた保子との離婚をようやく正式に決めた。以後二年間、毎月二十円を保子に支払うというのが条件だった。

菊富士ホテルの三十四番に閉じこもりがちになった大杉と野枝を、村木はあえてそっとしておいた。訪ねるにしても時間や頻度に気を遣った。

こんな時に愛欲に耽《ふけ》るなど気が知れない、などというのは、ほんとうの苦しみも孤独も知らない人間のたわ言だ。自分の落ち度で愛しい妹を死に追いやった男と、その男と連れ添うために我が子まで棄ててきた女。抱き合う以外にどうやって生き延びる術《すべ》があったろう。今から思えば、野枝が身ごもったのはあの時だったかもしれない。

風に当たっただけでもすぐに寝付くほど弱っていた大杉を、野枝はよく支えた。ホテルには一銭も宿代を納めていないというのに堂々と女中を呼びつけ、大杉のために牛乳や牛肉を買ってくるように言いつける。それをまた女主人の菊江が、「まあええわな、届けておやり」と許すのだ。

たまりかねたのは主人の幸之助のほうで、

「大杉さん、あなた社会主義者のくせに、私たちのような小商いを苦しめないで下さいよ」

そう泣きつくと、痛いところを衝《つ》かれた大杉はそのつど困った顔で謝り倒し、いついつまでにきっと支払うという誓約書を幸之助に渡すのだった。

村木の野枝を見る目は、次第に変わっていった。

初めのうちこそ、離れていった他の同志たちと変わらず、女にだらしのない大杉を惑わせる邪魔な小娘としか思っていなかったのだが、そばで見ているとどうやら考え違いであることに気づかされる。時には若さゆえの浅慮が目立つこともあると同時に、その若さならではの生命力と愛情が大杉を支えているのも事実で、何より細かいことにこだわらない一本気な性格が小気味よかった。あの淫婦めが、などと口汚く罵る同志たちに、それはちょっと違うのだ、どうとは言えないがとにかく違うのだと言ってまわりたいほどだった。

そうこうするうち、神近市子に懲役四年の判決が下った。桃の咲く時分のことだ。世間は依然として市子に同情的で、そのぶん大杉や野枝には逆風が吹き荒れた。

相変わらず収入はない。先の仕事もない。さしもの幸之助らもこれ以上はということになって、とうとう桜の咲く前に菊富士ホテルを出ることになった。溜まりに溜まった宿代を黙って精算してくれたのは、二人をここへ誘った大石七分だった。

同じ菊坂町の安い下宿へ転がり込んだ大杉と野枝は、夏の初め、さらにまた友人の岩野泡鳴《ほうめい》が住む巣鴨へと転居した。それが今いるこの家だ。

　家賃は月十三円五十銭、それなのにホテルの部屋に比べればだいぶ広い。九月に入ると野枝と辻潤の協議離婚もようよう成立し、それからほどなく魔子が生まれてきた。

　貧乏のどん底もどん底だが、不思議と二人に悲愴《ひそう》な様子はなかった。着たきり雀《すずめ》、米びつは常に空、それでも何やかやと笑っている。

　人のことは言えない。同居することになった村木自身も洗いざらしの浴衣一枚しか着るものがなく、これから迎える秋冬のためにと、大杉の着ていたお古の筒袖を野枝が四角い袖に縫い直してくれた。筒袖は動きやすいが、たった一枚でよそ行きも兼ねるなら四角なほうが見栄えがいい。

　荒れ庭に面した十畳間の日当たりに布団を敷き、生まれたばかりの赤ん坊を横に寝かせた野枝は、毛量の多い髪を背中に流したままにしていた。寝間着の肩から派手な錦紗《きんしゃ》の羽織を引っかけている。着古されて衿などてろてろに光っているような代物なのだが、祝い事だからと見栄を張ってみせる大杉の性分を思うと、村木まで何やら気恥ずかしいような嬉しさがこみ上げてくる。

　障子を開け放った庭の先では、境界の破れ垣《やがき》に沿って白や薄桃色の秋桜《コスモス》が乱れ咲き、ずいぶんと冷たくなってきた風に揺れていた。

「ねえ、源兄ぃ」

　細い声がする。

縁側のひだまりに足を投げ出していた村木は、うん？　と生返事をした。

「源兄ぃは、どうしてこんなに私たちに良くしてくれるの？」

驚いて、布団をふり返った。

疲れたのか、野枝はいつのまにか羽織を脱いで横になっている。その顔が急になまめかしく感じられ、目が離せなくなる。

今さらながらに岩野泡鳴の言葉が思い起こされた。ここから歩いてほんの一分のところに住んでいる岩野が、久しぶりに野枝と会ったときに言ったのだ。

〈ほう、ずいぶん感じが変わったもんだ。こうして改めて見ると、なかなかたいした別《べっ》嬪《ぴん》だなあ〉

岩野自身、正妻である清《きよ》と離婚調停中ながら次なる愛人と同棲しているあたり、道徳的見地からいえば大杉と五十歩百歩の自由恋愛主義者だ。驚いて顔を赤くする野枝の横で、大杉はにやりと笑って切り返した。

〈あなたに褒められたとあっちゃあ、このひとも本望だろう。せいぜい大事にするか、ね〉

村木には、野枝の目鼻立ちを美しいと思って眺めた例しが一度もない。色は浅黒く、目はつぶらだが小さく、鼻は低い。それなのに今、面やつれした彼女を綺麗だと感じている。枕にのせた小さな顔が、この秋の風のように澄んで見えるのだ。

「ねえ、どうして？」

重ねて訊かれた。

「どうしてって言われてもさ」

「だってね、みんな離れていったでしょう？」

幼子の寝顔を見つめながら、野枝が続ける。

「同志の人たちも友だちもみぃんな、あの葉山のこと以来、ううん、もっと前から、私たちを責めるか遠ざけるかのどちらかだった。それなのに、源兄ぃだけはこうして見捨てないでいてくれる。どうして？」

「いや、だからそんなことを改まって訊かれても……」村木は口ごもった。「当然のことをしているだけだとしか言えないよ。スギさんの思想には昔から敬服しているし、そのことと女性の問題とはまったく別だからね。みんな、味噌《みそ》も糞《くそ》も一緒くたにし過ぎるんだよ。それに……。いや」

「なに？　言って」

「それに、こう言っちゃあ何だけど、あのひとはそばに誰かいなきゃ駄目なひとだろう？」

野枝が、ふふっと笑った。小さな黒い目が光る。

「そうね。それはまったくそう」

「いちばんいいのは野枝さんが元気で支えてあげることに違いないんだが、中には女性の手に余ることだってあるだろうから。そういう時に、俺が何か手伝えればと思っているだけだよ。何も特別な話じゃない」

納得したのかどうか、野枝は黙っている。

村木は、庭へ目を戻した。

咲き乱れる秋桜の上に、魔子のおしめが何枚も干されてひらひらと翻っている。洗濯したのは大杉だ。たらいに井戸の水を汲み、尻っ端折《しりぱしょ》りをして、おかしな腰つきでしゃがみ込んでは洗うのだ。

もしも社会主義思想に出合わなければ、と思ってみる。あの男は、ただの子煩悩な父親として、凡々たる日常に幸せを見出《みいだ》す一生を送ったのだろうか。

無理だろう。あれだけのマグマを裡に抱え込みながら、しらばっくれて生きてゆけるはずがない。思想の育まれる土壌など、じつのところ最初のきっかけ一つでどうとでも変わる。初めに右と出合えば右、左と出合えば左、どちらへ向かったにせよ、あの男に中間はない。咆《ほ》え猛《たけ》り、抜刀して敵陣へ走り込んでゆくような生きざまは変わらなかっただろう。

と、表に訪う声がした。女の声のようだ。

まもなく、どす、どす、どす、と廊下を足音が近づき、大杉が顔を覗かせた。いまだに夏の浴衣、その上からかろうじて薄い綿入りのぼろぼろのどてらを着込んでいる。

「すまん、野枝」

「どうしたんです」

布団に手をついて起きあがった野枝のそばから、大杉は錦紗の羽織を拾いあげた。

「村木。悪いが、ちょっと行ってきてくれないか」

「え。まさか、それも入れちまうんですか」

「仕方がない。もうこれしかないんだ」

すると野枝が、理由も訊かずに笑った。

「源兄ぃ。かまわないから行ってきて」

「でも」

「いいのよ、どうせ着て行くところなんかありゃしないんだし。寒けりゃ、いつもみたいにみんなで布団にくるまっていればいいんだから」

村木が表へ回ると、軒先に佇《たたず》んでいた白髪の女がおどおどと目を伏せ、頭を下げた。会釈を返し、すっかり顔なじみになった近所の質屋へ羽織を持ち込む。どうにか五円になった。

我知らず胸が弾む。あの老女に二、三円を用立ててやったとしても、残り二円ほどあれば久々に皆で米の飯が食える。

戻ってみると、大杉は玄関先で老女と何やら懐かしそうに話し込んでいた。村木が黙って差しだす札を受け取るなり、額を確かめもせずに全部を相手の手に押しつける。

「甚だ少ないが、今日はこれだけ」

村木は、口もきけなかった。

恐縮した老女が何度も頭を下げ、ふり返ってはまた頭を下げて帰ってゆく。見送りながら、大杉は低い声で言った。

「野沢重吉《じゆうきち》の未亡人だよ」

「ああ……。そうでしたか」

ようやく腹に落ちた。

上州の田舎から上京し、車夫をしながら「平民社」に加わっていた野沢重吉は、大杉が心から尊敬し私淑する運動家だったが一昨年鬼籍に入った。昨年三月に大杉が上梓した『労働運動の哲学』はあっという間に発禁になってしまったものの、その献辞は野沢に宛てたものだ。

〈僕をして此《こ》の諸論文を書かしむべく、最も大なる力を、生きたる事実によって与えてくれた、車夫故野沢重吉君に本書を献ずる〉

いやしかしそれにしたって、額も確かめずに全部渡してしまうことはないじゃないか。

思う端から、村木の胸には何か温かいものが潮のように満ちてくる。素寒貧《すかんぴん》でふかし芋をかじっていようが、女にだらしなかろうが、このひとはまぎれもなく漢《おとこ》だ。そう思えて震えてくる。

ススキの穂が揺れる曲がり角で最後にふり返って深々と頭を下げる未亡人に、こちらも黙礼を返しながら、大杉が言った。

「村木」

「はい」

「腹が減ったなあ!」

村木は噴きだした。

「まったくですね」

ようやく踵を返した大杉が、不敵に笑った。

「悪いが野枝に粥を炊いてやってくれないか。芋は俺たちだけの、ご、御馳走だ」

＊

晩秋から年の暮れに向けて日一日と厳しくなってゆく寒さを、野枝は赤子を抱きかかえ、隙間風から守るようにして耐えていた。

一枚きりの煎餅布団は野枝と魔子に与えられていたが、師走の声を聞けば男たちの痩せ我慢もさすがに底をつく。身にまとうものはといえば質屋からも断られる薄っぺらな襤褸《ぼろ》だけだ。苦肉の策で、男二人が布団の裾のほうから足を差し入れて野枝と魔子を温め、ささやかな温もりを分かち合うことで急場を凌いでいた。

が、こんな時でも大杉は大杉だった。腹ばいになって本を読み、芋をかじりながら、頭の中では次なる雑誌『文明批評』の発行準備を着々と進めていたのだ。

そもそも日蔭茶屋であのようなことがなかったら、内務大臣の後藤新平からせしめた金を元手にしてとっくに発行されていたはずの雑誌ではある。けれど今、腹を満たす米どころか暖を取る炭すら買えない、しかも収入のあてなどどこにもないこの状況で、そうすることがまるきり当然であるかのように自分の信じる未来を見据えることができるというのは、やはり大杉なればこそだ。

そんな良人に対し、女の身で互角にものを言う野枝を見ると、人はずいぶん驚いた顔をする。何がいけないのだろう。無駄な差し出口を挟むつもりはないが、言うべきことは言わせてもらう。大杉はその程度で怒るほど小さな男ではない。だからこそいまだに恋人の素直さで甘えることもできるし、彼もまた大いに甘えてくるのだ。

他の誰がこのひとを真似られるものか、と野枝は思った。大杉栄を批判する連中は、自分が嫉妬を燻《くすぶ》らせていることにも気づかない馬鹿ばっかりだ。

希望への道筋など何ひとつ見えずにいるというのに、野枝は幸せだった。誰よりわかり合えるお互いと、まだ寝返りもろくに打てない乳飲み子の傍らに、村木源次郎が飄々《ひょうひょう》と寄り添ってくれているのもありがたく心温もることだった。

知り合いという知り合いからはもれなく金を借りた。ある時は新聞社に勤める友人・安成二郎が来て金を置いて行き、ある時はこちらから山川宅へ出かけていって堂々と無心をする。粥を炊くにも困ると、大杉と親しい画家の林倭衛《しずえ》の名を勝手に借りて米を買い入れた。迷惑をかけて申し訳ない、とはべつだん思わなかった。食わねば乳も出ない。赤子を飢えて死なせるようなことになっては、彼らとて後味が悪かろう。

新しい雑誌には、山川夫妻も、そして荒畑寒村も寄稿してくれることになった。荒畑とは『近代思想』を廃刊した際の不和から運動の面では袂を分かっていたのだが、大杉が何度も自分から訪問し、これまでの不手際を詫びたことでようやく、再びの協力態勢が実現した。目的のために頭を下げることなど、大杉は何とも思わない。

野枝の錦紗の羽織は、質屋を出たり入ったりした。ある時は原稿用紙に化け、ある時は大杉の電車賃に化け、と八面六臂《はちめんろっぴ》の大活躍だった。

多少の広告も入り、四、五人の友人たちからそれぞれ十円前後の寄付金が集まり、中には百円という大金を寄付してくれた者もある。たまたま大石七分が株で失敗したため、彼の引き受けてくれる予定だった保証金は間に合わなかったが、そのぶんいくらか規模を縮小し、少なくとも創刊号だけは出せる目処《めど》がついた。

官憲の目は、しつこく光っている。『近代思想』の時のように、刷り上がったところを狙って没収されたのではまた資金繰りに窮することになる。大杉と野枝は、印刷所まで行く途中に必ず知人の下宿に立ち寄り、しばらくの雑談のあと裏口からそっと出ては尾行をまいた。

「こ、これが無事に出せたら次のことを考えないとな」

例によって布団の裾から足を入れた姿勢で、大杉が言う。

「次はぜひ、労働者の町に住んでみないか」

彼の望みは、野枝にもよく理解できた。同志の多くが離れていったこの一年の間につくづく考えたのは、具体的に誰がそうだとは言わないが、いくら弁が立派で声ばかり大きくとも行動の伴わない主義主張など何の意味もないということだった。貧しい者、弱き者、虐げられて暮らす者に、身も心も寄り添って生きる。言葉にすれば単純だが、実行はそれほど容易ではない。

「労働者の町って、たとえばどこ？」

「そうだな、か、亀戸あたりがいいんじゃないかと思っている。あのへんに住んでいる友人から話も聞けるし」

「でも、ここを出るとなると、滞っているお家賃を払わないと」

「そこなんだよ。いざとなったら夜逃げでもするしかないかな」

冗談とも本気とも言えない口ぶりで大杉は笑ったが、転居のきっかけは思いがけず向こうからやってきた。大家自ら、どうか早々に引っ越してくれ、前に預かった二カ月分の敷金はそのまま返すからと頼み込んできたのだ。

監視と尾行に手を焼いていた所轄の板橋署が、家主に圧力をかけたのだった。大杉と野枝が印刷所へ通った三日間、連続して行方を見失ったのに相当困ったものらしい。

二カ月分の敷金なら二十数円になる。渡りに舟とはこのことだ。暮れも暮れ、押しつまるだけ押しつまった二十九日、さっそく野枝が見つけてきた亀戸の貸家に、夫婦は魔子を抱いて引っ越した。村木とは一旦別れて暮らすこととなったが、しょっちゅう会うので実質何も変わらない。

そして迎えた大晦日《おおみそか》、野枝は大杉と示し合わせ、大森の春日神社裏にある山川夫妻の家をいきなり訪れた。

「家にいるとあれやこれや取り立てがうるさいから、ここで一緒にお正月をさせてもらおうと思って」

厚かましく上がり込んでも、山川や菊栄はもう慣れたもので、いやな顔ひとつしないでくれた。あの事件の後ではさすがの野枝も、そんなふうなさりげない労りが身にしみるようになった。以前だったら彼らの心配りにさえ気がつかなかったかもしれない。

最近やっと首が据わり、指を差し出せば握るようになった魔子が、同じく今年生まれた山川家の長男の隣で眠ってしまうまで見届けると、野枝は立ちあがった。縞の御召に例の錦紗の羽織を重ねたまま、両の袂を帯の脇にぎゅっと挟み込む。

「お正月の仕度、まだなんでしょう。台所は私が引き受けるから、菊栄さんは少し寝てらっしゃいよ」

「そんな……せっかくのお召し物が汚れてしまうわ。せめてほら、これを」

慌てて自分のたすきや前掛けを渡そうとする菊栄を、横合いから大杉が遮る。

「そんなの気にしなくていいんですよ。こ、このひとはね、いつだってこのまんまなんだ。台所をするにせよ銭湯へ行くにせよ、他に着るものなんか何もないものでね」

大杉と野枝が一緒になって笑うのを、山川と菊栄はあきれた顔で見ていた。

『近代思想』の廃刊から、間に日蔭茶屋の事件をはさんで二年。新雑誌『文明批評』はようやく発行された。

〈この頓挫には僕自身の責任のあることも勿論《もちろん》だ〉

創刊号に大杉が寄せた文章だ。

〈あの事件で最も喜んだのは敵だった〉

〈肉体的に殺されなかった僕をこんどは精神的に殺して了《しま》おうとした。愚鈍な奴等だ。卑怯な奴等だ。しかし、よく聞け、憎まれ児は世にはびこる、何処《どこ》までもはびこって見せる。死んでもはびこって見せる〉

通常なら〈世にはばかる〉というところだが、〈はばかる〉にはしかし〈遠慮する〉という意味もある。それを嫌って、あえて〈はびこる〉と書いてのけるところが大杉らしい。もう何度目かで目を通すその文章に我知らず笑みを浮かべながら、野枝は奥付の頁《ページ》をめくった。

編集兼発行人　大杉栄

印刷人　伊藤野枝

二つ並んだ名前を、そっと指でなぞる。これがようやくの船出だと思うと、鼻の奥が湿っぽく痺《しび》れてくる。

荒畑の散文詩、山川による経済書の解説、それに林倭衛の短い詩を載せたほかは、六十二頁からなる冊子のほとんどが大杉と野枝の文章だ。大杉は長短七編、野枝は「転機」と題した小説のほか二編を寄せた。「転機」は、足尾鉱毒事件からおよそ二十五年、今まさに水の底に沈まんとする旧谷中村を二人で訪れた際の所感をもとに綴った作品だ。

かつて、十九、二十歳だった大杉が幸徳秋水《こうとくしゅうすい》や堺利彦のもとで日本における社会主義の夜明けに遭遇した頃、平民社に出入りする人間はほとんど全員が日露戦争開戦に反対していた。熱いデモがあった。激しい暴動があった。もちろん、足尾鉱毒事件もすでに起こっていた。天皇に直訴した田中正造翁の懐《ふところ》にあった書状は、幸徳が起草したものだった。

幸徳に強く刺激されて、目的のためなら不法占拠や破壊もいとわない〈直接行動論〉へと傾いていった大杉が、堺の唱える悠長な〈待機主義〉などに満足できるわけがない。それは、野枝の目からも明らかだった。彼らと道が分かたれたのはどうしようもないことだったのだろう。そして同時にあの足尾の事件は、大杉と自分を強く結び合わせるきっかけともなったのだ。

菊富士ホテルの、ぽっかりと明るい部屋が思い出される。手放してしまった二人の息子の声や匂いを思い出しては、独り泣いた部屋だ。

あの部屋を、大杉を慕って詩人の佐藤春夫が訪ねてきたことが何度かある。そのうちのいつだったか、今どきの新進作家の話題になって、大杉が褒めたのは武者小路実篤《むしゃのこうじさねあつ》だった。

「うーん、そうかなあ」佐藤のほうはいささか懐疑的だった。「武者小路の人道主義は、要するに単なるセンチメンタリズムじゃないかねえ」

　すると大杉は頷いて言った。

「そうとも、まさしくセンチメンタリズムだよ。だ、だけど、すべての正義、すべての人道というものは皆センチメンタリズムだよ。その上に学理を建てても、主張を置いても、科学を据えてもなお絶対に覆らない種類のセンチメンタリズムこそが大事なんだよ」

　片膝だけ立てて柱にもたれた大杉は、佐藤が黙ってしまうほど熱く語った。

　なぜそんなことを思い出すかといえば、かつて彼は野枝にも同じような意味合いの言葉をくれたからだ。それこそ旧谷中村を最後にひと目見ようと出かけていった、あの旅路でのことだった。

「あの時、き、きみの義憤を幼稚で無意味なセンチメンタリズムだと嗤った辻君のことを、ほんとうは僕だって笑えないんだ。その資格がない」

　まもなくダムの底に沈むとは思えないほど長閑《のどか》で美しい村の、しかし足もとだけは汚泥にまみれた道を歩きながら、大杉は言った。

「村民に同情するだけなら、こ、子どもにだってできる。僕だってもちろんそれくらいはしていたよ。しかし現実に行動を起こすことはしてこなかった。大きな声では言えないが、いっそ、ここに残された村民がみんな揃って溺れ死んでしまえば面白いのにと思っていた。た、助けられたりしたんではつまらないと思った。ひどい話だろう？　自分でも知らないうちに僕は、すっかり冷笑的、いや冷血漢そのものになってしまっていたんだよ。そこへ、き、きみがあの長くて熱い手紙を送ってよこした。衝撃的だった。心臓をじかにつかんで揺さぶられる思いがしたよ。僕はね、僕の幼稚なセンチメンタリズムを取り戻したいんだ。憤るべきものにはあくまでも憤りたい。憐れむべきものをあくまで憐れみたい。虐げられるものの中へ、ためらわずに進んでいきたい。そのためにこそ、こ、これからもきみの力を借りたいんだ。幼稚で何が悪いか。きみのその、何もかもすべてを焼き尽くして溶かしてしまうようなセンチメンタリズムを、こ、この硬直しきった僕の心の中に流し込んでもらえないだろうか。僕がきみからの手紙を読んで、あんなにもかっ、感激したのはね、きみが示してくれた血の滴るような生々しいセンチメンタリズムこそが、じつはほんものの、か、革命家の資質だとわかったからなんだ。今さらだけど、野枝。き、きみはほんものだよ。ほんものの同志だ」

つっかえながら前のめりに話す大杉の横顔を、並んで歩く野枝は、晴れがましさと慕わしさに叫びだしたいような思いをこらえて見つめていた。

千部が印刷された『文明批評』創刊号は、全国各地の同志やかつての『近代思想』の読者にも送られ、そこからまた広がっていった。

生命とは、要するに、復讐である。生きて行く事を妨げる邪魔者に対する不断の復讐である。復讐は一切の生物にとっての生理的必要である。

「正義を求める心」と題する評論において、こんな物騒な表現で直接行動の必要性を仄めかしてみせた大杉は、翌月に出た第二号に、今度は深い示唆に満ちた文章を寄せた。

僕は精神が好きだ。しかしその精神が理論化されると大がいは厭《いや》になる。理論化という行程の間に、多くは社会的現実との調和、事大的妥協があるからだ。まやかしがあるからだ。

精神そのままの思想はまれだ。精神そのままの行為はなおさらまれだ。生れたままの精神そのものすらまれだ。

この意味から僕は文壇諸君のぼんやりした民本主義や人道主義が好きだ。少なくとも可愛い。しかし法律学者や政治学者の民本呼ばわりや人道呼ばわりは大嫌いだ。聞いただけでも虫ずが走る。

社会主義も大嫌いだ。無政府主義もどうかすると少々厭になる。

僕の一番好きなのは人間の盲目的行為だ。精神そのままの爆発だ。しかしこの精神すら持たないものがある。

思想に自由あれ。しかしまた行為にも自由あれ。そして更にはまた動機にも自由あれ。

野枝は一言一句、胸に刻みつけるようにしてくり返し読んだ。ちょうど、辻のもとを出奔した時、ただ一冊きり持ち出した大杉の『生の闘争』を読んだ時がこんなふうだった。すべての言葉が、大杉の肉声を伴って、身体の細胞の一つひとつにまで染み入ってくるようだ。

結局のところ大杉にとって最も大切なのは、主義や運動や革命云々《うんぬん》以前にただ「自由」であり、「精神」そのものなのだ。既存の価値観や常識から解き放たれ、何もかもを最初の一歩から、いや、ゼロから始めて自身が規定したいのだ。すぐそばにいて始終抱き合いもする相手の考えを、そのひとが書く文章を通して深く知ることができるのは嬉しいことだった。日常の中でも言葉を惜しまない二人だが、雑談や討論は、思索の末に書かれる文章とは違う。大杉もまた野枝の書く文章を読み逃さず追いかけているようで、それも野枝にとって大きな喜びになった。

小説や随筆ばかりでなく、最近では評論にも挑戦している。かつて、まだ青山姓だった菊栄との誌上論争に惨敗を喫した時には、自分の知識の浅薄さが恥ずかしく歯嚙みをしたものだが、大杉のそばで多くの人に会い、それぞれの価値観に触れながら思索を深めてきた今、ようやく自分なりの問題意識を持って再び社会と向かい合いたいという心持ちが訪れていた。

特に野枝がくり返し考えるのは、世間が蔑《さげす》み見下す娼婦《しょうふ》たちや、教育などほとんど受ける機会のない女工たちのことだった。今宿の貧しい家に生まれた自分も、あのままふつうに育っていたなら彼女らの一人になっていたかもしれないのだ。

二十三年生きてきて、ここまで落ちついた気持ちで学びを深められるのは初めてだった。いつも、姿の見えない何かに急《せ》きたてられていた。理由もわからず焦ってばかりいた。それが今は、警察さえもそんなに怖くない。明鏡止水とまで言っては大げさだが、今いる場所からこの先向かう場所までを、冷静に見晴るかすことができるようになっている。

ただ——ひとつだけ心を波立たせるものがあるとすれば、それは他でもない、暮らしている亀戸の住環境だった。

底辺で虐げられる労働者たちの現実に寄り添って暮らすのだと、望んで移った家であったはずだ。それなのに、まさかその現実がこちらへ向かって牙を剝《む》いてこようとは予想もしていなかった。

家のそばの井戸へ水を汲みに行くだけで、集まっている職工や事務員の女房たちから一斉に白い目で見られ、陰口をたたかれ、所作のことごとに文句をつけられる。気にせずどんどん中へ入っていって一緒に洗濯をしない限り、彼女たちに受け容れてもらうことはできない、そう頭ではわかっているのに、らしくもなく身体が動かない。無知で粗野な彼女たちに対し、腹が立つなら例によって堂々と強く出てもいいはずなのに、できない。どういうわけか小さく萎縮し、そのへんの店で買い物をしただけでまた何か馬鹿にされているのじゃないかと周囲が気になってしまう。

銭湯へ行ってもそうだ。初めての晩、勝手がわからず戸惑っていた時、番頭が女たちに言って場所を空けさせてくれたのがいけなかった。

「何だい、人を馬鹿にしていやがる。たった一銭よけいに払ったからって威張り散らしてさ」

聞こえよがしに誰かが言えば、別の誰かが返す。

「まったくだね。一銭や二銭が惜しいわけじゃないけど、あんな番頭の頭下げさしたってさあ。誰だいありゃ、ええ？」

「女優じゃないの」

「女優なもんかね。ごらん、子持ちじゃないか」

「あら、女優にだって子持ちはありますよ、何とかっていう」

「どうだっていいやね。ああ、そうともさ、女優でなくたって、ああやってすまし返ってる奴がいちばん気に障るんだよ。ちょっとくすぐってやりたいもんだね」

高い天井から冷たい雫《しずく》とともに落ちてくる下卑《げび》た笑い声に耳を塞ぎ、自分と魔子の身体を急いで洗う。しかしシャボンを泡立てて使えば、隣にいた女工が大げさに飛びのき、あたりに響き渡る大声で怒鳴りつけるのだ。

「ちょっとちょっと、しどい泡だよ、汚らしい！　どうだい、豪儀だねえ。一銭出すだけでお客さま、お客さまだ。どんなことだってできるよ」

すみません、と――下手に出て謝ればいいのだろうが、その女工の顔つきがあまりにも憎らしすぎたので野枝は黙っていた。魔子のシャボンを洗い流してやると、自分の髪もろくに拭わず、凍るような空の下を逃げ帰ってきた。

そして、そのあたりの顚末の一部始終を、『文明批評』の第二号に「階級的反感」と題して書いた。

この敵愾心《てきがいしん》の強いこの辺の女達の前に、私は本当に謙遜でありたいと思っている。けれど、私は折々、何だか堪らない屈辱と、情けなさと腹立たしさを感ずる。本当に憎らしくもなり軽蔑もしたくなる。

軽蔑、という二文字を書きつけることにためらいはあったが、それが嘘偽りのない実感だったのだ。そう書かずにおれない自分自身に、野枝は幻滅を覚えた。

これまで怒りを向けていた対象、たとえば自分たちが更生させようとする相手の女たちを〈賤業婦《せんぎょうふ》〉と見下す「婦人矯風会」の偽善などと同質のものが、何たることか自分の中にも隠されているという事実を認めないわけにはいかない。社会の底辺で虐げられていながらその理不尽にすら気づかない人々を救いたいという思いは、掛け値なしに本心から湧き出るものだが、最初から相手を弱者と決めつけ、啓蒙《けいもう》して解放してあげようなどという考えがどれほど傲慢で鼻持ちならないことだったか、野枝は今さらながらに思い知らされていた。

しかし同時に、反省のすぐ後から反感もまたこみ上げてくるのだ。こちらから喧嘩を売ったわけでもないのに、どうしてこんな扱いを受けなくてはならないのか。

丸一日ひたすら立ちっぱなしで身体がぼろぼろになるまで働く女たちと、胸襟を開いて打ち解け合う時などおそらく来ないだろうと野枝は思った。この生理的感慨と諦観は、男の大杉にはまず味わえないものに違いない。

要は、〈心からは愛し敬えないもののためにも理想を抱いて闘えるか〉ということだ。自分にそれができるかどうかを、野枝は魔子に乳を含ませながら黙って考え続けていた。

いっぽう、ちょうど『文明批評』の二号目の編集作業を進めていた頃だ。ある日、二人の男が亀戸の家を訪ねてきたかと思うと、そのまま同居することになった。

一人は和田久太郎《きゅうたろう》。額の広いひょうきんな顔に丸眼鏡、年は野枝の二つ上とまだ若い。大逆事件の後、堺利彦が逼塞《ひっそく》した社会主義者たちの生活を守り、運動を持続するために興した「売文社」で編集をしていたが、文学ばかりに夢中になっていてはいかんというので退社し、もう一人の久板卯之助《ひさいたうのすけ》とともに労働者向けの読みやすい新聞を作ろうとしているところだった。

久板のほうは逆に大杉よりも七つ年上で、〈キリスト〉などとあだ名されるとおりの風貌だ。自身でやはり労働者向けの小雑誌を発行していたが、昨年まで金が底をついてしまったとのことで、二人のどちらとも知らない仲でなかった大杉は当然のように共同を持ちかけ、すっかり意気投合したというわけだった。

言っては何だが、ごろつきと大差のない二人だった。亀戸の家の二階に入った彼らの荷物を見て、野枝は目を剝いた。引っ越し荷物とは名ばかりの大きな風呂敷包みが二人合わせて一つきりで、他には何もない。家移りに次ぐ家移りをくり返してきた自分たちでさえ、もう少しくらいは所帯道具を持っている。

不審に思って、大杉に耳打ちをした。

「あのう、布団のようなものがちっともないようですけど」

「ええ？　ないはずはないだろう」

二階へ上がった大杉が見ても、風呂敷包みの数は増えない。

「布団は？　ないのかい」

すると和田の横から久板が、

「いや、あります、あります」

得意そうに言いながら風呂敷を広げてみせた。情けないほど薄いのが一枚きり入っている。

確かに布団には違いないが、一月の寒いさなかだというのにこれ一枚でどうするつも

りなのか、と重ねて訊けば、

「いや、この布団は和田君のです。和田君はこれで海苔巻きのようになって寝るんです」

「じゃあ、あんたの布団はないということですか」

「いや、あるんです」

いや、というのが久板の口癖らしい。彼は続いて、布団ではなくこれまた薄い座布団を三枚出してみせた。

「昔、あんたが京都から出てきた時に、僕らがみんなで布団を作ってやったでしょう。あれはいったいどうしたんです」

「いや、あれはもう誰かにやってしまって、今はこれが僕の敷き布団なんです。上から、今着ているのやそれや、僕の着物の全部を掛けるんです。これが僕の新発見なんです」

それでなくとも目尻の垂れた久板の、眉尻までが揃って下がるのを見やりながら、大杉も野枝もあきれて口がきけなかった。貧乏にも上には上があるものだと感心した。

和田と久板が居候になると、そこに村木源次郎も前以上に足繁く出入りし、亀戸の家はますます賑やかになった。

野枝が原稿を書く間は、誰かしらが魔子の面倒や、掃除や洗濯を引き受ける。料理だけは野枝が作ることが多い。平塚らいてうからは何を作っても眉をひそめられ、後からあちこちで悪し様《あざま》に言われたものだが、同じものを目を輝かせて貪り食う男たちとのこの違いは何なのだろう。味にはけっこううるさいはずの大杉をはじめ、村木も和田も久板も全員がうまいうまいと喜んで食べてくれるのを見ると、執筆の手を止めることさえそう苦にはならなかった。

ほんのわずかずつではあるが、風が、大杉と野枝の背後から吹き始めていた。

ずっと途絶えていた同志の定例会が復活することになったのは二月の半ばのことだ。「日蔭茶屋事件」からの自分に対する反感がまだ残っているのであればと、まずは大杉が出席を遠慮しての会合が持たれたが、改めて一致団結の意思が確認され、以後は月に二度の例会となった。

三月一日に行われた「労働運動研究会」の第一回定例会には、大杉の知らない若い労働者たちも加わり、予想を超える二十一人が出席した。活発な座談の後、散会したのは十一時頃だった——と、これは後になって聞かされたことだ。

いつまでたっても帰らない大杉を一睡もできずに待っていた野枝は、翌日の夕方になってようやく詳細を報された。

帰ってこないはずだ。例会の帰り道、大杉は警察に連行されたというのだ。和田と久板、売文社の大須賀健治も一緒らしい。

とりあえず無事でいるとわかると、野枝は腹が立ってきた。『文明批評』と合わせて新しく作ろうとしている『労働新聞』の、まさに編集作業の真っ最中だというのに、いったいどんなつまらないことをしでかしたのか。

「それが、大杉は何もしていないんだ。とばっちりもいいところだよ」

報せに来てくれた同志の橋浦時雄は言った。亀戸に越そうかと考えていた時、大杉が頼りにしていた友人が彼だ。

「ゆうべ、会合が終わって飯を食っていたら終電車がなくなって、しょうがないから何人かで歩いていたんだそうだ。和田の古巣だという泪橋《なみだばし》の木賃宿《きちんやど》に泊まるつもりだったらしい」

午前一時頃だった。ぞろぞろ歩いて吉原の大門前あたりを通りかかった時、騒ぎに気づいた。酔っ払いが暴れて酒場の窓ガラスを割ってしまい、土地の地回りや巡査らに寄ってたかって弁償をしろだの拘引するだのと迫られていたのだ。

見かねて仲裁に入った大杉が、自分がかわりに弁償するから文句はないだろうと言い、店の者も地回りも納得して収まるかに見えたその時、巡査がいきなり「貴様、主義者だな」とつっかかってきた。

当然、ここで怖《お》じ気《け》づく大杉ではない。それがどうした、じゃあ来てもらおう、面白い、といったような具合で、他の三人ともども近くの日本堤《にほんづつみ》警察署へ向かい、そのまま全員が留置場入りとなってしまった。

もとより何の微罪も犯していない。それなのになぜ一夜過ぎても釈放されないままなのか。

なんでも、警察側はどうぞ黙って帰ってくれとばかりに朝食までふるまったが、四人が帰りかけたところへいきなり署長が出てきて待ったをかけ、ありもしない公務執行妨害の罪で再び勾留されてしまったのだという。

「どうしてそんな！　いったい何の権利があるんです」

憤慨する野枝に、橋浦は言った。

「いま同志たちが抗議に行っているし、僕もそこから大体の話を聞いたわけだが、これから状況がどうなるかはまるでわからない。何かこう、上のほうの力が働いたんじゃないかと見ているんだが、だとしたら厄介なことになったよ」

野枝は茫然とした。一緒に暮らすようになって以来、大杉が拘束されるのは初めてだ。前妻の保子などは何年にも渡る彼の収監さえ経験して、こんな程度なら屁《へ》でもないのかもしれないが、自分は無理だ。胸が騒いで仕方がない。

とにもかくにも日本堤署へ駆けつけ、親子丼を差し入れた。幸い大杉に会うことはできたが、詳しい事情を訊いても笑って取り合ってくれない。

「何でもないことだ。すぐに放免になる」

そんなことが誰にわかるだろう。すぐとはいつなのだ。

翌日、こんどは移送された警視庁へ毛布を四人分揃えて差し入れた。帳面を手にした警官から大杉との関係を訊かれ、

「一緒にいる者です」

と答えると、

「内妻ですな」

ふんふんとわかったふうな顔で頷かれた。妙な気分だった。

さらに翌日は東京監獄へ、次の日は区裁判所へ。そのたび半日も待たされる。魔子を橋浦に預けた野枝は、大杉のかわりに自分に張りついた尾行刑事を呼びつけ、橋浦宅に届けるおしめを持たせたり、俥《くるま》を探しに走らせたりとさんざんこき使ってやった。警察のためにこれだけの迷惑を被っているのだから当然の権利だろう。

心配した村木源次郎も泊まりに来て、五日目。大杉と一緒に勾留されていた三人が、これまた理由も知らされずに放免となった。夕方、野枝が家に帰り着いてみると、すぐ後から和田と久板が帰ってきたのだ。

ようやっと事の次第を詳しく聞くことができたが、状況は変わらなかった。どう考えても、たまたま拘引した相手があの大杉だと知った警視庁が、無理やりにでも起訴に持ち込もうとしているとしか思えない。

村木が警視庁の特高課長から呼び出されたのは、明けて七日のことだ。今回の一件に関与していない彼が引っぱられることまではさすがになかったが、お前たち主義者は何を企《たくら》んでいるのか、雑誌や新聞はまだ出すつもりか、金の出所はどうなっているのか、大杉の留守中はどうやりくりするのかなど、

「お節介なことばっかり訊きやがって、ふざけるなよ」

帰ってきた村木はめずらしく荒れ、脱いだ履き物を土間に叩きつけた。

部屋の隅の文机で大杉への手紙を書こうとしていた野枝は、膝の上で拳を握りしめた。

〈留守中はどうやりくりするのか〉

そう訊かれたというのが気にかかる。

いったいどれだけの間、大杉を〈留守〉にさせるつもりなのだ。警察にかかれば罪などいくらでもでっちあげられる。現に、この一件が起こった後の『東京朝日新聞』には、事実とはまるで違うことが書かれていたのだ。大杉が酔っ払いの男を警官の手から奪い取り、さらに四人で巡査に食ってかかり、その間に酔漢はどこかへ逃亡した、というのだった。

今さらのように、背筋を悪寒が這い上がる。大杉宛ての手紙など呑気に書いている場合ではない。書かなければならない相手は他にいる。警視庁の連中に指示を出しているのは誰だ、内務省か。その上の大元締めといえば結局のところ——。

文机に広げた巻紙を見て、眉をひそめる。これではとうてい足りない。

「源兄ぃ」

聞こえなかったのだろうか。

「源兄ぃー！」

大声を張りあげると、ようやく村木の疲れた足音が近づいてきた。

「どうした？」

野枝は目を上げ、村木を見据えた。

「紙がないの。早く持ってきて」

硯《すずり》いっぱいに水を満たし、墨を、濃く、もっと濃く大量にすり、筆に含ませる。

書き出しはもう決めていた。封を切ったばかりの新しい巻紙の右端を少し空け、思いきって筆を滑らせる。

前おきは省きます。

私は一無政府主義者です。

自らそう名乗ることに、何の躊躇《ためら》いも感じなかった。

第十六章　果たし状

霞ヶ関の闇は深い。外の暗がりばかりでなく、あらゆる壁や柱の陰に魑魅魍魎《ちみもうりょう》が蠢《うごめ》いている。三月に入ったとはいえ、陽が落ちれば気温はかなり下がる。夜七時を過ぎて外出から戻った内務大臣のために、官邸の執務室にはすでにストーブが焚《た》かれていた。

「すぐに温かい飲みものを運ばせます。紅茶でよろしいですか」

秘書官の菊地が、帽子とコートを受け取る。

「うむ、ありがとう」

後藤新平は机の向こう側へ回り、天鵞絨《ビロード》の椅子に腰を沈めた。思わず漏れるため息に、重たい疲れが滲む。連日、会議、会議、また会議だ。寺内内閣のもとで、内務大臣と三度目の鉄道院総裁を兼任することになったのが一昨年。そこから休みなしの忙しさが続いている。

ただし、気力は充実していた。今度こそ、懸案だった鉄道の広軌化《こうきか》を実現する好機だ。

日本におけるレールの幅は諸外国に比べて狭い。改軌問題についてはもう十年越し、それこそ日露戦争が終わってすぐの頃から提言し続けているというのに、いまだに実現できていない。事ごとに先頭を切って反対するのは、政友会の大馬鹿野郎どもだ。

後藤は口を結んで舌打ちをこらえた。反対する理由がわからない。レール幅がおよそ三尺五寸しかない狭軌《きょうき》のままでいくよりも、その一・五倍近い広軌へと思いきって変えてゆくほうが、輸送量の面でも、また大陸の鉄道との互換性という面でも、将来的には絶対良いにきまっている。そんな簡単なこともわからず、変化を嫌うばかりの馬鹿どもがどうしてこうも多いのだ。

飲みものはまだ来ない。「すぐに」と菊地は言ったのに、こうまで冷えると湯が沸くにも時間がかかるとみえる。眼鏡をはずし、目頭を揉む。愛用の丸い鼻眼鏡が、今はひどく煩わしく感じられた。

政敵たちからしばしば、また大風呂敷が始まった、などと呆れられているのは知っている。風呂敷だろうが法螺《ほら》だろうがどうせなら大きいほうが良かろう、そう思いながらもつい腹は立つ。妻は癇癪《かんしやく》をたしなめるが、そんなものは癇癪を起こさせるほうが悪い。

こういう性質が誰に似たかといえば、遠戚である蘭学者・高野長英《ちようえい》にそっくりなのだそうだ。身内に言わせると、どうやら面差しまで似ているらしい。ありがたくもない話だ。幕府の鎖国政策を批判して捕らえられ、獄から逃げて自刃《じじん》した男に瓜《うり》二つ――というので、後藤は子どもの頃、謀反人の血を引くとして蔑まれて育つ羽目になった。

「お待たせ致しました」

ようやく紅茶が来た。背の高い菊地が押さえているドアから馴染みの給仕が入ってくると、無駄のない所作で後藤の前に仕度を調え、一礼して下がる。それを見送ってから、菊地は、小ぶりの黒塗りの盆に封書の束を載せて机に置いた。外出中に届いていた後藤宛ての書簡だ。

すぐに手を伸ばす気にもなれず、熱い紅茶を啜りながら、見るともなく眺めた。湯気が口髭を湿らせる。ぴしりと揃えて置かれた三、四通のいちばん上に、やたら分厚いのが一通載っている。封筒からはみ出さんばかりの男らしい筆跡は、初めて目にするものだ。

〈麴町区丸の内　内務大臣官邸　後藤新平殿〉

住所の下へわざわざ朱文字で〈必親展〉と付け加えてある。

「それでは」と、腰から四十五度のお辞儀をした菊地が言う。「わたくしは続きの間に控えておりますので、いつでもお声がけ下さい」

「まあ、待て」

「はい」

「座れ」

そこへだ、と後藤が指さす一人掛けのソファに、菊地は、もう一度促されてようやく腰を下ろした。座っても、背筋はまっすぐに伸びている。

「きみは、いくつになった」

「三十六であります」

「もう、そんなになるか」

六年余りの付き合いだ。もとは鉄道会社の経理の仕事に携わっていたのを、後藤自ら声をかけて秘書官に抜擢したのだった。以来、文句のつけようのない仕事をしてくれている。

自分の目に狂いはなかった。大事なのはやはり〈人〉なのだ、〈人〉こそが財産だ、と改めて思う。

日清戦争の後、譲渡された台湾で民政長官の任についたあの頃もそうだった。死に体の台湾をよみがえらせることができるなど周囲の誰も信じていなかったが、後藤は〈人〉を動かすことでそれをやり遂げた。今の台湾は余命幾ばくもない病人も同じ――それは、もともと医師であった後藤なればこその感慨だったかもしれない。まずはこれを健康体にしなくては何も変えられない。民心が安定しないことには、異国人による統治などうまくいくわけがない。

当時、日本による台湾経営は破綻に瀕していた。抗日ゲリラの過激な活動は地元の有力者に支えられ、軍隊がいくら治安のために動こうとほとんど役に立たず、阿片吸引の習慣も大きな問題だった。協力を要請しようにも日本の政界にろくな味方はいない。薩長を中心とした藩閥政治がまかり通る中、後藤のような東北の小藩出身者など、いわば

〈朝敵〉ですらあったのだ。

　誰に協力を要請しても通らぬと知った後藤は、結局、使えると目をつけた人材を引き抜いては味方につけ、政策も何もかも一から考えては実行に移していった。何よりもまず台湾の風土や風俗を理解すべく努め、住民たちの意向をできるだけ汲んだ上で、阿片をいきなり禁止はせず、高率の税をかけたり吸引を免許制にするなどしてゆるやかに常習者を減らしていった。

　あのとき成果を出すことができたのは、一にも二にも〈人〉に恵まれたおかげだ。そしてもちろん、自分に人を見抜く目が備わっていたからだ。

「菊地」

「はい」

「細君や息子はどうしている」

「おかげさまで息災にしております」

「なかなか家へ帰らないので心配しておるだろう」

「いえ、むしろ二日続けて早く帰ると心配されるほどです」

「なぜ」

「具合でも悪いのかと」

　後藤が笑うのを見て、菊地も口もとをゆるめた。

「じつはな」

「はい」

「和子が、あまり良くない」

菊地の笑みが消える。

「ここしばらくはどうも、寝たり起きたりでな。小さい身体がますます小さく萎んでしまったよ」

「……なんと申し上げていいか」

「何も言わんでいい。伝わっているよ」

九つ下の和子は、後藤の恩師である安場保和《やすばやすかず》の次女だ。岩倉使節団の一員として欧米を視察、後に明治維新における功によって男爵となった安場こそは、まだ少年であった後藤を見出し、身をもって草の根の人材育成の必要性を知らしめてくれた恩人だった。あの家で生まれ育った和子であればこその聡明さに、どれだけ扶けられてきたことだろう。もし自分に良いところがあるとすればそれは和子の影響であろうし、彼女に悪いところがあるならば自分の影響に違いない。

苦労をさせた。それこそ癇癪持ちで直情径行の夫を支え続け、九十四になる気難しい姑にもよく仕えてくれている。嫁いできた時は十八だった彼女が、今や五十三になるけれども、若い。まだだ、まだ逝くには早すぎる……。

「閣下」

後藤は目を上げた。菊地が気遣わしげにこちらを見ている。

「今夜は、もうお帰りになられては。奥方様もお待ちになっていることでしょう」

「——そうだな」

口には決して出さぬものの、心細い思いをしているに違いない。後藤は頷き、盆の上の書簡に顎をしゃくった。

「これに目を通したら帰ろう」

「では、車を準備しておきます」

立ちあがった菊地がきっちりと礼をして出てゆく。

彼を引き留めてまで、自分は何を言いたかったのだろうと後藤は思った。何を、というのではなかった。ただ聞いてもらいたかったのだ。年若い彼にはまだ、老いてのちに連れ合いを見送る痛みなど想像もできぬだろうが。

丸眼鏡を再び鼻にのせ、いちばん上の封書を手に取る。面倒ごとの匂いがぷんぷんするので後に回したかったのだが、圧倒的な引力に抗えなかった。分厚い封書の裏を返す。三月九日、とあるだけで、差出人の名前はない。

灰色の質の悪い紙は、封を破ろうとすると縦に大きく裂けた。中から現れた手紙はまるで巻物のようだ。たいした達筆ではある。漢字の書体の雄々しさ、そして挟まれている仮名文字の流麗さ。後藤は勢いをつけて広げ、その端が絨毯《じゅうたん》を敷き詰めた床へ長々とほどけてゆくのも気に留めず、読み始めた。

――前おきは省きます。

私は一無政府主義者です。

私はあなたをその最高の責任者として今回大杉栄を拘禁された不法について、その理由を糺《ただ》したいと思いました。

大杉栄――。一昨年の秋の宵に突然ここへ訪ねてきた、髭面の、吃音《きつおん》のアナキストを思い出す。雑誌を発行しようとすれば差し止められ、生活にも窮して無心にきたのだった。政府が僕らを困らせるのだから政府へ無心に来るのは当然、と嘯《うそぶ》く男を面白く思い、内々で三百円を都合してやった。

それからまもなくだ。情婦に喉を刺されたと新聞で知った。女房のほかに愛人が二人、しかも片方には夫と子どももあったというので世間は大騒ぎだった。その後どうしているかと思っていたが、この手紙によると今ちょうど拘禁されているらしい。元気そうで何よりだ。

それにしても、と苦笑いが浮かぶ。一国の大臣に向かって〈あなた〉ときたか。

――それについての詳細な報告が、あなたの許《もと》に届いてはいることと思いますが、よし届いているとしても、もしもあなたがそれをそのまま受け容れてお出《いで》になるなら、それは大間違いです。そしてもしもそんなものを信じてお出になるなら、私はあなたを最も不聡明な為政者とし覚えておきます。

そして、そんな為政者の前には、私どもはどこまでも私どもの持つ優越をお目に懸《か》けずんばおきません。

しかし、とにかくあなたに糺すべき事だけはぜひ糺したいとおもいます。

偉そうに、どこのどいつだ。どうせ主義者の同志の一人だろうが、この後藤に向かって喧嘩を売るとは勇ましい。唇を歪めながら先へと読み進む。

――それにはぜひお目に懸《かか》ってでなければなりません。

あなたは以前婦人には一切会わないと仰《おつしや》ったことがあります。しかしそれは絶対に会わないというのではありませんでしたね。

つまらない口実をつけずに此度《こんど》はぜひお会い下さることを望みます。

目を剝いた。落ちそうになる鼻眼鏡を慌てて押さえる。

婦人？　まさか、これが女の文字であり文面だというのか。

急いで床に伸びている巻紙をたぐりよせる。長い。十尺、いや十二尺、いやもっと……およそ四メートルはあるだろうか、延々と墨文字の躍るその最後の最後に書き付けられた署名を見るなり、後藤は、思わず声を漏らした。

伊藤野枝。大杉の情婦の一人ではないか。心底驚きながら、再び手紙を逆にたぐって元の箇所に戻る。

お目に懸っての話の内容は……と、野枝はますます勇ましく先を続けていた。大杉拘禁の理由や、所轄の日本堤署の横暴や矛盾した態度について、そして何より、大杉と同時に拘禁した他の三名だけを何の理由もなく放免したことについて、理由を説明せよと迫っている。

――まだ細々したことは沢山あります。おひまはとりませぬ。

ただし秘書官の代理は絶対に御免を蒙《こうむ》りたい。それほど、あなたにとっても軽々しい問題では決してない筈《はず》です。

しかし断っておきますが私は大杉の放免を請求するものではありませぬ。また望んでもおりませぬ。

彼自身もおそらくそうに相異ありません。彼は出そうと云っても、あなた方の方側で、何故《なにゆえ》に拘禁し、何故に放免するかを明らかにしないうちには素直に出ますまい。また出ない方がよろしいのです。こんな場合にはできるだけ警察だの裁判所を手こずらせるのが私たちの希《ねが》う処なのです。彼はできるだけ強硬に事件に対するでしょう。……

彼をいい加減な拘禁状態におく事がどんなに所謂《いわゆる》危険かを知らない政府者の馬鹿を

私たちは笑っています、よろこんでいます。

つまらない事から、本当にいい結果が来ました。

挑発は続く。躍動する文字が、言葉が、後藤の目を先へ先へとぐいぐい引っぱってゆく。なんという文章だ。なんという女だ。大元締めである内務大臣を本気で怒らせればどういうことになるか、もちろんわかった上での行動だろう。しかしそれも、計算尽くかもしれない。この女がかつての大杉の無心とその結果を知っているとすれば、こちらをいくらかは話の通じる相手と踏んでのことではないか。

――何卒大杉の拘禁の理由ができるだけ誤魔化されんことを。浅薄ならんことを。そしてすべての事実が私どもによって、曝露《ばくろ》されんことを。

此度のことは私どもには本当に結構な事でした。また、その不法がどのくらいまで私どもには結構な事で、あなた方には困ったことかを聞かせて上げましょう。

あなたにとっては大事な警視庁の人たちがどんなに卑怯なまねをしているか教えてあげましょう。

灯台下《もと》くらしの多くの事実を、あなた自身の足元のことを沢山知らせてお上げします。
二、三日のうちに、あなたの面会時間を見てゆきます。私の名をご記憶下さい。

そしてあなたの秘書官やボーイの余計なおせっかいが私を怒らせないように気をつけて下さい。

しかし、会いたくなければ、そしてまたそんな困る話は聞きたくないとならば会うのはお止しになる方がよろしい。その時はまた他の方法をとります。

私に会うことが、あなたの威厳を損ずる事でない以上、あなたがお会いにならない事は、その弱味を曝露します。

私には、それだけでも痛快です。どっちにしても私の方が強いのですもの。

私の尾行巡査はあなたの門の前に震える。そしてあなたは私に会うのを恐れる。一寸《ちよつと》皮肉ですね。

長いながい手紙の末尾がようやく視界の左端に入るようになったあたりで、ふいに文章の色合いが変わった。

――ねえ、私は今年二十四になったんですから、あなたの娘さんくらいの年でしょう?

でもあなたよりは私の方がずっと強味をもっています。そうして少なくともその強味はある場合にはあなたの体中の血を逆行さすくらいのことはできますよ、もっと手強いことだって――

あなたは一国の為政者でも私よりは弱い。

最後にひときわ大きく墨も黒々と書き付けられた、伊藤野枝の署名——その墨跡を、後藤は、ある種の感動とともに見つめた。これだけ煽《あお》られて腹が立たぬのも不思議だ。大杉が勾留されたについては、とくに報告を受けていない。新聞に載っていたのかもしれぬが読み逃していた。

かつて対面した際の大杉は、自分から無心にきたくせに「借りてやる」とでも言いたげな態度だったが、印象はけして悪くなかった。通された官邸の一室に鍵をかけられても怖じず、ひどい吃音ながら言いたいことを言い、目当てのものを手にすると悠々と帰っていった。立場さえ今と違っていたならそばに置いてみたいような男だった。

あの大杉が、もとの夫から奪い取ってまで同棲しているのがこの女か。「日蔭茶屋」における刃傷沙汰の後の新聞に、淫乱女、不道徳者と非難囂々《ごうごう》の記事とともに載っていた不鮮明な写真が思い出される。眉のりりしい、野育ちの少年のような女だった。

ここに書かれているように警視庁の連中が横暴を働いているかどうかは確認せねばならないが、いずれにせよ、惚れた男が勾留され、無事に出てこられるかどうかもわからない中で、自身の主義主張を一切曲げるどころか正面切って面会を申し入れてくるとは、女にしておくのが勿体ないほどの豪胆さだ。後藤の中では今、大杉に対する評価が、この女を惹きつけているという一点において急上昇していた。

ベルを鳴らすと、すぐに菊地がやってきた。

「お車でしたらいつでも」

言いながら、床の上にこぼれた手紙の長さに目を丸くする。

「いや、それより至急確かめてくれ」

指示をすると、一旦出ていった菊地は十分もたたないうちに戻ってきた。

「大杉栄は、すでに証拠不十分にて釈放されております」

「なんと。いつの話だ」

「本日午後だそうです」

後藤は唸った。とすると、この手紙とはちょうど入れ違いになったというわけか。

〈私の名をご記憶下さい〉

〈あなたは一国の為政者でも私よりは弱い〉

残念だ。この女が訪ねてくるなら、会ってじっくり話してみたかった。

「わかった、ご苦労。ならば、この一件のそもそもの発端と、大杉の逮捕から釈放に至るまでの経緯をよく調べて報告してくれ。とくに警察の側に不当な態度はなかったかどうか。くれぐれも、事に当たった連中の言葉を鵜呑《うの》みにせんようにな」

「承知致しました」

菊地が下がると、後藤は手紙を巻き取ってたたみながら、これを書き付けている女の姿を思い浮かべた。勾留された男への心配や思慕を胸に、取り憑《つ》かれたような目をして文机に覆い被さり、一心不乱に筆を走らせる姿が浮かぶ。

ずいぶん昔だが、後藤自身も獄にいたことがあった。三十七歳、内務省の衛生局長の職に就いていた頃だ。旧中村藩士・錦織剛清《にしごりたけきよ》が、主君・相馬誠胤《ともたね》が乱心したとしてこれを監禁する親族の陰謀を疑い、事実を明らかにするための金銭援助を求めて訪ねてきた。曲がったことの嫌いな後藤は承知したが、後に錦織が起こした一連の行動が反対に相馬家から誣告罪《ぶこくざい》で訴えられ、後藤までが巻き込まれて入獄することとなったのだ。

裁判の結果、無罪となって六カ月あまりで出られたものの、その間に衛生局長の職は失われた。そもそも誣告罪とは、故意に人を貶《おとし》め、陥れようとする行為に科せられる不名誉きわまりない罪のことをいう。疚しいところなど何もないだけに屈辱的だった。

思えばあの時、妻の和子はどれほど心痛めたことだろう。獄中の夫を何度も見舞い励ましてくれたが、一貫して明るい見通しだけを口にしながらも顔色はすぐれなかった。

たたみ終えた分厚い手紙を裂けてしまった封筒に収め、盆に載った残りの書簡と共に懐に入れて立ちあがった。コートと帽子を取り、ドアを開けると、菊地が待ち構えていた。

「車を回してくれ」

「表に待たせてございます」

頷いて玄関へ向かいかけた後藤は、立ち止まり、ふり返って言った。

「きみも、たまには早く帰ってやりたまえ」

手紙にはあれほど勇ましいことを書き、面会の際も気丈な態度を保っていたというのに、三月九日の夕刻、村木源次郎とともにぽくぽくと家へ帰ってきた大杉の顔を見た時は思わず膝が萎えた。

*

玄関先にくずおれた野枝を、大杉が笑って抱きかかえる。すぐに奥から久板卯之助や和田久太郎が飛び出してきて、皆で無事を喜び合った。

「心配する必要はないと言ったろう」

「そりゃ信じてましたけどね」和田などは泣き声だ。「僕らが釈放されたのに、スギさんだけ残されるってのが解せなくて。最悪の場合の想像までしちまいましたよ」

「こら、縁起でもない」

と久板が横から袖を引く。

「こ、こっちこそ悪かった。そもそも俺があんな面倒ごとに頭を突っ込んだせいで、きみたちにまで迷惑をかけた」

「いや、あれは当然の行いですよ」久板が憤慨する。「せっかくスギさんが弁償金を肩代わりするってことでまとまりかけてたのに、あれは警察がいけない」

「はは、むしろありがたかったくらいですよ」

「なんでです？」

「えらそうにああは言ったものの、か、代わりに払える金などなかったもんでね」

　薄っぺらな座布団にあぐらをかいた男たちが、安堵もあってか腹を抱え涙を流して大笑いしている。その声を聞きながら、野枝は背中に魔子をくくりつけ、絵柄も大きさもばらばらの徳利《とつくり》をいくつか満たして燗をつけた。口をしっかり結んで微笑を浮かべていないと、自分をちゃんと保てない。

　残りものの芋の煮っころがしや目刺しなどとともに運んで行き、

「さあさ、お疲れさまでしたね」

　ほとんど下戸の大杉に、今夜くらいはと少しだけ注いでやる。

「なあに、こんなのは少し前なら日常茶飯事だったんだ。たいしたことじゃない」

　何言ってるんですか、たいしたことですよ、と言いかけた野枝は、幼い娘を抱き取ってあやす男の目の下にどす黒い隈《くま》を見て、言葉を飲み下した。

　事あるごとにデモの先頭に立ち、あちこちの監獄を出たり入ったりしていた頃の話は聞いているが、当時の大杉は二十代前半。それからすでに十年、今や本人が思っているほどには若くもなく、ましてや身体も本調子ではない。

「そういえば、き、聞いたぞ」魔子を揺らしながら、大杉は機嫌良さそうに言った。

「内務大臣に直訴状を出したって？」

「誰がそんなことを」

「そりゃあ村木さ」

「また源兄ぃは、よけいなことばっかり」

「おや、言っちゃまずかったかな」

野枝はぷいと横を向いた。

「あれは、直訴状なんかじゃないわ」

「え、違ったか。じゃあ何だい」

「果たし状です」

そりゃいいや、と、野枝とは今ひとつ反りの合わない和田がいがぐり頭を撫でながら笑ったが、大杉は笑わなかった。

「だいたい、何の意味もなかったじゃないの。入れ違いにこうやって本人が戻ってきたんだから」

「意味がないなんてことがあるもんか」村木は言った。「きっと後藤のやつ、今ごろ地団駄踏んで悔しがってるさ。あんなに胸のすく文面もそうはないね。スギさんにも読ませたかった」

「そうだな」と、ようやく大杉が口をひらく。「ぜひ読んでみたかったな。写しくらい取っておいてくれたらよかったのに」

冗談とも本気ともつかない言葉を聞いたとたん、だしぬけに涙が溢れた。

そんな余裕がどこにあっただろう。大杉の釈放など望んでいない、と書きながらも、今このとき彼が獄中で酷い目に遭っているのではと思うと気が急いてならなかった。

何しろ大杉は目立つ。官憲上層部から、とくに警視庁の正力《しょうりき》松太郎らから、無政府主義者こそは天皇制に反対する悪魔のようなテロリスト集団であり社会秩序を乱す諸悪の根源であるなどとして目の敵《かたき》にされている昨今、一旦捕まればいつ何が起こってもおかしくない。身に覚えのない罪をでっち上げられ、問答無用で粛清されても不思議はないのだ。前例ならいくらもある。

野枝は、短く洟をすすった。今さらこの男たちの前で泣こうが鼻水を垂らそうがどうということもないが、この良人にだけは恥ずかしい。情けない涙など見せたくない。着たきりの御召の袂でぐいと顔を拭い、板の間を蹴って立ちあがる。

「よし。何かお腹《なか》にたまるもの作ってこよう」

男たちが沸いた。

「とんだ木賃宿事件」――一夜の宿を目指して歩いていたらなぜか留置場に泊まることになったこの顚末を大杉はそう名付け、同志たちとの集会の場で報告した。

「そも、いちいち巡査を呼ぶからいけない。た、たいがいのことは、そこに居合わした人間だけで片が付くんだ。それを馬鹿な連中が先のことなど考えずにすぐ巡査を呼んできて、やつらのなすがままにさせるものだから、連中がいい気になってつけ上がる。こ、今回のことは、そういうからくりを世間に知らしめるきっかけになったと考えようじゃないか。きょ、強権だろうと法律だろうと、おかしなことには断固立ち向かって無視してやればいいということを、こ、これから先も実行運動によって見せつけてやるのだ」

三月十一日、大杉釈放の翌々日に開かれた「労働運動研究会」には、あの晩一緒に拘禁された「売文社」の若手、大須賀健治も出席していた。

会場の隅にいる野枝の顔を見ると、彼はそばへ来て頭を下げた。

「あのとき差し入れて下さった毛布、ありがとうございました。おかげで暖かく眠ることができましたよ」

健治の出自を、野枝は大杉から聞かされたことがある。故郷は愛知県藤川村、裕福な木綿問屋の息子だという。彼の伯母である大須賀里子は、山川均の死別した前妻であり、むろん社会主義者だった。健治はその伯母の影響で社会主義に目覚めたわけだ。

「どういたしまして」

会釈を返しながら野枝は、東京監獄でばったり出会った堺利彦の分別くさい顔を思い出していた。勾留の翌々日、同じく面会に来ていた堺は、こちらの顔を見るなり非難がましく言ったのだ。

〈大須賀のやつはな、この一月に上京してきたばかりなんだぞ。いったいどうしてくれるんだ。方向の違う大杉たちが後先考えずに引っぱっていったせいで、早速こんなことになってしまったじゃないか〉

がみがみ言われたところで困惑しかなかった。よしんば立場が逆になっても、こういうとき大杉だったら絶対に恨みごとなど口にしないと思った。

しかし、この研究会の数日後、大須賀健治は郷里へ帰ってしまった。拘禁の報せに仰天して上京してきた祖父にかき口説かれてのこととはいえ、二日間の収監は、当人にとっても心折れる出来事だったのかもしれない。坊ちゃん育ちの弱さが出たとも言えるだろう。

実際問題として、警察の取り締まりは目に見えて厳しくなっている。講演会や集会のたび、これまで以上に多くの警官が会場を取り巻く。まず高等視察、次に警部、最後に署長がやって来て、集会参加者よりも多くの私服刑事があたりを固め、始まる前から解散を命じられることもある。大杉らも慣れたもので、じゃあ講演会はやめて皆で茶でも飲みながら話すからと言い、一階に刑事らのいる真上で自由に雑談や討論をした。鬱陶しくはあるが痛くも痒くもない、と大杉は笑った。

その間に、雑誌『文明批評』四月号の準備は秘かに進められていた。発行予定は四月九日、大杉が例の一件の詳細「とんだ木賃宿」を書き、野枝は「獄中へ」を書き、他に和田久太郎や荒畑寒村らも寄稿している。勾留事件の間も何とかして三月号を出そうと努力して果たせなかっただけに、今度こそ失敗は許されない。圧力になど決して屈しないところを見せつけねばならない。

そんな矢先の四月七日、大杉が発起し、尾崎士郎や北原龍雄《たつお》らも世話人に名を連ねた会合、「ロシア革命記念会」が開かれた。赤坂の新日本評論社に、堺、荒畑、馬場孤蝶、近藤憲二といった顔ぶれに加え、最近としては珍しく四十名近い同志たちが集まった。

喜ぶべきことだが、大勢が一堂に会せば当然ながら意見の対立が起こる。一口に社会主義といっても、取る立場は様々だ。この日は、ロシア革命における戦術問題をめぐって、アナキズム論者の大杉と、革命謳歌論《おうかろん》をとる高畠素之《たかばたけもとゆき》が対立し、互いに譲らぬ大激論となった。

マルクス研究で一家をなす高畠は、いわゆる国家社会主義の立場を取っており、

「マルクスの唱える資本主義の崩壊は必然だが、たとえ階級対立が消滅したとしても人間は生来が悪なのであるから、支配や統制を完全になくしてしまえば集団の規律が守られるわけがない。支配・統制は国家の役割として行われるべきだ」

と主張する。

対して、あくまでも無政府主義を貫く大杉は説く。

「だ、だめなんだそれじゃ。人間は、だ、誰であろうと自由でなければならない。自発的な隷属を断固拒否し、染み着いた奴隷根性から脱し、人としての尊厳をかけてあらゆる支配や権力と、た、闘い抜くべきなんだ」

要するに根本的に相容れない。加えて、ロシア革命を賛美し気炎を上げる高畠は、年のほぼ変わらぬ大杉が何か言おうとしては吃るのを見下してか、ことさら傍若無人な態度を取った。とぼけたような顔立ちに丸眼鏡のせいで、よけいに人を食ったふうに映る。

とうとう腹に据えかねた村木が立ちあがり、めずらしく荒々しい口調で言った。

「高畠さん、あんたは、頭でっかちで口ばっかりだ。反逆というものの根本的な信条をわかっていない。どんな大義名分を振りかざそうが、権力を持つ者が民衆を支配する限り、そこに一切の自由はないんですよ。国家であれ天皇であれ同じことだ、ロシア革命におけるボルシェビキもしかり、結局は支配者が出現して民衆の自由は失われることになる。今がいい例でしょう。国のありようにわずかでも異を唱えれば危険分子扱いされ、社会から排除される。そんな勝手が許されていいはずがないじゃないか」

声が激しく震えだす。怒りのせいか、興奮のせいか、それとも誰より尊敬していた師を亡くした痛みがいまだに癒えていないせいだろうか。

隅のほうにいた野枝は、自分まで身体が震えてくるのをこらえながら村木を見守った。

「だからこそ我々は、断固として、権威主義に対する反逆を続けなくてはならないんだ。あんたは……あんたは、幸徳秋水先生の死を無駄にする気ですか」

しかし高畠は、憐れむように村木を見て言った。

「いやいや、お言葉だがねえ。言わせてもらえば幸徳さんの死は、はなから無駄以外の何ものでもなかったじゃないか。何しろ一人の証人すら調べることなく刑が決まったくらいなんだ。だから言っているだろう、人間の持って生まれた性はそもそも悪なんだよ。愚民にことごとく自由など与えてみたまえ、力の強い馬鹿が暴走してお山の大将を気取るだけだ。そんな世の中に住みたいかね、え？　そういう暴走を抑え込み統制する機関として、国家はやはり必要だと言っているんだ。わからん奴だな」

「それはッ……」村木の肩が激しく揺れる。「しかしそれは、幸徳先生の望んでおられた自由ではないッ」

声を詰まらせ、とうとう片手で顔をおおって落涙する。

野枝は、胸を衝かれた。どんな時も飄々としている村木源次郎が泣くのを見るのは初めてだった。

「知らんよ、そんなことは。だいたい村木くん、あんたがそうして肩を持つ大杉さんなんぞは、あの事件の時にはたしか、ろくでもない微罪で牢屋《ろうや》にいたおかげで命拾いしたんじゃないか。あんたに至っては、さあ、どこにいたやらいなかったやら。今頃になってえらそうなことを言えた立場かねえ」

「き、さま……」

痩せた鷹《たか》のように手指を突き出して飛びかかろうとした村木を、周りの者が慌てて引き戻し、押さえ込む。

「放せ、ちきしょう、放せ！」

もとより大きく出せない村木の声が悲鳴のように裏返るのを聞いて、高畠が大声で笑いだした。たちまち周囲がざわついたせいで野枝にはそれ以上は聞き取れなかったが、どうやら幸徳らを侮《あなど》る言葉をさらに発したようだ。

その翌日だった。村木は、売文社の三階に高畠を訪ね、いきなり鼻先へピストルを突きつけた。

野枝と大杉はそれを、後になって和田久太郎から聞いた。

「絶対、実弾がこめられてたはずですよ」興奮して和田は言った。「高畠の奴がションベンちびりそうになって立ちあがったら、村木の兄さん、『なに、冗談ですよ』――そう言って立ち去ったそうです。はは、ざまあ見やがれ」

「こら」

と、また久板にたしなめられ、和田は首をすくめながらも続けた。

「そりゃ久板さんはキリストさんを信じてるから、右の頰を打たれたら黙って左の頰を差し出すんでしょうけどね。俺は御免ですよ。目には目を、歯には歯を、だ」

高畠を恐怖させたピストルは警察に知られて没収されたそうだが、この一件を機に、野枝は村木源次郎に対する印象を改めることとなった。

夜、魔子を中にして布団に入った後、野枝は小声でささやいた。

「私だって高畠さんの物言いにはほんとに腹が立ったけど、まさかあの源兄ぃがあんなことまでするなんて……」

すると大杉は、ふっと鼻から息を吐いた。

「そんなに意外だったかい」

「あなたはそうじゃないの？」

しばらくの沈黙の後、大杉は言った。

「ど、同志たちの中で、だ、誰がいちばんテロルに近いかといったら、村木だよ」

「ねえ」

「冗談でしょう?」野枝は思わず半身を起こした。

暗がりの中、大杉はもう答えなかった。

翌九日——『文明批評』四月号は発禁処分を受け、製本所にてすべて押収された。完全に狙われていたかたちだった。綱渡りのごときやりくりをして印刷までこぎつけたというのに、刷ってから押さえられたのでは費用が一切回収できない。たったの三号をもって、廃刊する以外になかった。

「ノーエ節」という民謡がある。幕末、横浜の野毛山《のげやま》が発祥だそうだが、文句を替えて静岡の三島で歌われたものが明治に入って流行し、全国で広く歌われるようになったらしい。野枝の生まれ育った九州福岡の糸島《いとしま》郡一帯も例外ではなかった。大人は作業の最中に、子どもらは遊びの中でよく歌ったものだ。

富士の白雪ゃノーエ　富士の白雪ゃノーエ
富士のサイサイ　白雪ゃ朝陽でとける
とけて流れてノーエ　とけて流れてノーエ
とけてサイサイ　流れて三島に注ぐ

耳に馴染んだその節まわしが、よく似た別の言葉で歌われるのを初めて聴いた時、野枝は、カッとうなじが火照《ほて》るのを覚えた。替え歌は村の子どもらの声で、実家の裏手、浜のほうから聞こえてくる。

腹がふくれてノーエ　月が満つればノーエ
いやでもサイサイ　いやでも赤子ができる

火照るどころか、火傷《やけど》のようにひりひりする。思わず立ちあがろうとすると、「ほっとかんね」母親のムメが、膝の上で魔子をあやしながら言った。「なーんも気にすることはなか」

慣れた様子だった。

「こんなこと、よくあるの？」

ムメはうっすら笑うだけだ。野枝は奥歯を噛みしめ、浴衣の膝を握りしめた。

一族の中には、次に野枝が帰ってきたら髪を刈り上げて尼にしてやる、曲がった性根をたたき直してやるのだと息巻き、ムメの前で鋏《はさみ》をちらつかせる者までいるらしい。

「そげんことであん子の性根が変わると思うとなら、してみりゃよかたい――そう言うてやったわ」

動じる母親ではなかった。

帰郷そのものはそう久しぶりではないが、大杉を家族に会わせるのは初めてだ。六月末、ひと足先に野枝と魔子だけがこちらに着き、東京でまだ予定のあった大杉は半月ほど遅れてやって来た。

叔父の代準介とキチの夫婦も、長い大阪暮らしを引き払い、六月に博多へ戻って来ている。まとめて紹介するには好都合だった。大杉との関係に眉をひそめる家族らも、いざ孫の顔を見せてしまえばその父親に対してなし崩しに態度をゆるめるに違いないと野枝は踏んでいたし、はたしてその通りになった。

しかも、代叔父などは驚いたことに、いたく大杉を気に入ったようだ。前の良人の辻潤にはついにいい顔をしなかったが、大杉に対しては違った。初めこそ双方ぎこちなかったものの、大杉の飾らない磊落《らいらく》さが良かったのかすぐに打ち解け、主義主張の上ではまったく逆である頭山満翁の話題まで飛び出すほど議論を愉しんでいる。

「それで、あんたの考えは、いつ実現できるとね？」

「ど、どうでしょう。永久に実現できないかもしれません。それでも僕は、こ、この道を行きますよ」

一度、野枝と二人きりになったとき、代は言った。

「あんお前が、あいつとおったらそれなりにおとなしゅう見えるな。腹に重石が入ったんか、浮いた感じがのうなったごたる」

褒められた気がせずに、むっとなって見上げると、叔父の目はわずかだが笑んでいるようだった。

ようやくつかまり立ちをして伝い歩きのできるようになった魔子を抱いてあやしながら、ムメが低い声で歌う。

「ひとつヒヨドリ、ふたつフクロウ、みっつミミズク、よっつヨナキドリ……」

野枝自身の耳にもかすかに残る子守歌だ。耳が凍るほど寒い浜辺で、母親の背中のぬくみを腹に感じながら聞いた覚えがある。

「トンビがカラスに銭かって、もどそうてちゃぴーひょろ、もどそうてちゃ……」

あの浜を裸足で駆け回り、服を脱ぎ捨てて海の果てまで泳ぎ、あるいはまた押し入れに蠟燭《ろうそく》を灯して、壁に貼られた新聞の文字を貪るように追った日々があったのだ。もっともっと勉強を続けたい一心で三日にあげず叔父に手紙をしたため、とうとう東京の高等女学校へやってもらった。郷里へ戻るなどもってのほか、入籍までした婚家を出奔して辻のもとへ転がり込んだ時も、叔父夫婦はさんざん説得に来たがついにあきらめ、先方の負担していた野枝の学費その他を返済してくれた。実の父以上に世話になった。

「準介さんが気に入るのも無理はなか」問わず語りにムメがつぶやく。「大杉さんは、よかお人たい」

その大杉は今、裏の井戸で魔子のおしめを洗っている。先ほどの替え歌は、彼の耳にも届いていたに違いない。

「ばってん……」

見ると、ムメは魔子を自分のほうへ向けて抱き、その顔をじっと見つめていた。

「ばってん、恐ろしか主義者ンしょばにおったら、あんたたちまで危なか目に遭うんじゃなかか。そいだけの心配で、よう寝られんとよ」

細い声だった。

顔にも首にも手にも、めっきり皺が増えている。それほどの年ではないのに、たとえば辻の母親の美津などとは比べることもできない。貧しさも底をつくほどの暮らしに耐え、幾人もの子を産み、働かない夫に代わって厳しい労働に耐え続けてきた歳月が、ムメをこのように老け込ませてしまったのだ。海からの風と強すぎる陽射しがそれに拍車をかけたかもしれない。

「頼むけん、危なかこつだけはせんでちょうだいね」

言いながら孫を揺らし、ねーえ、と顔を覗き込む。魔子が声をたてて笑う。

「かかしゃん」

「ん？　なんね」

海からの風が開け放した戸を揺らし、細かい砂が土間に舞い込む。空の高いところでトンビの声がする。

野枝は言った。

「かかしゃん、うちは……うちらはね。どうせ、畳の上では死なれんとよ」

第十七章　革命の歌

「俺は、犬根性が、き、嫌いでね」

　例によって口をぱくぱくさせて吃りながら、大杉は、野枝が蚊帳の中に敷いた布団にごろりと仰向けになった。大正八年（一九一九年）七月一日、「北風会《ほくふうかい》」例会を終え、帰ってきてすぐのことだ。

「犬根性を奴隷根性と言い換えてもいい。やつらは、盆踊りよろしく音頭に合わせてみんなが同じように踊ってさえいれば安心で満足なんだ。く、組合の中でちょっと偉くなって、何々委員とか何々局長とかいう名前をもらって腕章でも巻きつけてさ。それで今度は、今まで自分がされていたのとまったく同じに、ふんぞり返って下の者に命令するんだ。やつらの言う正義とは何なんだ。自由とは何なんだ。そんなことじゃ今までと少しも変わらない、音頭取りとその犬という図式はそのままに、た、ただ人間を入れ替えただけのことじゃないか。そうだろう」

　ほとんど飲めない大杉であるから、もとより色黒な顔がいま赤黒く見えるのも、酒のせいではない。

「ええ、その通りね」

野枝は短く答えて、ぺらぺらの夏掛け布団を腹にかけてやった。梅雨はいまだ明けず、今夜もひどく蒸し暑い。

北風会は、今年の初めに本格的に始動したばかりの研究会だ。かつて野枝に大杉を引き合わせてくれたあの渡辺政太郎《まさたろう》が亡くなり、彼の開いていた研究会を同志の近藤憲二と村木源次郎が引き継ぎ、渡辺の雅号にちなんで「北風会」と称していたのだが、参加者のほとんどが大杉らの「労働運動研究会」とかぶっていたので、合わせて一本化したのだった。

ひと頃に比べれば同志会もずいぶん勢いを盛り返したと言える。大杉、近藤、久板、和田、村木のほかに、岩佐作太郎や延島英一、水沼辰夫らが顔を揃える北風会例会には、このところ三十名から四十名ほどの同志が集まる。多くは大杉に賛同する理論家や労働運動家だが、時には別の立場をとる人間が出席し、議論を吹っかけてくることもある。大杉の興奮が収まらないのは、おそらく今夜もそのようにして意見を闘わせてきたせいに違いなかった。

労働組合運動ひとつとっても、大杉のように「政党による指導介入は断じて排除すべき」とする無政府主義すなわちアナルコ・サンジカリズム派（アナ派）に対して、レーニン主義を唱えプロレタリア独裁を理想とするボルシェビズム派（ボル派）は真っ向か

ら反発する。労働者による組合とはいえ指導者なくしては烏合《うごう》の衆と化すにきまってい
るのだから、やはり組織は中央集権的でなくては立ちゆかぬという主張だ。例の高畠な
どはその先鋒《せんぽう》と言っていい。
「それじゃ駄目なんだ。だ、誰か特定の連中が号令をかけて、他の者たちがへイコラそ
れに従う、そういう形式自体がおかしいんだ。そう思わないか？」
明かりを消しても、大杉の熱い演説は続いた。
「御主人様に対してどれだけ従順になれたかで、その人間が役に立つとか立たないとか
が決まってくるなんて、そんな馬鹿ばかしいことがあるもんか。周りの評価を気にして
はびくびくして、いつも上目遣いに御主人様の機嫌をうかがう犬になんか、だ、誰がな
りたいか。いやしかし、なりたいやつがいるらしいんだな。自ら進んで鎖につないでも
らいたがる。そうして足並み揃えてさえいれば誰に攻撃されることもなく、と、とりあ
えず我が身だけは安泰だと思いこんでる。まったくもって俺には信じられんよ。ゆっく
りゆっくり、く、縊《くび》り殺されることに気づきもしないとはね」
野枝は黙っていた。幸徳秋水らが粛清された後、大杉が詠んだという句を思い出さず
にはいられなかった。
〈春三月　縊り残され花に舞う〉
数えで三つになる魔子を自分の左側にそっと寝かせ、大杉の隣に身を横たえる。
まだ、天井の高さに慣れない。ここに住んでいた久板から誘われ、千葉の葛飾村《かつしかむら》から

本郷区駒込のこの家へと引っ越してきたのが半月ほど前だ。

思えば、あの「日蔭茶屋」での事件からの二年半というもの、家移りに次ぐ家移りで落ちつく暇もなかった。事件の翌春、「菊富士ホテル」を追い出され、何の家財道具もなく移住した菊坂町の家から、夏には巣鴨へ移った。秋に魔子が生まれ、村木源次郎が同居することとなり、その暮れに女工たちの多く住む南葛飾郡亀戸の家へ移り、年明けには久板と和田がやって来て居候となり、三月の「とんだ木賃宿事件」をはさんで、七月に滝野川町田端に転居した。

魔子を連れてひと足先に今宿へ里帰りをしていた野枝が、初めて大杉を両親や叔父夫婦に引き合わせたのはそのすぐ後だ。

折しも、世間は米騒動の真っ最中だった。それでなくとも離農者が増えて米の生産量は減っているというのに、シベリア出兵宣言をきっかけにして、政府による米の買い占めや少しでも高く売りつけたい商人の売り渋りに拍車がかかり、米の値段が半年ほどで倍にも高騰していた。

最初に行動を起こしたのは、富山の主婦たちだったらしい。役所へ押しかけて生活難を訴え、米の安売りを求め、それが新聞に載ったことで全国へ波及し、やがて各地で暴動や打ち壊しが頻発するようになった。鎮圧にやってきた軍に対しては、火を放ちダイナマイトで応戦する強者《つわもの》も現れ、そうかと思えば海軍兵たちが庶民の側に加担したり、同情した警察が傍観にまわったりといった現象も報道されていた。

ちょうど大阪でもその機運が高まっていたところで、そうとなればぜひともこの目で見ておかねばならない。今宿の帰りに下関で同志の新聞記者から二十円を借り、門司港から汽船で神戸へ、阪神電車で梅田へ向かった。尾行は常にべったりと張りついており、管轄ごとに入れ替わるのがまたご苦労なことだった。

しかし野枝は、大杉だけを大阪に残して帰らねばならなかった。いくら騒動を見届けたくとも、幼い魔子をおぶって危険な場所へは行けない。致し方ないことと思いつつも、女の身が悔しい。

大杉のほうは、滞在中、関西の同志たちにずいぶん世話になったようだ。大阪毎日新聞社の和気律次郎《わけりつじろう》をはじめ、京都では長らく喧嘩別れのようになっていた山鹿泰治《やまがたいじ》に会い、夜は先斗町《ぽんとちょう》の待合で芸者をあげて歓待してもらい、またパン店「進々堂」を営む続《つづ》木斉《きひとし》にも支援を頼んだ。大杉と続木は外国語学校の同窓で、おもにキリスト教的な立場から運動を後押ししてくれていたのだ。

野枝に数日遅れて八月半ばに帰ってきた大杉は、その目で見てきたことを東京の同志たちに詳しく語った。暴動には子どもの手を引く若い母親や、腰の曲がった老婆までもが参加していると聞かされれば、皆のまなざしにもがぜん熱がこもる。

「ど、どうやら社会状態は、我々が想定していたほうに近づきつつある。今の勢いを保って進めば、幾年もたたないうちに意外な好結果となるかもしれない。こ、今度ばかりは政府も少しは目が覚めたろう。労働者の団結の力、民衆の声……ああ、なんて愉快なんだ。かっ、かっ、革命だ。そうだ、かっ、革命だよこれは」

誰より革命を起こしたがっている大杉が、それを口にするたび必ず吃った。

最終的に数百万人規模にまでふくれあがった米騒動は、九月に入ってからようやく一応の終息を見せた。責任を問われた寺内内閣は総辞職、かわりに〈平民宰相〉原敬《はらたかし》が首相となった。旧態依然の藩閥政府に対する、初めての本格的な政党内閣の発進だった。

世界的に流行していたスペイン風邪が日本でも猛威をふるう中、同じく世界を巻き込んだ第一次大戦が終結した。

十月の初め、『労働新聞』の発行が新聞紙法違反にあたるとして、発行人である久板と和田がそれぞれ五カ月と十カ月の禁固刑を食らい、東京監獄へ送られた。同じく、荒畑と山川も入獄。思想への弾圧がいよいよ厳しくなりつつあるのを、皆が肌で感じていた。

暮れには、大杉の末の弟である進が休暇で遊びに来て、そうかと思えばこれも末の妹で料理人の夫とともにアメリカへ渡っていたあやめが病を得て帰国、息子の宗一《むねかず》ともどもしばらく一緒に暮らすことになった。屈託のない宗一は魔子と同い年で、大杉や野枝にもすぐ懐いた。

大杉は、どこからともなく山羊《やぎ》を引っぱってきて、これを飼おうと言いだした。餅さえ買えないわりに、いつになく賑やかな正月だった。かるた遊びや花札などに興じ、野枝も久しぶりに三味線を取り出して皆に聞かせたりなどしながらゆっくり過ごした。

その一月末のことだ。

田端の自宅が全焼した。隣接した工場からのもらい火に、十軒ばかりがぼうぼうとよく燃えた。家族に怪我人はなかったが、なけなしの家財道具や二人分の貴重な蔵書など一切合切が丸焼けになった。どちらにとっても、書物の失われたのがいちばんこたえた。沈んでばかりはいられない。焼けた家からほど近い西ヶ原前谷戸へ移る。家こそ前より広くなったものの赤貧洗うがごとしの暮らしは相変わらずで、そのへんに生えている草を食《は》んでは乳を出してくれる山羊は皆の救世主だった。

大杉はまた、子どもらとよく遊んだ。魔子や宗一をかわるがわる抱き上げては、山羊の背中や、亀戸から連れてきた〈茶ア公〉というポインター種の犬の背中に乗せ、やれ走ったの落っこちたのと一緒になって大声で笑う。

そんな長兄の様子を眺めながら、あやめは野枝にこっそりと打ち明けた。

「驚いたわ。今さらこんなふうに言うのも何だけれど、前の保子さんと一緒だった時は、栄兄さん、あんなふうには笑わなかった気がする。進兄さんだってそうよ、なんだか隅っこのほうに縮こまってばかりいたの。それが今じゃ、栄兄さんはああして自分が子どもに返ったみたいだし、進兄さんにしたって太平楽な顔して昼間から座敷の真ん中に寝転んだりしてるんだもの。ええ、見ればわかるわ。野枝さんのおかげね」

嬉しい言葉だった。

しかし、その西ヶ原の家も、たったのふた月あまりで出ることになる。例によって家賃滞納で追い立てを食らったばかりではない。野枝が体調を崩しがちになり、それならいっそ空気の良いところへと、皆で千葉の葛飾村・下総中山《しもうさなかやま》の家へ移ったのだ。

そこで、ひと悶着《もんちゃく》起こった。

悪いのは完全に警察のほうだと、今でも野枝は思っている。これまでも転居する先々で所轄の巡査が見張りにつくのはいつものことで、たいていは子どもぐるみで仲良くなってしまうのだが、船橋署の尾行巡査は違った。こちらをまるで犯罪者のように扱い、険のある目つきでうるさくつきまとうばかりか、大杉や野枝がちょっと言葉を交わしただけの他人の家にまで踏みこみ、いま何を話していたかなど執拗に問いただすのだ。

いくら言ってもやめずに口論となり、大杉が腹立ちまぎれに一発殴った。相手は左唇の内側を切って少し出血したが、大杉の怒りはおさまらない。自らこの男を引っぱって船橋署へ行き、事情を話して抗議した結果、警察署の側が詫び、この傷害事件は不問とされたのだった。

「何て抗議したの」

野枝が訊くと、大杉は苦い顔で答えた。

「あんたらの立場はわかるが、か、監視にだって作法ってものがあるだろう、と言ってやった。犬だよ、犬。ああいった輩の犬根性が、俺はほんとうに大嫌いだ。犬で可愛いのは茶ア公だけだね」

そんなこんなで、結局それからひと月もたたないうちに、今暮らしているこの曙《あけぼの》町《ちょう》の家へと移ってきたわけだ。

尾行巡査を殴ったことで居づらくなったせいもあるが、野枝の体調がどうにも思うように回復せず、三日おきに東京の医者へ通わなければならなくなってしまったのも大きい。この時には獄を出ていた久板卯之助からの同居の誘いは、だから渡りに舟といったところだった。

それなのに――。

野枝は、天井を見上げながら小さくため息をついた。ここもまた、長くはいられないかもしれない。

この家は初め、同志の茂木久平《きゆうへい》が借りて住んでおり、彼が家賃滞納で六月十日に出ていった後を居候の久板が預かっていた。久板一人ではもちろん支払えず、それで大杉に連絡をよこしたわけだ。しかし大杉が後を借りたいと申し入れたにもかかわらず、家主は六月末までには立ち退《の》いてもらうと言いだし、あまりにも急で勝手な言いぶんに戸惑っていると、いきなり明け渡し訴訟を起こすと言ってきた。

ふたを開けてみれば、家主の室田景辰というのは前警視庁消防本部長だった。何らかの力が働いていると見るのが自然だろう。

そんな真似をすればよけいに、あまのじゃくな大杉が動くわけがないのだが、だからこそ野枝は心配だった。最近、大杉らは今まで以上に目を付けられている。〈演説会もらい〉と称し、よその労働問題演説会にまぎれこんでは途中から演壇を乗っ取る行動をくり返しているせいだ。いつ、何を理由に引っぱられるかわからない。仲間内で囁かれていた大杉自身の入獄が、うっかりするとすぐにでも現実になってしまいそうな空気が立ちこめているのだった。

枕からそっと頭をもたげて見やると、大杉はまだ目をかっと見開いて何か考えている。野枝は、肩と腰でにじり寄り、伸びあがるようにして男の額に口づけた。

「ど、どうした」

「ううん、どうもしない。ただ、心配なだけ」

「何が」

「何がって……言わなきゃわかりませんかね」

皮肉っぽく言ってやると、大杉は、ようやく野枝をまっすぐに見た。ぎょろりとした眼が、暗がりの中でも光って見える。今夜の月はよほど明るいものらしい。

ふと、胸によみがえってくるものがあった。ここことは別の部屋、別の男の匂い。前夫・辻潤と寝起きしていた三畳間、障子越しに月の光や陽の光が射すと、狭い部屋は白々と発光して繭の中にくるまれているかのようだった。男と女の基本的なことは、あの部屋で彼から教えこまれたのだ。あれから七年も経ったなど信じられない。

黙り込んでいる野枝に、大杉は言った。

「なあに、心配はいらんさ。万一、く、食らったところで三カ月だろう」

「そうかしら」

「長くて五、六カ月ってところかな」

そんなことがわかるものか。昨春の「とんだ木賃宿事件」を見てもわかるとおり、警察はいくらだって罪をでっち上げる。そう、〈犬〉だ。自分の頭では何も考えず、上からの命令を疑いもせず、言われたとおり動くだけの犬。

「覚悟しておいたほうがいいわよ」

「そんなものはとっくにできてる」

「違うったら」野枝はそろりと半身を起こした。「半年も家に帰ってこなかったら、魔子はきっとパパの顔を見忘れるわよって言ってるの」

「そっちの覚悟か」大杉が苦笑する。「うーん、それは辛いな。弱ったもんだ」

二人して見やれば、幼子は健やかな寝息を立てている。父親に似て彫りの深い面差しに、きっぱりとしたおかっぱ頭が愛くるしい。

「暮れにはまた、次が生まれてくるんだものなあ」感慨深げに大杉が呟く。「男かな、女かな」

「どっちがいいの？」

「どっちだってかまわないさ。か、必ず可愛いにきまってるからね。……ん？　こ、こらこら、なんだなんだ、何をしてる」

野枝は答えず、自分の寝間着の裾をたくし上げて大杉の腹に馬乗りになった。

「どうしたんだ急に」

しーっ、と彼の唇に指をあてる。

「だ、だって、お腹の子は」

「もう大丈夫」

「しかし、久板さんもあやめもたぶんまだ起きてるぞ」

「だから、しーっ」

良人の腰紐《こしひも》を解いて寝間着をはだければ、口よりも正直なそれは少しばかり優しく育てるだけで充実してゆく。しばらく軀を重ねていなかったせいで、どちらも長くは待てない。野枝は自ら下半身を浮かせ、唇からゆっくりと息を吐きながら軀を沈めていった。大杉の唇からも同じく、深い吐息が半ば掠れ声になってもれる。

「……気持ちいい？」

囁くと、大杉が感極まったように呻いた。

「ああ。すごいよ。き、きみは？」

「私も」

「こ、こんなに気持ちいいんじゃ、とうていやめられないな。何度だってつながりたいよ」

「私もよ」

「つ、次に、またできたらどうする」

「赤ん坊がってこと？」

「ああ」

「どうしてほしいの？」

「そりゃ産んでほしいさ」

即答だった。野枝を貫き、野枝に包まれたまま、大杉は真顔で言った。

「何人だろうが、できたらできただけ産んでくれ。き、きみが忙しけりゃ俺が育てるから」

胸の裡から喉もとへと、熱い塊のようなものが迫りあがってくる。

答えるかわりに膝立ちになり、野枝は動き始めた。大杉の上で、暴れるだけ暴れてやる。時折、抑えきれずに声がもれる。魔子さえ起きなければ誰に聞かれたところでかまうものか、夫婦が夫婦のことをして何が悪い。

同じ夫婦でも、辻に対しては一度もこんな真似をしたことがなかった。彼との関係はどこまでいっても教師と教え子だった。

恋愛経験のほとんどなかった辻は、さながら光の君が紫の上を育てるように、ピグマリオンがガラテアの像を彫りあげるように、野枝を導き、啓蒙し慈しんだが、口でこそ「俺の背中を踏み台にしていいから」と言いながら実際は、自分の両腕が作った囲いから妻が少しでもはみ出ることを喜ばなかった。『青鞜』に加わった野枝があっという間に有名になってゆくにしたがって、辻はもともと持っていた憂鬱の気質をますます強めていった。その深い厭世観《えんせいかん》といかにも都会人らしい個人主義とが、彼という人間の両輪だった。

恋に落ちた当初まるで見えなかった辻の気質は、野枝が年齢ばかりでなく精神の面でも成長するにつれてどんどん目についてきた。ここまで導き育ててくれたのも、教養ある人々との多くの出会いをもたらしてくれたのも辻であるとわかっているからこそ、野枝は、何の努力もしようとしない彼が歯痒《はがゆ》くてたまらなくなっていった。

幼稚で中途半端な自分などの名前が、恐ろしいほどの速さで世間に知られてゆくというのに、もっと認められていいはずの辻潤の仕事がどうして評価されないのか。周囲は、働かない男に軽侮のまなざしを向けては陰口をたたく。それが本人の耳に入らないわけがない。辻の気持ちは拗《こじ》れるだけ拗れ、やがて野枝が大杉に出会う頃には、夫婦関係はとっくに破綻して修復不可能となっていた。

あの頃、大杉は言ったものだ。

〈仕方のないことだよ。あなたのほうが、か、彼を追い抜いて大きく成長してしまったんだから。つ、辻くんは、自分の今いる場所から動くことはない。ありゃ徹底したエゴイストだからね。確かに彼の翻訳は素晴らしいものだが、こ、これだけははっきり言っておくよ。あなたがそうやって、夫のほうがずっと認められるべき人間なんだと言ってかばおうとする時、あなたは自分でも気づかずに、か、彼のことをずっと下に見ている

んだ〉

違う、断じてそんなことはない。打ち消そうとして——声にならなかった。

大杉に話したことはないが、辻は、夜ごとの営みにおいてもあくまで支配と被支配の関係性にこだわった。今夜のように、野枝のほうから望んでまたがるなどあり得ない。教え子だった妻を組み伏せ、態度や言葉で苛めて言うとおりにさせては、いちいち自らの影響力を確かめる。そういった図式でしか、彼は牡である自分の優位性を確認できなかったのかもしれない。

比べるのも品のない話だが、その点、大杉のなんと自由だったことだろう。初めて軀を重ねた時、野枝はそのことに驚かされた。

男の沽券《こけん》などという屁の突っ張りにもならないものは、端から二人だけの時間には持ち込まない。常識に囚われないかわり、欲望の前には素直に自分を明け渡す。野枝が促されておずおずと試す事々を大げさなほど喜び、快感を覚えれば女と同様に声をあげ、時には野枝を支配もするが、野枝に自分を支配させもする。大杉と寝ていると野枝は、年の離れた百戦錬磨の愛人に抱かれているようにも、若くて可愛い燕《つばめ》を抱いているようにも思えてくるのだった。

できたらできただけ産んでほしいという自身の言葉を証明するかのように、大杉は夜《よ》毎《ごと》挑んできた。

疲れきって夜更けに眠り、ある朝目覚めると、すでに大杉は縁側で煙草をくゆらせながら、魔子を膝にのせてあやしていた。黒っぽい唐桟縞《とうざんじま》の夏着が広い背中によく似合っている。早朝の澄んだ空気に思わず深呼吸をしたくなる。

「おはよう」

声をかけると、首だけふり向いた大杉がニッと思わせぶりに笑ってよこした。いっぺんに夜の間のあれこれが思い出され、黙って睨み返し、布団を鼻まで引きあげる。

「野枝」

「何ですよ」

「き、今日は、ど、どうかすると危ないよ。そのつもりでおいで」

ぎょっとなって起きあがった。

そうだ。何を馬鹿みたいに寝ぼけているのだろう。今日、七月十五日は、「日本労働連合会大会」の行われる大事な日ではないか。

東京市内の木工、塗工、電気工、機械工などからなる労働組合の発会式を兼ねた大会は、午後六時から神田の青年会館で行われることになっている。神田青年会館といえば、かつて「青鞜社」主催の講演会で野枝が生まれて初めて演壇に上がった堂々たる洋館だが、悠長に懐かしがってはいられない。大杉は今夜の演説会に、また同志たち大勢と一緒になって乗り込む気でいるのだ。

込み上げる不安を抑えこみ、野枝は、あえて不敵に笑ってみせた。

「いよいよなのね」

「ああ。た、たいがい大丈夫とは思うが、どうかするとわからないからな。しかし、前にも言ったとおり、引っぱられたところで一晩か、ひどくやられたとしたって二、三カ月くらいなものさ」

「それくらいだったら、願ってもない幸いといったところでしょ」

「まったくだ。ゆっくり本が読めてありがたいくらいだよ」

お互いがふっと黙り込むと、庭先でじんわりと蟬《せみ》が鳴き始めた。つられたように沢山の蟬が唱和する。

もとより大杉は、行動・実行にこそ重きを置いている。思想を広めるだけで呑気に満足している連中を横目に見ながら、「本気で社会を変えようとするならば、いずれは革命の実行しかない」などとはっきり口にするものだから、最も排除すべき危険分子として警察に睨まれ、検束回数の多さときたら仲間内でも群を抜いている。本人も途中から数えるのをやめたほどだ。

（――次は、出てこられないかもしれない）

どれだけ追い払おうとしても襲ってくる胸騒ぎに、昨春、内務大臣に宛てて長い手紙を書き急いだ夜が思い出される。無事に帰ってきた大杉を見た時の、背骨を抜き取られたかのようなあの安堵……。

野枝は、目を上げて言った。

「私も一緒に行きます」

「冗談じゃない」

大杉が跳ねるようにふり向く。

「止しなさい、危ないから」

「もちろん、さすがに中へまでは入らないけど、せめて近くで待っていたいの。魔子と一緒に服部《はっとり》さんのお宅で待たせてもらうから、会が終わったら帰りに寄ってちょうだい」

同志・服部浜次《はまじ》が、有楽町で仕立屋を営んでいる。有楽町から神田もそれなりの距離はあるが、ここで待つよりはよほど近い。

「……やれやれ、しょうがないな」

好きにするといいさ、と苦笑いを浮かべた大杉が、煙草をもみ消して立ちあがり、抱きかかえていた魔子をこちらへ渡してよこす。

「ほーら、ママだぞ。ああ、おしめはさっき替えたばっかりだから」

縞の長着の裾から突き出た毛脛《けずね》、その骨張った足のくるぶしが、ぐりぐりと目に沁《し》みて眩《まぶ》しかった。

・

この夜——大杉ほか同志数名は、錦町警察署に引致《いんち》され検束された。
あらましはこうだ。北風会の例会を開くかわりに二十数名で青年会館へ押しかけた彼らは、千人もの労働者からなる会衆に紛れ込み、ここぞという時に備えた。案の定、労働組合の発会式だというのに主義綱領の説明は一方的に下され、市長らの挨拶に続いて申し訳程度の演説があったかと思うと、すぐに決議文と、通りいっぺんの宣言の採決に入ろうとする。

「異議あり！」

「討論せよ！」

中ほどに陣取った北風会会員らが口々に叫び、司会者の制止をふり切って大杉を演壇に押し上げると、会場は飛び交う野次と怒号で大混乱に陥った。

慌てて解散を命じる錦町警察署長、何が何でも演説をやめずに拘引される大杉、それを奪還せんとする同志たち、そうさせまいとする二十名の警官らが激しく衝突し、発会式はたちまち閉会となり、決議案も結局はうやむやとなったらしい。青年会館から出た会衆が大杉らの釈放を求めて錦町署の門前へ押し寄せるといった騒ぎの末に、夜十時半、検束は解除となり、彼らは家へ帰された。

引っぱられたところで一晩、という大杉の予想よりも軽く済んだわけだが、そんなものは結果論であって、待っている野枝は気が気でなかった。あまりにも帰りが遅いので、背中におぶった魔子がぐずるのをだましだまし服部の家から電車道まで出てみたところへ、近藤憲二とさらに若い同志とが血相を変えて走ってくるのに出くわしたのだ。

近藤は野枝に気づくと、細く凜々《りり》しい眉を吊り上げて叫んだ。

「スギさんが、やられた！」

常套句《じょうとうく》なのに、瞬間、最悪の想像をした。

差し入れを用意して署まで行くのとほぼ入れかわりに大杉は釈放されたが、脳裏をよぎった一瞬の想像はいつまでも消えなかった。

（いやだ。殺されるなら一緒がいい）

いつだったか二人で、同志・黒瀬春吉が営む浅草十二階下の「グリル茶目」へ行った時、促されて部屋の壁紙にいたずら書きをしたことがある。同志や作家たちの雑多な落書きの隙間に、

〈お前とならばどこまでも　栄〉

大杉がふざけて書きつけた一行の隣へ、野枝も一筆さらりと書いた。

〈市ケ谷断頭台の上までも　野枝〉

いっそ、あれが本当になればいいのに。知らないところであのひとの身に何か起こるくらいなら、そのほうがまだましだ。

思う端から、今宿にいる母親の皺寄った顔が浮かんでくる。

〈かかしゃん、うちは……うちらはね。どうせ、畳の上では死なれんとよ〉

そう告げた時の、ムメのあの顔。これまでずっと親不孝しか重ねてこなかったというのに、それでも親は、子の幸福を祈るものなのか。

野枝は、魔子の寝顔を見おろしながら我知らず腹に手をあてていた。子らのためなら

何でもできると思う一方で、いっそ何もかもふり捨てて身軽になってしまいたい時がある。何ものにも束縛されない自由な身体が欲しくてたまらない。

中一日をはさんで七月十七日の夜、こんどは築地近くの「川崎屋」という貸席で演説会が開かれた。大杉ら北風会が企画し、荒畑寒村や山川均など各派に呼びかけて合同で開催したものだ。幸徳秋水ら二十四名を喪うこととなった大逆事件以来、九年ぶりの公開演説会とあって、感慨もひとしおだった。

公開であるから誰が聴きに来てもよい。開会予定の午後五時には参会者が八百名余りにふくれあがった。

警察としては面白いわけがなく、築地署から飛んできた署員数十名がその入場を妨害し、二時間にわたる押し問答の末にようやく開場となったのが七時、しかしこの幾日も前から「聴衆が三人入れば解散させる」などと明言していた警視庁側は、数名が足を踏み入れたところでたちまち「そら解散！」と命じたものだから大騒ぎだ。怒った大杉が荒畑や近藤らとともに場外へ飛び出し、道行く人も立ち止まる大声で抗議の演説を始めると、付近にあらかじめ配置されていた三百名もの警官隊が出動し、とうとう聴衆まで巻き込んでの揉み合いになった。

この日、野枝は朝からひどく疲れていた。身重で、しかも三日おきに医者へ通う状態でありながら、一昨日は背中に幼子をくくりつけ、錦町署との間を往復したのだ。

「こ、今夜はもう、うちに引っ込んでたほうがいいよ」

出がけに大杉にもそう言われたので、夕方までは家にいた。が、やはりじっとしていられない。用事のついでに足を延ばし、一昨日と同じく服部浜次の家で待つことにした。川崎屋の演説会が解散させられたなら皆で服部の家へ引きあげる、と聞いていたからだ。日が暮れる前に着いてみると、家には服部の妻と子がいるだけでひっそりしていた。洋裁職人の服部が使う道具やら布地の束が所在なげに放置されているばかりで、帰ってきた様子はまだない。

「どうなったのかしら」

女同士ただ気を揉んでいても仕方がないので、野枝は外に出て、電信柱の陰にいた尾行巡査を手招きした。「はい」と慌てて鳥打ち帽を脱ぎ、当たり前のようにそばへ寄ってくる四十がらみの巡査に言いつける。

「ちょいと」

「築地の様子を見に行ってきてちょうだいよ。大丈夫、私はここで待ってるから」

「はい」

素直に出かけてゆく尾行を、服部の妻はぽかんと見送った。

主《あるじ》の服部浜次が堺利彦と連れ立って帰ってきたのはすっかり暗くなってからだった。

「どうでした？」

勢い込んで訊くと、服部は顔をしかめた。

「大杉君、またやられちゃったよ。荒畑も近藤も岩佐も。どうもこうも、えらい騒ぎだったからなあ」

言いながら玄関先でズボンについた泥を払う。

「じゃあ、みんなよっぽど暴れたんですね」

「いや、暴れるも暴れないもありゃしねえ。大杉君と荒畑が表の縁台に乗っかって喋り始めただけで、寄ってたかって押さえ込んで引っぱって行きやがった。何しろすごい人出で、電車が止まっちゃったくらいだからさあ」

聴衆の一群に野次馬が加わり、銀座から丸の内の警視庁へ押し寄せて鬨《とき》の声を上げるといった騒ぎまであったという。さっき様子を見にやらせた尾行巡査は、それもあって戻ってこられないのだろうか。

「他にもだいぶ沢山引っぱられたんじゃないかな。長いこと収まらずにごたついていたようだから」

堺にももっと詳しく聞こうとしたのだが、そこへ新聞記者らが次々に訪ねてきて、肝腎なことがろくに話せない。堺自身もこちらを煙たく思っている様子を隠さない。野枝は、ひそかに舌打ちをした。

そうこうするうちに、築地の方角から同志たちが疲れた顔でぽつりぽつり引きあげてきた。彼らの話から、検束された面子《メンツ》もだいたいわかってくる。少なくとも十五、六人といったあたりだろうか。

おぶい紐を手に取ると、野枝は魔子をしっかりと背中にくくりつけた。

「どこへ行く」

見とがめて堺が訊く。

「どこって、とにもかくにも差し入れに行くんですよ。こんな時間だもの、みんな腹ぺこでしょうに」

ああ、と気づいた服部浜次が、十五になる次男の麦生《むぎお》に手伝いを命じる。もう一人、寺田鼎《かなえ》という若い同志を付けてもらって、野枝は外へ出た。

有楽町から築地署へ小走りに急ぐ途中、十数人にのぼる同志たちに何とか行き渡るよう、握り飯やふかし芋などすぐに食べられるものと、あとは水菓子屋の店先で目についた桃をあるだけ買い込む。資金は服部から託されていた。

夏の宵、荷物を担ぐ若い二人の額にみるみる玉の汗が浮かぶ。

「桃のせいだよ、重いのは」

まだひょろりとした体つきの麦生が言えば、

「そうですよ、腹もたいしてふくれないのに」

寺田までが泣きごとを言う。

「いいから黙って運んでちょうだい。こういう時には、きっと何だって嬉しいものなんだから」

桃を買ったのは、ほんとうは大杉が喜ぶ顔を想像してのことだ。果物に目がない彼の、中でもいちばん好きなのは梨《なし》だが、時季には少し早くて買えなかったのが惜しまれる。

ようやく築地署に着いたものの、面会を求めても肝腎の署長がなかなか出てこない。

「今ちょっと話し中ですが、それが済んだら参りますから」

それきり、すっかりほうっておかれた。

取り次いだ巡査もその他の署員たちも、幼子をおぶった野枝を無遠慮にじろじろと眺めてよこす。おおかた、〈あれが新聞にも載った例の淫婦〉とでも思っているのか、そうでなくとも髪ふり乱した女が子分を二人も引き連れて乗り込んできたのが物珍しいのだろう。垢じみた着物も、明るい室内ではことさらみすぼらしく見える。口惜しさに、野枝は連中と目を合わせないようにした。

警察署の中はひどく蒸し暑く、時間ばかりが無為に過ぎてゆく。背中の魔子が手足をばたつかせて泣きだすのを、紐を解いて抱きかかえ、あやす。立ったり座ったりしてあやす。それでも泣き止まず、隅へ寄って乳をやろうとするのだが、むずかるばかりで口を開けようともしない。なだめすかして乳をふくませ、ようやく飲んで眠ってくれた魔子を、寺田の手を借りて再び背負う頃には、ほとほと疲れ切って口もきけないくらいだった。

壁の時計を見やると、とうに九時をまわっている。署長の話とやらはいつ終わるのだ。一つ終わればまた次が控えているかもしれない。本当に来るかどうかもわからない相手を、みんなの食べものを抱えたままここでぼんやり待っていろというのか。

長椅子から立ちあがり、野枝はとうとう巡査たちに向かって怒鳴った。

「いいかげんにして下さい。待たせるにもほどがあるでしょう！」

皆、にやにやしながら黙っている。なおも言ってやろうと息を吸い込んだところへ、ずんぐりと背の低い、気の弱そうなのが寄ってきた。

「ここで騒がないで下さい」

「私だって騒ぎたくありませんよ」

「申し上げたでしょう。署長は今お話し中ですからちょっとお待ち下さいと」

「さっきからそんなことばっかり言って、誰か一人でも署長室へ行ってくれました？ずっと見てましたけど、ちっとも伝えてやしないじゃないですか」

「無茶を言わんで下さいよ」

「何が無茶なの。とにかくまずはみんなに食べものを差し入れたいと、当たり前のことをお願いしてるだけじゃないの」

その時だ。左手の奥にある留置場のほうから、誰かが調子っぱずれに声を張りあげて歌うのが聞こえてきた。

嗚呼《ああ》　積年のこの恨み
いかで報いで止むべきや

　あれは、革命の歌だ。節は一高の寮歌「嗚呼玉杯に花うけて」と同じ、例会の後など飲んで騒いでメートルが上がってくると必ず合唱する歌だけに、今もすぐさま大勢の声が唱和する。

我らは寒く飢えたれど
なお団結の力あり
嗚呼　起《た》て君よ革命は
我らの前に近づきぬ

　野枝は思わず笑ってしまった。長い歌の中でもそこから歌いだすとは、やはり皆よほど腹が減っているのだろうか。耳を澄ませば、ひときわ大きな良人の声が聞こえてくる。どういうわけか彼は、外国語を話す時と歌う時だけは吃らない。

農夫は鋤鍬《すきくわ》とって起て
樵夫《しょうふ》は斧《おの》をとって起て
鉱夫はつるはしとって起て
工女は梭《おさ》をとって起て
森も林も武装せよ

玄関付近にたむろしている新聞各社の記者たちが顔を見合わせ、ある者は手帳に鉛筆を走らせている。明日の新聞にはこの様子も詳しく載るのだろうか。並みいる巡査たちの間抜け面の描写と合わせて。

檻《おり》の中にいようが腹が減ろうが、同志たちが少しもへこたれていないとわかると、こちらの背筋も伸びる。すっかり眠り込んでいる魔子を揺すり上げ、野枝は役立たずの署員たちをぐるりと見回して睨み据えてやった。垢じみた服を着ているからと、気後れした自分をこそ恥じる。どんなにみすぼらしくとも、これは搾取する側の服ではない。汗水垂らして労働する者の衣服だ。

ずいぶんたってから、奥にある署長室の扉が開いた。伸びあがって見ると、ごま塩頭の署長はこちらへちらりと視線を投げただけで、もう一人の警部らしい男とすぐ隣の応接室へ入ってゆく。いよいよ呼びつけられるものと思ってなおも待っていれば、扉を開け放したその部屋へ小間使いがお茶を運んでゆくのが見えた。どうやら二人は食事をするつもりらしく、にこやかに談笑しながら折詰のようなものをひろげ始める。

「え……、ちょっと野枝さん？」

寺田が慌てた声をあげた。

「あっ、待ちなさい、こら！」

巡査の制止をふり切り、野枝は正面奥の応接室へと通路を突き進んだ。幼子を背負っているぶん、彼らも乱暴に止めることはできまい。案内も待たずに他人の領域に踏みこむのがどれだけ無作法かは知っているが、無作法なのは相手も同じだ、案内なら嫌というほど待った、もう待てない、一分一秒たりともだ。

応接室の戸口に仁王立ちになると、野枝は、きっちり一礼して言った。

「こんなところからお声がけするのは甚だ失礼ですが、あなたが署長さんでいらっしゃいますね」

ごま塩頭が、いかにも迷惑そうに頷く。

「私は先ほどからお目にかかりたいと申し上げてずっとお待ちしているんですが、いえ、お目にかかること自体は後でもかまいませんが、ここに検束されている人たちがまだ夕食を済ませていませんので、食べものを差し入れたいと思って持ってまいりました。なにとぞお許しを頂きとう存じます」

ごま塩頭は顔をしかめたまま野枝の訴えを聞き終わると、ことさらにあきれた笑いを浮かべて警部に目配せを送り、同時に箸を手に取った。

さっきの巡査が、点数稼ぎのつもりか滑るようにそばへやって来る。

「ほら、戻りなさい。見ればわかるでしょう。署長はお食事中なんだからあっちで待ってなさいよ」

「私はあなたがたに言ってるんじゃない！」

野枝は、巡査を押しのけた。背中で目をさました魔子がもぞもぞと動いてむずかり始める。ごま塩頭が真っ赤な顔でこちらを睨んでいる。

「どうなんですか、署長さん。差し入れをしていいんですか悪いんですか、決めて下さい。私はもうずっと待ってるんです。あなたが今そうやって食事をなさるのだって、お腹がすいたからでしょう。中にいる者たちだって同じように腹をすかしているんです。さあ、どうしてくれるんですか、もう十時なんですよ」

魔子は、とうとうまた泣き始めた。おととい の朝の蟬とそっくりの、じんわりとした泣きだし方だった。

相手は頑固に黙りこくっている。しきりに横から割って入ろうとする巡査の手を再び払いのけ、野枝はなおも言った。

「ねえったら、差し入れをしてはいけないんですか？　いけなければはっきり言って下さいよ。あなた、みんなを干乾《ひぼ》しにしようってんですね。返事をして下さいな、返事がなければわかりませんからね、返事もできないんですか、え？」

気がつけば、まっすぐ後ろの玄関付近は人でいっぱいになっていた。新聞記者と野次馬と、それに別件で警察に呼ばれていた人々まで伸びあがってこちらを窺《うかが》っている。

形勢が怪しくなってきたと思ったか、別の特高らしき男が横から口を出した。

「奥さん、何をそんなに騒ぐんだね。あんたがそんなにきんきん言わんでも、腹が減ったと言うならこちらで良きに計らいますんでね」

「警察の世話なんかにはならない」

野枝はきっぱりと言った。

「ようございます、よくわかりましたよ署長さん。そんなに意地悪がしたいんだったら、まあお好きなだけ、たんとするがいい。干乾しにでも何でもするがいい。今にその大きな顔の持って行きどころをなくさないようにねえ」

今やそっくりかえって泣きわめいている魔子を揺すり上げ、くるりと踵を返し、もといた玄関脇までずんずん戻る。人だかりがまるでモーゼを迎える海のように二つに分かれ、野枝を通した。

と、正面から見知った男が入ってくるのが見えた。服部浜次だ。きちんと和服に着替えている。同志たちと、それに野枝に付き添わせた息子のことも心配で来たのだろうか、たちまち巡査の一人に案内されて奥へと通される。

なぜなのだ。男が相手であれば、言いぶんを容れても格好がつくということか。

脱力すると同時に激しい眩暈に襲われ、野枝は、ふらつきながら玄関口にしゃがみこみ、壁に肩をもたせかけて顔を覆った。背中では魔子がまだ泣きじゃくっている。麦生と寺田がそばに寄ってきて大丈夫かと訊くが、答える気力もない。

どれほどそうしていただろう。

「もし。大杉さんに差し入れるというのは、どれのことですか？」

背後からの声に目を上げると、ひどく痩せた、骸骨《がいこつ》に薄紙を貼り付けたような風貌の巡査が立っていた。

　野枝は麦生に言いつけ、抱えてきた風呂敷包みから中身を全部出させた。握り飯、ふかし芋、饅頭《まんじゆう》から桃まで全部だ。

「え、こんなに沢山？」

「だって、みんなで何人います？　十何人いるんでしょう？」

「いや、待って下さい。みんなに差し入れるんですか？」

　言われた意味がわからない。

「みんなでなくて、誰に入れるんです？」

　と訊き返す。

「大杉さん一人だけという話でしたが」

「はあ？　冗談言っちゃいけませんよ」鼻から勢いよく息が漏れた。「大勢が一緒にいるんですよね？　いったい何だって一人だけに入れるんですか。一人に入れるくらいなら止します」

「しかし、大杉さん宛てということで聞いてますが」

「大杉一人には入れられて、他の人には駄目だって言うんですか？　どういう理屈です？　一人だけになんて、私は言った覚えはありませんよ。ええ、ひと言だってね！」

「……ちょっと待ってて下さい。もう一度訊いてきます」

　骸骨が引っ込むと、野枝は二人に、食べものを元通りしまうように言った。眩暈はいくらかましになったが、そのかわり頭がずきずきと痛む。

「大杉に差し入れをしたいというのはあんたかね」

と、

さっきの骸骨とは違う声が降ってきた。痛みに片目を眇《すが》めながら見上げ、覚えのあるあばた面に出くわして、ぎくりとなった。その蛇のようなしつこさから、同志たちの間でまさに蛇蝎のごとく憎まれている特高課の刑事だ。視界の端で、寺田の喉仏がごくりと上下する。

「まあ、よろしい。それを持って入るかわり、少しは静かにするよう連中に言い含めてくれたまえ。暴れるわ騒ぐわで手に負えんのだ」

野枝は、寺田の手を借りて立ちあがった。麦生を玄関口の長椅子に座らせて待たせ、父親が出てきたら一緒に帰るように言って、案内されるまま留置場へ入ってゆく。

なるほど、たしかに大騒ぎだった。閉じ込めておくとよけいに暴れるからなのか、四つばかり並んだ檻房《かんぼう》の扉はどれも開け放たれ、全員が三和土の通路に出てきて一緒になって騒いでいる。先ほどの革命歌をくり返し歌う者、誰に聞かせるつもりか大声で演説をする者、意味もなく両腕を振りまわす者。見回りに来た刑事などさんざん責め立てられてたじたじだ。

荷物を抱えて寺田とともに入っていくと、中ほどに大杉の後頭部が見えた。常ならばきっちり撫でつけている髪もさすがにぐしゃぐしゃだが、どうやらひどい怪我はしていないようだ。

野枝たちに最初に気づいたのは隣にいた荒畑で、彼は大杉の袖を引くと、いつもは真横に結ばれている口を大きく開けて叫んだ。

「おい、見ろ！　革命の女神のおでましだぞ」

野枝は、思わずふきだした。よりによって荒畑からそんな言葉が飛び出すとは可笑《おか》しくてならず、笑うと目尻に涙が滲んだ。


前年の米騒動鎮圧の功によって従六位に叙《じょ》せられた警視庁警務部刑事課長・正力松太郎にとって、数多《あまた》いる無政府主義者の中で最も目立つ大杉の排除はほとんど悲願であるらしい。なりふり構わぬ手口には、その執拗さと焦りが滲み出ていた。

野枝が築地署へ差し入れに行った翌日、午後二時頃に一度帰されたはずの大杉は、さらに翌朝になると別件で再び出頭を命じられた。あらかじめ葉書の報せが届いていたのだが、起きるとすぐ尾行巡査が入ってきて言った。

「今、警視庁から連絡がありまして、これから自動車を回すからそれで御出頭を願いたいと言ってきました」

嘘だろうそんな大げさなと笑っていると、まもなくほんとうに刑事が数名、自動車で迎えにやってきた。

容疑はなんと、今住んでいる曙町の家への「家宅侵入罪」、及び過去の家賃の未払いなどを合わせた「詐欺罪」だという。

「いったいどういうことなんですか。よりによって詐欺って……」

　引っぱられた大杉の後から、野枝が急いで丸の内の警視庁へ駆けつけると、彼は言った。

「ずいぶん細かく調べたようだよ。正力のやつ、新聞記者を集めて発表までしやがった」

「何て」

「大正五年以来、大杉は、こ、米や味噌を取り寄せても代金を払わず、おまけに今住んでいる家は家主が再三立ち退きを迫っているのに応じない、とさ。だから詐欺と恐喝の疑いで取り調べるんだと。ああちきしょう、腹が立つ」

「そんな前のこと、問題になるはずがないじゃありませんか。そのつど話だってついてます。夜逃げして踏み倒したわけじゃない」

「しかし、向こうでモノにするつもりなら何かの罪にはなるんだろう」

「馬鹿ばかしい。ずいぶんつまらないことをするものね」

「つ、つまらないことでやられるってのも面白いよ、ちょっと」

「そんな呑気な」

「どうせあちらさんは、やる以上は普通じゃあ面白くないから、いっそ破廉恥罪ということにして、世間における大杉栄の人格的信用も何もかも落としてからぶち込もうっていうんだろ」

「ひどい……なんて卑怯なやり方」

魔子を背負ったまま声を震わせる野枝を見て、大杉は、疲れた顔で笑った。

「うんと卑怯な真似をするがいいよ。それだけ慌ててるってことだよ。ま、せいぜい馬鹿なところを露呈するんだね」

すでに、この件についての取り調べは終わっていた。あとの判断は検事局へ回される。

野枝は入口をふり返り、ここまで付いてきていた尾行を手招きした。

「ちょっと」

はい、とまた帽子を取り、素直に寄ってくる。

「このひとと一緒に検事局へ行くんでしょう」

「ええ、参ります」

「じゃあ、今日中にはあちらで起訴か不起訴かが決まるだろうから、わかったら私のところまで報せてくれない？　私はまた有楽町の服部さんのところで待ってるから」

「よござんすとも、すぐお報せします。なに、大丈夫にきまってますよ。いくら何でもこんなつまらないことで」

「わかりゃしないわよ。こじつけるのはお手の物だもの」

「ふつうならできるはずがありませんや」

「まあいいから、とにかく報せてちょうだい。それから、検事局は区？」

「いえ、地方だそうです」

野枝は、あきれた。こんなにちっぽけな事件を、区裁ではなくわざわざ地裁へ送ろうというのか。どれだけ必死なのだ。大杉をこれ以上世間の人々と関わらせるのは危険と見て、一刻も早く取り除こうと躍起になっている様子が見える。

その日、さすがに不起訴と決まって大杉が帰されたのは、尾行巡査すらも結果を待てずに帰った夜中の十二時を過ぎてからのことだった。やきもきしながら服部宅で待ち続けていた野枝は、報せをもたらしてくれた近藤憲二らとともに、終電間際の巣鴨行きの市電にぎりぎり飛び乗った。精も根も尽き果てていた。


それで終わるかと思ったが、終わらなかった。

さらに一日置いて二十一日、敵はとうとう「傷害罪」を持ち出してきた。二カ月も前、千葉県葛飾村に住んでいた時、近隣の家にまで迷惑をかける尾行巡査を大杉が一発殴り、相手の唇の内側がわずかに切れた、あの一件を今ごろになって蒸し返してきたのだ。何としてでも起訴にまで持ち込もうという正力松太郎の執念だった。

大杉が引っぱられた翌日、野枝は村木源次郎とともに警視庁へ行き、面会を申し入れた。日比谷のお壕端《ほりばた》、大きな建物の日陰になった中庭からは夏とは思えないほどひんやりとした風が吹き込み、待たされているあいだ野枝は例によって魔子を背中にくくりつけたまま、そのいちばん風が通るところに立っていた。

やがて大杉は、刑事とともに部屋に入ってきた。目の下に死人のようなどす黒い隈ができているのを見て、野枝は胸が苦しくなった。縞の着物の前合わせが情けないほどだらしないのは、締めていたはずの角帯ではなく、引けばちぎれそうな紐一本で腰回りをようよう結わえているせいだ。

「帯はどうしたんです」

思わず言った。

大杉は机の向こう側にゆっくり腰を下ろすと、

「帯はね。こっ、ここでは取り上げられるんだよ。俺が、く、首をくくるんじゃないかと心配なんだとさ」

そう言って部屋の入口に立っている村木と目を合わせ、イッヒヒ、と乾いた笑いを漏らした。

「眠れてないのね」

「ああ、か、蚊がひどくてね、一睡もできやしない。あれは何とかしてもらいたいもんだな。何も蚊帳を吊れとまでは言わないが、せめて、つ、築地署でそうしてくれたみたいに線香でも焚いてくれりゃましなんだが」

大杉は全身をぼりぼり掻《か》きながら、野枝が持っていった両切り煙草を旨そうに吸った。

二日間留め置かれた二十三日夕刻、いよいよ起訴が決まり、大杉は東京監獄に収監された。弁護士である同志・山崎今朝弥《けさや》は、野枝から詳しい話を聞くと憤激した。誰もが忘れ去っていた殴打事件をほじくり返すためだけに、もともとの所轄の船橋署から千葉地裁、さらに東京地裁へと超特急で書類が回されたわけだ。ともに弁護を務める布施辰治も一緒になって、大いに憤った。

「なんたるふざけた話だ。そもそも処罰されるべき犯罪であれば、誰がどう考えたってその時に処罰しているはずだろう。そこで確かに不問となったものを、なんで今ごろ蒸し返せるんだ。警察なら何をしたっていいってのか。恥を知れ、恥を」

どれだけ憤慨しても、起訴という事実は変わらない。

このうえ野枝にできることといえばせいぜい、夜ごとの蚊の他にも南京虫に悩まされる良人のために、新しいシーツを差し入れることくらいだった。

二、三カ月か半年か、などと言っていたわりに、結局のところ移された東京区裁で二回の公判を経て罰金五十円の判決が下され、大杉は、収監から二十日もたたない八月十一日、保釈を受けてとりあえず帰ってきた。

検察側としては甚だ不服であったろうが、そして実際に控訴もしたが、裁判官はこれ以上の身柄拘束は必要なしとして保釈を許可した。保釈金の二十円を出してくれたのは、菊富士ホテルでも世話になったあの大石七分だった。

獄を出れば出たで、会談に、出獄歓迎会に、講演会にと忙しい大杉を、野枝は懸命に支えた。もともとは丈夫な男だろうに、肺を患ってからは冷たい風に当たるだけで寝付く。そうならないためにも精のつくものをと、あちこちに頭を下げて少しずつ金を借り、肉の旨いところを選んで買い、道端で韮《にら》や野蒜《のびる》などを摘んできては一緒に炒《いた》めて食べさせた。

心配ごとは絶えずとも、そうして甲斐甲斐しく男の世話を焼いていると、身体の奥底は満ち足りて落ちつく。そういう自分にある日はたと気づいた時、野枝はなんとも言えない焦燥を覚えた。

いったい何をやっているのだろう。自分の今していることは、世の女性たちに向かって早くその軛《くびき》から自由になるべきとくり返してきた〈妻の役割〉そのものではないか。

しかしその役割の、なんと甘やかなことか。女を決して下に見たり押さえつけたりすることのない男に添い、彼との間に生まれた子どもたちのために愛情や時間や労力のすべてを傾け、一日の終わりに心地よく疲れて眠る時、爪の先までを満たす豊かな感覚といったらどうだ。いわゆる炉辺の幸福が、これほどまでに恐るべき威力を持つものだとは、以前なら誰に言われても信じられなかった。置かれた立場の不公平さに気づきもしない愚かな女と断じ、躍起になって目をひらかせようとしていたに違いない。

(――いけない。このままでは駄目になる)

たったの二十日足らず大杉が入獄していた間に感じたたまらない寂しさを、野枝は思い起こした。あれは、これまで経験した誰の不在とも異なる寂しさだった。自分の心は、家のどこかに大杉がいるというだけで安定するのだとわかった。

もう長い間、友だちというものを持っていない。昔は、あの大きな赤ん坊のような尾竹紅吉らとじゃれ合っているのが楽しかった。もしかするとあれだけが純粋な友情と呼べるものであって、その他はこちらが勝手に思いこんでいただけかもしれない。

東京へ呼んでくれた平塚らいてうには、何とかして認められたいと願った。隣家に住んでいた野上弥生子とは、からたちの生け垣越しにたくさんの打ち明け話をした。今でもたまらなく懐かしい。けれどその懐かしさは激しい痛みと表裏一体のものだ。あれほど打ち解け合ったはずの温かな交わりでさえ、こちらが本当に辛い時には何の支えにもなってくれず、むしろ敵に回った。説明も弁解も聞こうとしないまま一方的に断罪してよこした。そのことを思い出すと、もう何もかも嫌になって、そもそも人に期待することそのものが間違っているという気持ちが強くなるのだ。

あやふやなものに期待して惑わされるよりは、胸の裡にひっそりと孤独を飼っているほうがまし。――そんなふうに乾いた気分になる時、いつも浮かんでくるのが大杉の顔なのだった。

彼といる間は、友だちについて考えた例しがほとんどない。身の回りに起こることと頭の中に浮かぶことのすべてを、大杉には余すことなく話すし、大杉のほうでもまた同じようにしてくれるおかげで、彼以外の友だちを必要と感じたことがなかったのだ。

何たることか、と野枝は自分にあきれた。入獄というどうしようもない事情で長く引き離されるまで、良人である彼がどれほど得難い友でもあるかに気づかなかったとは。

炉辺の幸福はあっていい。妻の役割とやらもたまには結構だし、良人が仕事に夢中でこちらの話に上の空だったり、せっかく手をかけて料理を作った日に限って遅くまで帰らないのを怒ったってかまわない。

しかし、大杉との間には、ふつうの夫婦とは違うことがひとつある。男と女、良人と妻である前に、この世の誰より刺激を与え合える同志であるというその事実こそが、互いを互いにとっての特別にしているのだ。

そのことだけは、決して忘れてはいけない。こちらが幸福に慣れて溺れてしまった時、大杉はきっと、失望する。

殺人未遂の罪により八王子女囚監に収監されていた神近市子が、懲役四年の刑期を半分に減刑されて出獄したのは十月のことだった。

記者たちは大杉のところへ感想を求めにやってきた。

「とくだんの感想はないね」大杉は言った。「入ったものは、死にでもしなけりゃ出てくるに決まってるんだから。せっかくの獄中生活で、今までとはまったく程遠い、そうだな、か、科学か何かの本でも読んできたならいいんだが、何でもワイルドの『獄中記』を訳したとかいうじゃないか。他に読んだものもおそらく思想系の本ばかりだろう。それじゃあ、前とたいして変わった女になって出てくるとも思えんね。会ってみたいかって？　そうは思わないが、ばったり会うようなことでもあったら、さあね。どんな顔をするかねえ」

大杉以上に神近のほうこそ、会いたくはないだろうと野枝は思った。女とはそういう生きものだ。

思い返せば自分の時も同じで、木村荘太とは手紙のやり取りだけで燃えあがるだけ燃えあがったつもりが、過ぎてみればあっけなく、自分でもびっくりするほどどうでもよくなった。さんざん出汁《だし》を取った後の昆布のほうが佃煮《つくだに》にできるだけましなほどだった。女の中の火種は、激しく燃えるのに時間がかかるが、消える時は一瞬だ。燃えかすに火がつくことはまず二度とない。

記者たちから質問を向けられ、野枝は適当なことを答えた。

「今後あのひとがどうしようと、私は別に思うことなどありませんね。まあ、小説などお書きになるのがいいんじゃないでしょうか。あの事件のこともずいぶん材料になるかもしれませんし。いっそ私たちの家へ遊びにでも来て下さったら、ちょっと面白いお付き合いができるかもしれませんけれどね」

いちいち新聞に載った中で最も辛辣な感想は、意外なことに、大杉の元妻・堀保子によるものだった。神近は、獄を出た翌月の終わりに保子の家へ詫びに行ったらしい。

〈オイオイ泣くので困りました〉

『読売新聞』に載った保子の言葉だ。

〈穴があれば入りたいと言いましたが、私も掘れるものなら穴を掘ってあげたいと思い

ました。大杉を刺した時の模様を話してくれと、からかい半分に気を引いてみたら、喋り出したので驚きました〉

同じ十月、大杉は新しく月刊『労働運動』を発行した。と同時に、近藤や村木、服部などとともに演説会もらいも続けていた。警察はそのたび介入して解散を命じたが、こちらも幾たびとなく「異議あり！」と声をあげ、演壇を乗っ取った。

保釈となっていた尾行巡査殴打事件について、東京地裁にて控訴審判決が下りたのは十月十一日のことだ。区裁での罰金五十円のみの判決が棄却され、一転して懲役三カ月——欠席裁判だった。

山崎今朝弥が「大馬鹿判決」とする申立書を提出して上告したが、当然のごとくこれも棄却。年も押しつまった十二月二十三日、東京監獄に収監された大杉は、翌二十四日には豊多摩監獄に移された。

野枝は、まさにその二十四日に、次女となる赤ん坊を産み落とした。大杉は看守からの伝言で知ったようだ。

——母子ともに無事だという話だったが、その後はいかが。実は大ぶ心配しいしいはいったのだが、僕がはいった翌日とは驚いたね。早く無事な顔を見たいから、そとでができるようになったら、すぐ面会に来てくれ。子供の名は、どうもいいのが浮んでこない。これは一任しよう。

読み終えた時にはもう決めていた。

この子は〈エマ〉だ。アメリカの勇ましきアナキストにして、自分にとっての思想の母である女性、エマ・ゴールドマンの名をもらおう。

エマの論文「婦人解放の悲劇」を、辻の手を借りながら一生懸命に訳していた頃を思い出す。十九歳だった。大杉は野枝の仕事を——というより、エマの思想と向き合う野枝の姿勢そのものを、自身の雑誌上でずいぶん褒めてくれたのだ。

まだ、じかに会ったことさえなかった。

第十八章　婦人の反抗

もっと奔放で多情な女なのかと思っていた。いくらか親しくなって、ようやくわかった。彼女はただ、愛した男に自分の全部を与えてしまうことに躊躇がないだけなのだ。

〈——スギさんが、やられた〉

そう伝えたとたん野枝の顔に浮かんだ混乱と恐怖の表情を、近藤憲二は今も忘れることができない。昨年七月半ばの「日本労働連合会大会」の時だ。一瞬で彼女の顔色が真っ白になった。そのまま陶器の人形のように粉々に砕け散るかと思った。並みの男など敵《かな》わぬほど肚《はら》が据わっている彼女の、意外な一面を見る思いがした。

幸いあの時はすぐ家に帰された大杉だったが、犬どもはしつこい。どうということもない過去の巡査殴打事件をほじくり返して余罪をでっち上げ、裁判所はとうとう五十円の罰金刑から一転して、懲役三カ月の判決を下した。

裁判の時、検事の論告に際して、大杉はいくら命じられても起立しようとしなかった。

「検事は国家の代表機関である。被告が起立して敬意を表するのが多年の慣例である。

裁判所は改めて起立を命ずる」

裁判長が怒気も露わに言ったが、

「悪い慣例は破られるべきですな」

というのが大杉の答えだった。

当然だ、と近藤も思う。裁判長や判事に対してならばまだしも、犬の一品種でしかない検事にまで同等の敬意を表せと言われても従う道理はない。慣例が何だ。そもそもそれこそが忌まわしい官尊思想の産物ではないか。

しかしどうやらこの時の大杉の態度が先方の心証を決定的に害したらしい。女房が臨月だと言っているのに少しも待ってもらえず、師走の末、ついに豊多摩監獄に収監となった。

そんなどさくさの中でも、新年一月に出す『労働運動』第三号のために、巻頭の「知識階級に与う」のほか五頁分もの原稿を置いていったのはさすがと言うしかない。中には、しれっと書かれた「入獄の辞」まで交ざっていた。

〈又当分例の別荘へ行ってきます〉

子どもたちの面倒を見たのは、だからほとんど村木源次郎だ。とくに、エマと名付けられた赤ん坊にとっては幸運だったかもしれない。万事におおざっぱな野枝と収監中の大杉にかわり、村木は寒空の下、おしめを洗っては日向《ひなた》に干し、泣けば抱きあげてあやしてやった。その間に若い母親は机に向かって原稿をどしどし書くわけだが、いくら村

木でも乳までは出ないから、外出時には赤ん坊を背中にくくりつけた野枝が、

「じゃあ源兄ぃ、頼むわね」

数えで四つになる魔子のほうを彼に託す。物怖じしない魔子は、いつも瞠っているような黒目がちの目もとが父親にそっくりで、出入りする同志の皆から可愛がられていた。

大正九年（一九二〇年）の正月には、獄中で大杉が一つ年を取って三十六になり、野枝と近藤はともに二十六歳になった。早大政経科に通う学生の頃、大杉の論文集『生の闘争』に深く感激して家を訪ねて以来、付き合いはこれでちょうど五年になったわけだ。

あの頃、大杉の家は大久保百人町にあり、入口には「英仏独露伊西エスペラント語教授」の看板が掛かっていた。茶を出してくれたのは保子夫人だった。

いま思うと大杉は三十そこそこだったわけだが、もっと上に見えた記憶がある。どてらを着て古ぼけた文机の前に座り、洋書のぎっしりと詰まった本棚の前でマドロスパイプをしきりに吹かしていた。吃りがひどく、何か言おうとするたび酸素の足りない魚のように口をぱくぱくさせながら大きな目玉をぎょろつかせ、それからたたきつけるように喋る。近藤が何か質問を向けると、「きっ、きみはどう思うかね」といちいち訊き返され、夢中で話し込むうちにすっかり日が暮れていた。

その後、大杉から葉書が届いて、「平民講演会」の集まりに誘われた。新聞を出しても出しても発禁を食らい押収される中、かわりにそうした例会を充実させて新入会者を増やそうとしているところだった。

今は亡き渡辺政太郎と出会ったのはその頃だ。後に大杉と野枝を引き合わせたのも彼だったそうだが、職業は子ども相手の一銭床屋だというのに髪も髭も伸び放題に伸ばし、木綿のよれよれの着物と袴、こよりの羽織紐をつけたその親爺《おやじ》を見た時はてっきり、たったいま監獄から出てきたばかりに違いないと思った。集まりが終わると渡辺は、風呂敷包みから『微光』と題した小さな農民啓蒙新聞を出して皆に配り、新顔の近藤に前歯の抜けた笑顔を向けて、自分のところでも研究会をやっているからぜひおいでと誘ってくれた。

古書店の二階に間借りしている渡辺の部屋で、研究会はほそぼそとひらかれていた。行くと、渡辺の妻の八代《やよ》が心安く迎えてくれた。その後、転居した先はとんでもなく狭い三角形の部屋で、皆からそのまま〈三角二階〉と呼ばれていた。それらの日々を通して知り合ったのが久板卯之助であり、和田久太郎であり、望月桂《かつら》、水沼辰夫、中村還一といった今でも行動を共にしている面々だ。

「渡辺さんはな、面白いお人やぞ」

近藤が同じ兵庫出身と知ると、和田久太郎は集まりの後、郷里の言葉で親しげに話しかけてきた。久さんとか和田久と呼ばれているようだが、いちばん強烈なあだ名は〈ズボ久〉。生来のズボラからつけられたものらしい。

「〈鳥目《とりめ》の尾行〉いう有名な話があってな。聞きたいやろ」

「あんたが言いたいんやろが」

なんでも、渡辺政太郎がある晩、郊外の友人宅を訪ねた帰りに真っ暗な畑を横切ろうとすると、後ろで尾行巡査が情けなく騒ぐ声がする。引き返して訊けば、じつは鳥目で歩けないと白状するので、仕方なく明るいところまで手を引いて戻ってやり、どうか上には告げ口しないでくれという願いも聞いてやった。それがありがたかったのか、尾行はのちに渡辺の妻の病気見舞いにわざわざ林檎《りんご》を持ってきたらしい。最初のうち丁重に断っていた渡辺だが、尾行があまりにもしつこく言うのでとうとう怒りだし、〈君たちから物をもらういわれはない。考えてみろ！〉と、林檎の袋をつかんで投げつけたという。

「手ぇ引いたったんも渡辺さんらしいし、投げつけたんも渡辺さんらしいわ」

そういうお人や、と、和田は丸眼鏡の奥で目尻に皺を寄せた。

それからしばらく後、集まりのあと遅くなったので近藤だけ泊めてもらったことがある。貧乏所帯に客用の布団などあるわけがない。まだ春も浅く寒い頃で、どうしたものかと弱っていると、渡辺が言った。

「僕と一緒に寝よう。さしちがえて寝れば温かいよ」

そうして布団をかぶると、大丈夫か、寒くないか、と何度も訊きながら、風呂敷でくるんだ近藤の足を抱いて寝てくれた。

あの時のことは忘れない。忘れられない。思想の面で強く導いてくれたのは大杉栄や荒畑寒村だったけれども、社会主義運動というものには命を賭して余りあるほどの価値があると、本当の意味で信じさせてくれたのは渡辺政太郎の持つ情愛だった。自分にとって大杉栄が思想的な父であるとすれば、育んだ母は間違いなく〈渡辺の小父《おじ》さん〉その人だった。

誰彼に紹介されるまま、様々な集まりに顔を出した。知り合った仲間らとそのつど飲みに行ったり、花見に出かけたり、しつこい尾行をまくために成り行きで一緒に逃げ回ったりなどしているうちに、いつのまにやら近藤自身も皆から〈同志〉と呼ばれるようになっていった。

そんな矢先に起こったのが、あの「日蔭茶屋」での馬鹿ばかしい刃傷沙汰だったのだ。〈自由恋愛〉を標榜する大杉の、はっきり言って自業自得としか思えない事件だったが、これで彼もおとなしく保子夫人のもとへ戻るだろうというおおかたの予想を裏切り、四角関係の勝者となったのは伊藤野枝で、近藤が初めて彼女と会ったのも大杉の見舞いに逗子の病院へ行った時のことだった。

のちに「菊富士ホテル」で再会した際、野枝はひどく恐縮して言った。

「あの時は、ほんとうにすみませんでした。雑誌の肩書きのある名刺を頂いたもので、てっきりまた取材に押しかけてきた人かと思ってしまって……」

せっかく見舞った近藤を、ろくに話も聞かず、けんもほろろに追い返したことを言っているのだった。

あれからもう三年以上経つが、今でも何かの話の流れでそんな話題になると、あの時はほんとうに……と謝られる。人を人とも思わぬように見えて、意外と気にしやすいところが野枝にはあるようだった。

居候三杯目にはそっと出し、などという。

それでいくと、居候が何杯目でも堂々と空の茶碗を突き出せるのがこの家で、大杉不在の間も、近藤のほかに〈ご隠居〉こと村木源次郎、〈キリスト〉久板卯之助、〈ズボ久〉の和田久太郎、そして中村還一と延島英一が、一つ屋根の下で寝食を共にしながらそれぞれに活動していた。

〈き、君のは、満腹どころか満喉だね〉

大杉はよく、大食らいの近藤をからかって言ったものだ。

以前に比べれば大杉と野枝の原稿は徐々に売れ始めていたが、抱える人数が多いだけに経済は変わらず火の車で、そういつも米が買えるわけではない。それでも野枝は、雑穀やら芋やら野菜やらを上手に使い、飯時を狙って立ち寄る同志の誰にでも食わせてやるのだった。

「何せ、女中が居候を置けるくらいだからなあ」

苦笑まじりに言ったのは村木だ。前に一時期いた若い女中が、自分の部屋に友達を連れてきて幾日か面倒を見ていたのだった。

「俺たち居候としては、万事細やかに気のつくような奥方じゃあ、かえって尻の座りが悪いってもんだ。なあ近藤、きみだって、野枝さんがあんなふうじゃなかったら毎日腹いっぱい食って寝ることはできまいよ」

村木などは居候というよりすでに家族のようなものだろうが、言わんとする意味はわかる。野枝のああした気性は、男たちにとって何より気が楽なのだ。

細かいことに頓着《とんじやく》しないのは大杉も同じと言える。金は茶簞笥《ちやだんす》の引き出しに入れてあり、必要な者がそのつど自由に出して遣うといった按配《あんばい》だったが、私欲に流されたり無駄遣いをしたりといった者は一人もいなかった。人間の多くは、信頼されれば応えようとするものだ。たまにそこから外れる者のことは知らぬ。

そんなわけで、多くの同志たちが日々、それぞれに付けられた尾行を気にしながらも出入りしていた。しかし主のいない家の中はやはり火が消えたようで、晩飯の後、囲炉裏を囲む顔は明るいとは言いがたかった。

「このごろ、よく思い出すんだけれどね」

ある晩、腕の中のエマをそっと揺すりながら、野枝は言った。

「私の生まれた村では、古くから組合があったの」

「組合？　何のための」

と、和田が訊く。

「そうね……生活の、とでも言えばいいかしら。町の端っこからだいたい十軒か十五軒くらいずつ区切られて一つの組合が構成されていて、でも必要のない時はまったく解体してるの。規約もなければ役員もいない、あるのはただ、遠いご先祖さまの時代から続く『困った時は助け合う』っていう精神だけ。あなたたちの生まれた村にはそういうのはなかった？」

和田は記憶を探るように煤《すす》けた天井を見上げた。

「どうだろう、俺はまだガキの頃に村を出てしまったからなあ」

覚えていなくとも無理はない。生家のあまりの貧しさに、十一、二の頃には大阪北浜の株屋へ丁稚《でっち》奉公に出たと聞いている。

「僕のところには似たようなものがあったな。寄り合いみたいな形で」

近藤が言うと、野枝は頷いた。

「組合は、その結びつきが強固になったものだと思ってくれればいいわ。どの家かに問題が持ちあがれば、みんなすぐに駆けつけて相談する。誰も遠慮なんかしない。自分の考えを言うのに、他人の思惑をはかって臆病になるようなおかしな空気はまったくないの。村長だろうが日雇いの人夫だろうが、べつだん威張りもしないし卑下もしない。そりゃ家柄のいい人や年長者は敬われるけど、それが相談の邪魔になることはないのよ」

「いや、しかし、結論はどのようにして導き出されるのですか」

と、これは久板だ。京都木屋町《きやまち》生まれの彼には、僻地《へきち》の村の習慣は想像しにくいものらしい。

「結論も、もちろんみんなで話し合って決めるんですよ」野枝は言った。「持ちあがる問題もたいていは目に見えるものだから、みんなの知恵や意見が出されれば結論はひとりでにまとまっていくし、どうかして意見がまちまちになったとしたら、みんな幾日でも幾晩でも熱心に集まってとことん話し合うんです。ある家に病人が出たら、みんなで手分けしてお医者を呼びに走ったり、必要な使い走りをしたり、かわるがわる看病したり、何日でも熱心に務めるし、いざ亡くなったなら十里も離れた親戚へ報せに出かけたり、お葬式に必要な一切合切は組合で処理するし……。子どもが生まれるとか、夫婦が深刻な仲違《なかたが》いをしたとか、どんな場面でも必ず組合が助けてくれるんです」

「だけど、中には嫌われている家だってあるんじゃないか？」

「ええ、あるわ」野枝が村木を見やる。「そういう家の手伝いをする時は、みんな陰口もきくし不平を言ったりもする。でも、だからって手伝うべき仕事を粗末にするようなことは絶対にないの。その家の者に対して持つ感情と、組合としてしなくちゃいけない仕事とは、ちゃんと別物として分けて考える」

「金銭面の勘定は？」

「会計事務の人なんていないけど、みんなで扱ったお金は出入りをきっちり確認して、きれいに始末をつけるわね。たとえば年に何回かは懇親会のようなものがあるんだけれど、思いのほか酒代がかさんで、予定のお金で足りなくなったとしても、誰が沢山お酒を飲んだとか飲まないとか、そんなことは不公平の種にはならない。飲む人は御馳走をそんなに食べないし、飲まない人はどんどん食べるでしょ。だったら同じだろうっていうことで、それも組合のみんなで等分に出し合うの」

「いや、しかし、組合の意思とは外れたことをしでかせば、村八分のようなことが起きたりしませんか」

「ええ、確かによほどのことがあればそうなりますね。でも、いきなり仲間はずれってことはあり得ません。みんなでその人をたしなめて、したことがひどい時にはさんざん油を絞ってやって、今度またこういうことがあったら組合から外すぞ、と言い含めるんです。言われたほうにとってみたら、それが現実になった時は生まれ故郷を離れるしかないほどの大ごとですから、さすがに身を慎みます。そんなふうに、たいていのことは組合の中で収めてしまうから、はっきり言って駐在所も巡査も要らないんです。むしろ、みんな警察には秘密にしますね」

「え、なぜです？」

「面倒ごとはまっぴらですもの。村の全員が知っていることであっても、巡査の耳には絶対に入らないように気をつけます。たとえ巡査が人間的にとてもいい人で、ふだんどんなに親しくしていたとしても、村人の上に罪が来るような事柄は決して喋りません。軽々しく喋ったりする者は、それこそたちまち村じゅうから警戒されるでしょうね」

和田が、うーんと唸った。

「つまり、お互いがお互いの監視役ってことになるわけか」

「そういうふうにも言えるかもしれないけど、どれも全部、押しつけられて不承不承《ふしようぶしよう》にしているわけじゃないのよ。自分がするべきことを怠ったら、他の人たちに申し訳ないっていう良心に従って動くだけ。だから、上からの命令も監督も必要ないの。駐在所どころか、村役場だって必要ないかもしれない。行政と、組合による自治とはまるで別物になっていて、役場なんかせいぜい税金とか戸籍とか学校のこととか……あくまでも事務的な業務を司《つかさど》るところ、という印象をみんなが持っていたわね」

「なるほどな。理想的な共同体のように聞こえるけど」

　近藤が言うと、野枝はちょっと複雑な笑いを浮かべた。

「昔は私、それが嫌でたまらなかったのよ。それこそ監視されているみたいで、窮屈で、息苦しくて。村を一旦出ていった人までがなんだってわざわざ自由を手放して戻ってくるのか、ぜんぜん理解できなかった。あそこにいる限り成功の機会なんて永遠にめぐってこないのに、それが不思議でたまらなかった」

「過去形なんだな。今は違うの？」

「そうね……こうして自分が長く外へ出て暮らしてみて、ようやくわかった気がするの。組合のある村の生活に馴染んだ者には、都会の利己的な生活が冷たく思えて耐えられないのよ。たとえ貧乏でも活気がなくても、お互いに助け合って、生きるための心配をせずに暮らしていける村のほうが、はるかに温かくて住み心地がいいって思うからなのね」

「戻りたいと思う？」

重ねて訊くと、彼女はきっぱりと首を横に振った。

「私は――自分が戻るよりも、あの組合を再現したいのかもしれないわ。この国の、いたるところで」

男たちが、しん、となった。こういう時たいてい何かひとこと言いたがる和田でさえ、軽々しく言葉を返せないようだった。

誰かの演説や書物に感化されて目覚めた自分たちとは根本的に違っているのだと近藤は思った。野枝のそれは、いわば天然の思想だ。頭で描いた主義主張とは縁のないところで、ただ必要のために生じてきたひとつの真理。小さな村の共同体の中で育った彼女こそはある意味、社会主義の理想的なありようを、同志の誰より正確に、身体で知っているのかもしれなかった。

世の多くの人々は、大杉栄を無鉄砲だと思っている。

近藤の見る大杉はそうではない。何をするにも計画は細心にして緻密、ただし、いざ心を決めたら算盤《そろばん》を捨てて立ちあがる。計画と実行の間が人より短いだけだ。

ああ見えて貴族趣味のところがあり、煙草は葉巻、パイプ、煙管《キセル》、何でも嗜《たしな》むが、酒はほとんど飲めない。奈良漬け一切れでぼうっとなるところは近藤自身とも似ている。料理は手の込んだものを好むけれども、女房の作る、何とも名付けようのない炒め物や汁物なども文句を言わずに食べる。実際、野枝の料理は、見栄えこそ最悪だがたいそう旨いのだ。

薩摩絣《さつまがすり》の筒袖に冬はオーバーを着込み、きっちりなでつけた頭に中山帽《ちゅうやまぼう》やトルコ帽などかぶり、逆に夏は洗いざらした木綿の着物を尻っ端折りして毛脛を剝き出し、下駄履きでのし歩く。それがまた様になっているのが憎い。

そうした伊達男《だておとこ》ぶりからすると女房のほうは肌の色も浅黒く決して美人ではないのだが、大杉は、買い物であれ散歩であれ浅草オペラの楽屋であれ、自分の行くところどこへでも野枝を連れ回し、彼女の行くところどこへでも平気でついてゆく。前妻の保子にも同じようにしていたらしいから、要するにそれが大杉流の女との付き合い方なのかもしれない。

さんざん吃り、つっかえて、ようやく口から迸《ほとばし》り出てくる言葉に嘘のないところが、近藤は好きだった。本人は率直の極みであるのに、ひとのことでは入り組んだ事情にも真摯《しんし》に耳を傾ける懐の深さがある。ぶっきらぼうで強情なくせに神経は細やか、傲慢そうに見えてその陰にははにかみがあり、暴れん坊でありながら寂しがり屋の一面を持ち、ひょうきんで子ども好きのいっぽう書物だけに囲まれた静かな生活を愛する。そういった正反対のものをたくさん身の裡に抱えているのが大杉という男だった。

そんな彼のためなら命さえ懸けるほどの味方も多くいるが、敵もまた多い。もちろん譲ることのできない思想による敵もあろうけれども、

（――自分はどう頑張っても大杉栄にはなれぬ）

そう思い知った男たちの憧れがふとしたきっかけで裏返る瞬間もあるのではないか。それほどに、大杉のカリスマは一種不吉なほど際立っていた。

懸念を裏付けるかのように、大杉不在の間にある事件が起こった。多くの同志たちにとって親のような存在だった渡辺政太郎が病にたおれて亡くなった後、「北風会」と名付けられた集まりは有吉三吉の家で行われていた大杉らの「労働運動研究会」と合同し、その後「東京労働運動同盟会（労運同盟会）」と改称して続けられていたのだが、その有吉にスパイの嫌疑がかけられたのだ。

疑いそのものはかねてから一部の同志の中にあったものの、はっきりさせてみせたのは和田久太郎だった。

ある日、魔子を乳母車に乗せた和田は有吉の家へ行き、大阪の同志たちに読ませてやりたいからと、官憲の目から隠して預けておいた大杉の発禁書『労働運動の哲学』を受け取った。訊かれるままに今夜八時の汽車で行くと告げ、本の束を乳母車に積んで帰ってきたのだが、はたしてその晩八時、大きな風呂敷包みをしょって東京駅へ行くと、たちまち拘引されて日比谷警察署へ連れて行かれた。押し問答の末に無理やり開けられた包みの中には、煎餅布団と汚い褌《ふんどし》が詰めこんであるだけで、和田はそれ見たことかと笑って帰宅したというわけだ。

真実を追及せんとする者たちとの間で話はこじれ、新年早々開かれた労運同盟会の席上、逆上した有吉は同志の中村還一を刃物で刺すという凶行に及んだ。

幸い中村の傷は浅かったものの、労運同盟会は和田をはじめとする会員ら八名連名の文書をもって各地の同志に通知し、有吉との関係を断った。

有吉三吉、
右の者は諸種の事実に依り、
明かに或る筋の間諜《かんちょう》なりと認む。

後からふり返れば、思い当たる事実が山ほどあるのだった。ことごとく時機を狙っていたかのような印刷物の押収。例会や演説会のたびに先回りしている警察。

「信じたくなかったけど、こうぱったりと止むんじゃ、ね……」

野枝が嘆くとおり、あれもこれもみな有吉の内通あってのことだったのを証明するように、しばらくは官憲の介入が大幅に減った。

かつては確かに仲間であったはずの有吉が、いったい何を思って寝返ったのか、誰もほんとうのところは聞いていない。本人は黙したままだ。

「裏切り者の言い訳なんぞ聞きたくもないね。耳が腐る」

和田は言い捨てた。


大正九年三月二十三日、大杉は、三カ月の刑期を満了して出獄した。朝も早い豊多摩監獄の門前に、子どもを連れた野枝はもちろん、村木、近藤ら同志二十数名が顔を揃え、革命歌で出迎えた。

ぼうぼうに伸びた顎鬚は、赤ん坊のエマばかりか魔子にまで嫌われたようだ。泣かれて往生していたものの、本人はとにもかくにも元気そうで、市電に乗って駒込曙町の自宅へ戻り、そこからしばらくはまた出獄祝いの小宴や、世話になった人々への表敬訪問などが続いた。

「こ、今度の監獄生活は、なかなか具合が良かったんです。肺の患いも出なかったし、食欲もあったし、おかげでいくらか太ったようですよ」

そんな報告を聞くと、同志の馬場孤蝶などはおかしそうに笑いだした。

「ほほう。官憲が君に健康を与えるとは、そいつはまったくけしからん話だね」

「そうは言っても、さすがに俺も年を取ったもんだと思いました。豊多摩の寒さが、何しろ身にこたえましてね。独房でも、か、身体を温めるのに体操ばかりしていなけりゃならなかったのには弱りましたよ」

大杉が自ら年齢のことを口にするのを聞くのはそれが初めてで、近藤は思わず彼の顔を見た。この人でも気弱になるのかと思った。大杉の隣には野枝が立っている。おそらく同じことを考えていたのだろう、それまで如才なく微笑んでいた彼女は、近藤と目が合うなり気遣わしげな真顔になった。

大杉の静養と、二人に増えた子育て、何より落ちついて執筆に専念できる環境を求めて、一家はほどなく鎌倉の広い家に引っ越した。居候たちはとりあえずばらばらになって居所を探したが、村木源次郎だけは家族と一緒に移った。そもそも村木が出かけて行って、秘密裡《り》に借りる手筈を付けてきた家だったのだ。

どこにでも陰口をききたがる奴はいる。

「村木のやつ、金魚のフンかよ」

彼らと長年行動を共にしてきた者であれば考えつきもしないようなことを、最近になって例会に加わり始めた連中ほど偉そうに言いたがる。

「デモにも、演説会もらいにもろくに参加しない。文章すら書きゃしない。身体が弱いからって、あれじゃほとんど大杉家の家政婦じゃないか」

同じ男としてどうなのだという苛立ちのほかに、いつも大杉の影のように添っている村木に対して屈折した嫉妬があるらしい。このぶんでは自分だって、居ないところで何を言われているかわからないと近藤は思った。

引っ越したとはいえ、大杉は事あるごとに鎌倉から出てくる。そのたびに、尾行巡査二人がそれこそ金魚のフンよろしくついてくる。

五月二日、その日は初めて労働者たちがこぞって参加するメーデーだった。前日のうちに意気揚々と上京してきた大杉は、服部浜次の家に泊まってまで備えたというのに、翌朝になって上野の会場へ向かおうとしたところをいきなり検束されてしまった。発起人である水沼辰夫までも同じく検束されて参加できなかった。

何とも残念な話だが、成果がなかったわけではない。幸徳秋水の遺志により保管されていた印税、その一部が使われるかたちで実現した上野公園での会合には、労働者約二千人が集結し、失業防止策や最低賃金法制定の要求などを決議した。解散後の隊列がはからずもデモ行進となり、あちこちで警官隊と衝突したがために多くの検束者を出したものの、これまでばらばらだった各組合が連合し、東京の労働組合の大部分を含む「労働組合同盟会」が組織されるきっかけとなったのだ。

そうした波に乗ってか、五月末に大杉と野枝の共著として出版された『乞食の名誉』は最初から好調な売れ行きで、そうなるとたちまち、機を見るに敏な別の出版社からも「ぜひ原稿を」と声がかかるようになった。

もしかしたら、と近藤は思った。

今まさにこの国で、これまでにないほど大きな社会運動のうねりが起きようとしているのではないか。自分たちの思想と運動が広がっている実感がある。これが全国へ波及して労働者一人ひとりが真に目覚めていったなら、ほんとうに日本でもロシアのような革命が起こるかもしれない。夢ではない、きっとそう遠いことではない、初めて確かな手応えを感じる。

同じうねりを、官憲もむろん感じ取っているのだろう、締め付けがいよいよきつくなってきた。それも道理、奴らからしてみればまさしく国家の危機だ。常々、大杉をアナキストの先鋒として目の敵にし、排除すべく躍起になっている警視庁の正力松太郎をはじめ、犬どもがそろいもそろって顔を真っ赤にしている様が目に浮かぶ。

しかし大杉はいつもと変わらず呑気だった。

「こ、この間、エマを松枝のところへ養女に出したんだ」

松枝というのは大杉と八歳離れた三番目の妹で、子ができないのでぜひにと請われたという。

「野枝さんは承知したんですか」

「そりゃ思うところはあったろうが、自分はまた産めるからと言ってくれてね。ありがたかったよ」

聞けば野枝の腹の中には、この暑い夏の盛りに、なんとすでに次の子が育っていると言う。

「それがね、き、聞いてくれるか。向こうへやったとたんに、エマという名前がどうもいかんということになって、〈幸子《さちこ》〉に改名されてしまったんだよ。信じられるかね、エマがよりによって〈幸子〉だぜ。こ、これには野枝も、かっ、かっ、かんかんだったな。次がもし女だったらもう一度エマにするんだって息巻いてる」

反対するでもなく、大杉はそう言ってイッヒヒ、と笑った。

誰が見ても夫婦仲はいい。あきれるほどつまらないことで喧嘩もするが、いつのまにやら仲直りをしてまた笑い合っている。それにしたって、女房がしょっちゅう腹ボテか、そうでなければ乳飲み子を抱えているかのどちらかなのには恐れ入る。よほどあちらの相性がいいのだろうか。

大杉がなぜ三人の女たちの中から野枝を選んだかについて、近藤は心の裡で長らく疑問に思っていた。何しろいくら間近に野枝を見ていても、女として魅力を感じた例しがないのだ。大杉はいったい、この小柄で色黒でお世辞にも身ぎれいとは言えない女のどこに惹かれたのか。賢い年上の妻には愛想を尽かされ、エキセントリックに過ぎる一方の愛人には刺され、残ったもう一方がたまたま、たいして何も考えぬままそばにいる彼女だったというだけではないか。そんな穿った見方をしていたこともあった。

しかし、〈同志〉としてそれなりに長く接した今ではようやくわかってきた気がする。堀保子ではないのだ。神近市子でも駄目だ。ここにいるべきはどうしても野枝でなければならなかった。大杉は、三人の女から選んだのではなく、すべての女性の中から共に闘える異性の同志、文字通りの〈伴侶〉として、伊藤野枝を選び取ったのではなかったか。

傍からは呑気に見えるが、見えるだけかもしれない、と近藤は思った。

男には、二種類いる。身の危険を感じる時にまったく女を抱く気になれない者と、追いつめられれば追いつめられるほど自らの命の痕跡を残そうとするかのように欲求が高まる者と。

近藤の見る限り、大杉はまぎれもなく後者だった。

ロシア革命が起きたのが一九一七年——それから三年がたち、日本でもようやく社会主義同盟の創立準備が始まって間もない、大正九年八月のことだ。

朝鮮の同志が、ひそかに連絡に来た。この秋に上海《シャンハイ》で極東社会主義者の集まりを開くので、日本からも参加するようにという誘いである。最初は堺利彦や山川均のもとに持ち込まれたのだが、彼らはすでに共産主義に傾きかけていたこともあって、大杉のところへ話が回ってきたのだった。

こうなったら行かぬわけがない。約束の十月、近藤が外の尾行らの注意を引いている隙に鎌倉の家を抜け出した大杉は、まんまと上海に渡った。まさしく〈一犯一語〉、投獄されるたび独学ながら外国語を身につけてきた甲斐あって、言葉の苦労はしないで済む。しかし、ふたを開けてみれば会議そのものはロシア主導で、極東に赤化《せっか》の拠点を作るという意図のもとに開かれたものだった。大杉はその申し出をきっぱり断ったが、これをきっかけに他国との間に情報交換の糸口を作ることができたのは収穫と言えた。

いっぽう日本では、そうして大杉が足かけふた月ほども行方知れずになっている間に様々なデマが飛び交っていた。原稿を書くため信州の温泉に籠もっているのだとか、いや信州ではなくて上州だとか、いや日本にはおらずシベリアへ渡ったのだとか、あげくの果てにはいったい何を根拠にか、ロシアから時価十五万円のプラチナの延べ棒を持って帰って十二万円で売りさばこうとしているなどという噂までが流れた。

「延べ棒？　延べ棒って何だ？　しかも、どうしてわざわざ安く売る？　何がどうなってそんな話になったものやら、さっぱりわけがわからん」

新聞の見出しを見て近藤が茫然と呟くと、村木が皮肉っぽく笑った。

「要するに、今や噂が噂を呼ぶほど目立つ存在になったってことだろうよ。良くも、悪くもな」

たしかに、大杉の本はかつてなく評判を呼んでいる。野枝との共著『乞食の名誉』の売れ行きは相変わらず順調で、留守中に出版された『クロポトキン研究』も版を重ね、雑誌『新小説』や『改造』に連載中のファーブルの『昆虫記』からの翻訳などもよく読まれている。もはや売れっ子と呼んで差し支えないだろう。

世の中、そう短期間に変わるものではない。それでもやはり確実に風は吹いてきている、と近藤は武者震いした。わずか数年前までは、労働者たちの中に団結などという概念はなかったし、社会主義の何たるかも知られていなかったのに、今ではどうだ。東京だけでもメーデーにああして二千人規模の民衆が集まり、政府や支配階級に対する不満をはっきり言葉にするようになったではないか。

翌大正十年五月一日のメーデーは、朝からよく晴れた。『労働運動』刊行の拠点である「労働運動社」は例によって警官に包囲されたが、昨年の一件から教訓を得た近藤らは前日のうちにそっと姿をくらまし、当日、会場となる芝浦埋立地へ向かった。

しかし現地に行ってみると警察が知った顔を片端から問答無用で検束しており、とても物騒で入れない。ちょうど行き合った同志の一人と、港付近で海苔舟を雇い、運河沿いに裏から埋立地へ乗り込んだ。

参加者の人数は昨年よりなおふくれあがっている。懐に携えてきた黒布の社旗を棒の先につけて掲げ、芝浦から上野公園までの行進に参加して、ともに革命歌を歌いながら歩く。

途中の日比谷付近では、これも黒地に真紅で「RW」と縫いつけた畳半分より大きな旗を掲げる婦女子たちが、思い詰めた顔で行進の列に飛び込んできた。二十人ばかりいるだろうか、婦人のみで結成されて間もない「赤瀾会《せきらんかい》」の会員たちだ。

九津見《くつみ》房子、仲宗根貞代、それに堺利彦の娘・堺真柄《まがら》の紅潮した顔も見える。赤瀾すなわちレッド・ウェイブの名は、社会主義の流れにせめて小さなさざ波を起こしたいとの意味合いでつけられたものだ。山川菊栄などとともに顧問に名を連ねている野枝は、今日は顔を出していなかった。ふた月前に三女のエマを出産したばかりの身では、さすがに無茶もできまい。

女性軍を加えてますます気勢の上がったデモ隊が、思い思いに旗や上着を振り回しながらどよめき叫ぶ。革命歌がなおさら高らかに歌われる。

と、とつぜん隊列のあちこちに警官隊が割り込み、騎馬巡査が気の立った馬を乗り入れてきてサーベルを振り上げた。たちまち列が乱れ、阿鼻叫喚の騒ぎになる。

揉み合いながら近藤は、

「密集しろ、密集！」声を限りに怒鳴った。「離れるな、旗を守れ、突撃しろ！」

「そいつの旗を奪い取れー！」騎馬警官が頭上で叫ぶ。「戦闘分子を引っこ抜け！　女子軍を捕らえろォ！」

人の波が渦を巻き、警官隊と激突する。頭に血がのぼって「抜剣！」と叫ぶ巡査を、慌てた監察官が制止して押さえ込む。闘いは敵味方入り乱れてますます白熱化し、上野山下あたりではついに婦人たちが検束された。「RW」の黒赤の旗が地面に落ちて踏みしだかれた。抵抗する婦女子の髪をつかみ着物の袖もちぎれる勢いで引きずっていこうとする警官に対し、群衆は怒りの声をあげた。

それらの顚末は写真付きで新聞に載ったが、近藤自身が記事を目にしたのは何日も経ってからのことだ。自分もまた検束され、錦町署へ連行されていた。槍《やり》の付いた旗竿《はたざお》をふるって巡査の目を突いた、とまったくでたらめな言いがかりをつけられたためだった。

「ふざけるな！　それが本当だと言うなら、その巡査と槍を証拠にここへ持って来い！」

いくら言っても司法主任は、無駄な抵抗をするな、観念して白状しろと粘る。護送車で市ヶ谷へ送られ、さらなる取り調べを受けた末に、なんとか傷害罪こそ免れたはよかったが、これまたまったく身に覚えのないビラ撒《ま》きの罪をでっち上げられてしまった。

重たい梅雨空の垂れ込める六月、近藤はとうとう有罪の判決を受け、秋までの三カ月を東京監獄で過ごすこととなった。生まれて初めての禁固刑だった。

入ってみると、中には知り合いの同志がちらほらいた。入浴中やあるいは檻越しに言葉を交わすだけでも看守に見とがめられ、こんな奴らを互いの近くに置いてはおけぬと次々に独房を移されて、最終的に落ちついたのは二階にある四監の第二十三房だった。

「ここは曰《いわ》く付きの部屋でな」

太った汗かきの看守が余計なことを教えてよこす。

「あの幸徳秋水がぶち込まれてたのさ。ああそうとも、大逆事件で死刑になる直前までな。貴様らにとっちゃあ大親分みたいなもんだろう。どうだ、嬉しいか」

看守の笑い声に、近藤はうなじの産毛が逆立つのを感じた。それまではどうせ三カ月のことと呑気に構えていたのが、ふいに四方から灰色の壁が迫ってきて押しつぶされるような心地がした。自分のごとき小物は滅多なこともなかろうが、大杉クラスの主義者が一旦捕まれば、命の保証はないかもしれない。まさかとは思うが、ここは誰の目も届かない無法地帯にもなり得る。

のちにわかったことだが、四監はことごとく未決囚の独房で、近藤のような既決囚は例外中の例外だった。禁固刑のため作業がなかったので、日がな一日おとなしく本を読んで暮らした。大杉が〈一犯一語〉と豪語するのもむべなるかな、時間だけはたっぷりとあるのだった。

鉄格子の外は、やがて夏になった。二階だけに蚊の害はいくらかましだが、南京虫には悩まされる。全身の痒みに気が散って本を読むこともできずにいたある日、監房の扉がガチャガチャとうるさい音をたてて開いた。

「典獄《てんごく》面会だ」

典獄とは、この監獄全体の所長をいう。通常の面会は立ったままの短いものだが、典獄面会は小綺麗な部屋に通され、座って話すこともできる。

しかし誰が会いに来たというのだろう。弁護士の山崎今朝弥だろうか。今さら会って刑期が縮まるとも思えない。

不審に思いながらも典獄室へ行くと、そこにいたのは藍色の浴衣姿も涼しげな野枝だった。めずらしく、比較的きれいに髪を結い上げている。

「お前に重要な話があるそうだ。ここで伺ったらいいだろう」

痩せた典獄は言った。

「重要な、とは？」

もしや郷里丹波《たんば》の両親に何かあったのではと思ったが、それにしては野枝がにこにこしている。

「元気そうでよかったわ」彼女は言った。「じつは、あのう……ちょっと困ったことが持ちあがったんですよ。近藤さん宛てに、簡閲点呼《かんえつてんこ》の通知が来たんです」

はは あ、とすぐに読めた。予備役、後備役の下士官兵や、軍隊経験のない補充兵が集められて指導を受ける簡閲点呼は義務となっており、やむを得ず欠席するなら相応の届けを提出しなくてはならない。おそらく野枝は、少しでも長く面会できるようにと、それにかこつけて慰問に来てくれたに違いない。

「それは弱ったなあ」近藤はすかさず調子を合わせた。「どうしたもんかな。一週間ばかりここから出してもらって、故郷《くに》へ帰ってきますか」

半分はわざと聞かせるように言うと、机に向かって何か書き付けていた典獄は、うつむいたまま苦笑いをもらした。いくらかは冗談の通じる男であるらしい。

「さすがに出してやるわけにはいかんが、なに、造作もないことだ。すぐに在監証明書を用意させよう」

「まあ、ありがとうございます。助かりますわ」

野枝が頭を下げる。

これではあっという間に話が終わってしまう、と思ったところへ、彼女は抱えていた風呂敷包みを解き、取り出した箱を典獄の机に載せた。見れば、旨そうな紅白の餅菓子がみっちり詰められている。

近藤は生唾を飲み下した。初めて、自分が甘味に飢えていたことに気づかされる。

「勝手を言ってすみませんけど、もう少しの間だけ、かまいませんでしょう？」片手でぱたぱたと顔を扇《あお》ぎながら野枝が言う。「暑い中、せっかくこんなに重たいのを持ってきたんですもの。一緒に食べながらお話ししましょうよ。所長さんは、お国はどちらですの？」

日に灼けた子どものような邪気のない笑顔に、典獄もつい釣り込まれたらしい。ふむ、と唸ると、近藤に向かって言った。

「せっかくだ。食べていくといい。そうだな、私もありがたく頂こうか」

二人に椅子を勧め、小使いを呼びつけて冷たい麦茶まで運んで来させた。たいした好待遇だ。

こんな具合に人をうまいこと乗せるだけの技術を、いったいどのようにして身につけたのだろう。大杉や同志たちが監獄にぶち込まれるたびに面会を重ねるうち、場慣れしたのだろうか。今も、典獄に向かって家族のことなど訊きながら、相槌《あいづち》を打っては笑い声をたてている。おかげでこちらはゆっくりと餅菓子の甘さを味わうことができる。

浴衣は新しく縫ったのか、まだ見たことのないものだった。白地に藍色のよろけ縞に添って、桔梗《ききょう》や萩《はぎ》などの秋草が儚《はかな》く流れる柄ゆきは、小柄で胸や尻の張った野枝を細身に見せている。時によってはむさ苦しく見える彼女が、今日はくっきりとあたりから浮き出すように輝いていて、ちょっと奥まった小さな目はくるくると動く。

近藤は、初めて野枝を美しいと思った。笑うたび目尻に寄る皺を優しいと思った。


ようやく満期放免となって出て来られたのは、まだ暑さの残る九月二十五日のことだ。その足で、鎌倉の大杉宅に身を寄せた。

和田も村木も同居していたが、行動派の和田のほうは東京へ行くことが多く、対して村木はほとんど家にいて、〈ご隠居〉のあだ名にふさわしく買い物や掃除を請け負ったり、縁側で日向ぼっこをしながら煙草を吸ったりしていた。肺が悪いのに煙草なんか吸っていいんですかと言ってやっても、黙って微笑するばかりでちっともやめようとしない。

十月に入ると、ぐっと秋らしくなった。なまった脚を鍛え直すために、近藤は努めて毎日歩きまわった。

あちこちの庭先に柿の木があり、青空に赤い実が照り映えている。しばらく灰色や黒ばかり見てきた目に、自然の鮮やかな色彩は痛いほど眩しく、背中にあたる陽の光がぬくぬくと温かかった。

不思議なほど穏やかな日々が続いていた。家の中には子どもの笑い声が響き、同志たちの声も明るい。縁側で新聞を読んでいると、自分こそがご隠居さんになった気がする。飯のまずい独房に比べれば鎌倉の家は天国のようで、幸徳秋水の気配を肌に感じるあの独房で自分が何を考えていたかなど、うらうらとした陽の光の下ではひどく遠いものに思われ、時間ばかりが過ぎてゆく。

そうこうするうち、風の中に冬の冷たさが混じり始めた。

ある日、近藤が縁側で足の爪を切りながらふと目を上げると、部屋の中の文机に向かっていた村木が、五つ六つと散らばっている尖った石ころのようなものを紙にくるむのが見えた。

ぎょっとなって、どうするんですかそんなもの——と、なぜか訊けなかった。村木は、近藤が見ていることに気づいたはずだが何も言わず、その紙包みを無造作に懐に突っ込んだ。

気にかかる。目の奥に焼きついた残像が消えない。村木を侮る同志たちには想像もつかないだろうが、あの男の肚の据わりようときたら並みではないのだ。

米騒動の前後、大杉と久板と和田が『労働新聞』を出していた頃だが、当時本郷の延島英一宅に住んでいた村木のところに本富士署の特高が押しかけていったことがあった。

〈刷り上がったものをこちらで預かって隠しているだろうというので、探してこいという警視庁からの命令なんですがね〉

身体の具合を悪くして寝ていた村木はゆっくりと起き上がり、

〈ああそう、それはご苦労さま。あいにく預かってないんだが、お役目だろうから一応見ていきますか。さ、どうぞお上がんなさい〉

優しく応対し、自ら押し入れをさらりと開け放ったかと思うと、愛人でもあった延島の母親共々、積んである行李《こうり》やあれやこれやを引っ張りだした。ふらつく病身を押して布団まで下ろそうとした。

〈村木さん、もう、もうよろしい。いやなに、ここに無いことは初めからわかっていたんだが、命令だったものですから〉

特高は恐縮し、どうぞお大事にと言って帰っていった。見送って、村木は元通り、行李やら何やらを積んだ。そのすぐ奥、風呂敷がふわりと掛けてある下には、二千部もの『労働新聞』が隠されていたのだ。

それがもし大杉だったなら、と近藤は想像した。彼なら、特高を頭から怒鳴りつけ、泥棒呼ばわりして追い返しただろう。あるいは和田であれば、勝手にしやがれと言い捨ててケツをまくり、全部没収されているところだ。

その点、村木のあの飄々たる冷静さ……。いったいどこが〈金魚のフン〉か。彼こそは、もしや大杉より過激なのではないか。

数日後の明け方、近藤はついに我慢できず、床を並べて寝ている村木を揺り起こした。

「ねえ。……ねえって、起きて下さいよ」

ぱっと目を開けた村木は、まったく寝ぼけた様子もなく言った。

「どうした。まだ早いだろう」

「市ヶ谷の三カ月で、早起きの癖が付いちまったんです」

村木は苦笑をもらし、寝返りを打つようにして煙草盆を引き寄せた。くわえ煙草の先に火をつけ、燐寸《マッチ》を振って消す。暗がりに煙草の先が、蛍のように赤く点《とも》る。

「で、どうしたんだ」

「いや……まあ、どうしたってわけでもないんですが」

言いよどむ近藤をちらりと見てよこすと、村木は腹ばいの姿勢のまま肩まで布団をかぶった。

「そういえばな、近藤」

自分のほうから話し出す。顔はよく見えないが、愉しげな声だ。

「じつは、きみの留守中にひとつ仕事を思いついた」

「仕事？」

「うん」

「どんな」

「知っての通り、僕はこんな身体だろ。とうていきみたちと一緒に走り回ったりはできないし、荒っぽいことに加わるのも難しい。だけどね、この僕にだって、できることがないわけじゃない」

近藤は、改めて、つい何日か前に見たものを思った。

鈍色《にびいろ》に光る尖った鉛玉。

「──相手は誰です」

切り込むと、村木は動じもせずに答えた。

「原敬」

答えを、知っていた気がした。

「一度、すぐそばまで迫ったことはあったんだ」

「いつ」

「だから、きみが留守の間にさ。新聞に、原が何時何分に東京駅に着くっていう記事が載ってたもんで、行ってみたら本当にすぐそばを奴が通ったんだ。だけど、周りを大勢の制服や私服に囲まれていたし、その日の僕は懐に短刀しか持ってなかった。抜いたはいいが、仕損じたらどうなる。おのれの腕力だって信用ならない。何もできずに捕まるのでは馬鹿ばかしい、やるなら絶対に仕留めなくては、そう思って、その日はこらえて見送ったんだが……いやはや、うまくいかないものだね。それからはいくらピストルを忍ばせて付け回っても、さっぱり近くまで行けやしない。東京駅も歩いたし、屋敷の周りも、役所の中にも入ってみたんだが、どうもね」

夜が明けてきたようだ。うっすらと明るむ部屋に、村木の役者めいた横顔の輪郭が浮かびあがる。

研ぎ澄まされたその表情を、前にも見たことがある気がした。いつだったろうと考え、やがて思い当たった。渡辺政太郎の葬儀の時だ。

粛々と式が進み、いざ納棺となったところで、皆は茫然となった。納めるべき棺《ひつぎ》は小さい座棺なのに、一昼夜も布団に寝かしてあった仏はまっすぐに硬直し、どうやっても手脚を折り曲げることができなかったのだ。

そこへ、黙って歩み出たのが村木だった。彼は渡辺の足もとへ回ると、痩せ細った脚を片方つかんで自分の膝をあてがい、まるで炉にくべる薪《まき》でもへし折るように、ぱきん、ぽきん、と音をたてて折った。続いてもう一方の脚。誰もが思わず顔を背けたものだ。

かつて和田久太郎が、渡辺政太郎の人となりを説明するのに〈鳥目の尾行〉の話をしてくれて、暗がりで尾行の手を引いてやったのも、見舞いの林檎を投げつけて返したのもどちらも渡辺さんらしい、と評したことがある。同じように近藤はこの時、村木の中に激しい二面性を見る思いがした。同志たちの中で最も故人と親交の深かった彼が、ひたすら無言で頬を濡らしながら、これだけの手荒なことをしてのける——それが村木源次郎という男なのだ。

彼がやると言ったら、必ずやるに違いない。止めても無駄だ。

「気をつけて下さいよ」声を殺して言った。「頼むから無茶だけはしないように」

村木は答えなかった。

何日かして、近藤は郷里の丹波へ向かった。どこへ行くにも尾行はついてくるが、三カ月の入獄中さんざん心配をかけた両親に、とにもかくにも無事な顔を見せてやりたかった。

丹波へは京都で一旦乗り換えなくてはならない。駅の売店で新聞を買ったところ、折り込みの号外にでかでかと躍る大見出しを見て、思わず声が出た。

〈原首相、暗殺さる〉

加害者の名前はないが、場所は東京駅とある。村木だ。絶対に村木だ。

人波をかき分けてホームを駆け抜け、公衆電話に飛びつく。わななく指で電話帳をめくり、知り合いの記者がいる新聞社の支局を探し出し、電話口まで呼びつけた。犯人はと訊き、十九歳の若者だと言われたとたん、ふらふらと腰が抜けてしゃがみこんでいた。

やがて鎌倉へ帰った近藤は、村木の姿を見るなり言った。

「どれだけ心配したと思ってるんですか！」

村木はどこか寂しそうに笑った。

「あんな子どもに先を越されちゃったよ」

＊

大杉との間に生まれた三女に、野枝は、もう一度〈エマ〉と名付けた。自分にとって思想の原点であるエマ・ゴールドマンの名前を、どうしても娘に名乗らせたかった。

目が回るほど慌ただしい日々が続いていた。とくに昨秋、大杉が上海へ渡った後からはずっと、息つく暇もない忙しさだ。

彼が久々に帰国した翌日には鎌倉署の警官らが家宅捜索に来たし、年が明けてやっと少しひと息ついたかと思えば、大杉が体調を崩して聖路加《せいるか》病院に入院した。一時は肺結核の急性増悪で死線をさまよい、そばについていた野枝の目にもいよいよもう駄目かと思われたほどだ。エマは、彼の容態がどうやら回復に向かうとともに生まれてきたのだった。

いっぽうでは、「赤瀾会」が結成されていた。この国で初めての、女性による社会主義団体だ。その顧問にと請われて、否やのあろうはずもない。

野枝はしかし、自分の中の変化を意識しないわけにいかなかった。

これがあと三年、いやせめて二年早かったなら、自分はきっと列の先頭に立って、黒地に赤く「RW」の縫い取りのある旗を誇らしげに振り回していただろう。第二回メーデーの行進の際に、上野精養軒の裏手で警官に髪をつかまれ引きずられていたのは自分だったに違いない。

けれど、ちょこまかと走り回る魔子の手を引き、首もまだ据わらないエマを背負って危険な場所へ行くことはできなかった。大阪の米騒動や、神田青年会館での労働連合会大会の時と同じだ。子が柔らかな軛となって、ただ〈前線〉へ出てゆく男たちを見送るしかない。

しかも、そうして守りの態勢でいることが何度か続いてみると、以前は持ち合わせがなかったはずの不安や恐怖心といったものが身体の中に育ってゆくのだった。手の中の幸福が失われることを恐れるなど、昔の自分からは考えられない。いつからこうも臆病になってしまったのか。

自ら行動しない後ろめたさを抱えながら、第二回メーデーの直後、野枝は雑誌『労働運動』に「婦人の反抗」と題する文章を寄せた。官憲のひどい仕打ちに対する抗議であり、女を下に見て押さえつけようとする者たちへの宣戦布告だった。

巡査どもにいわせれば「女のくせによけいなところに出しゃばるからウンとこらしめておかねばくせになる」というにちがいない。……

しかし、若い婦人が群集の面前で、髪を乱し、衣紋《えもん》をくずして巡査に引きずられるという事が、どれほど痛ましい恥辱を与えるであろう?……婦人はいったいに気がせまい上に、社会運動にでもたずさわろうとする人々は非常に物に感じやすい性格の人が多く、かつ、かなり一本調子な強い熱情の持主であり、そして、自分自身ではどれ程ひどい事をでも忍ぶ事が出来ても、他人の上に加えられる無法を傍観している事の出来ないという弱点を持っている。……

為政者等は、婦人に対する侮辱のついでに、この婦人の欠点をもよくその考慮の中に入れておく必要のあることを警告しておく。

「弱点」と言い「欠点」と書きながら逆説的に、お前ら不用意に近寄ると痛い目を見るぞ、と牙をむいてみせたのだ。お上がどれほど女たちを侮り、暴行や侮辱を加えようとも、人間の心の奥底に萌《も》え出した思想の芽をそう簡単につみとってしまえるものではない。

現に、あの日の行進に参加した赤瀾会メンバーの多くは検束されたが、誰一人として怯《ひる》んだ者などいなかった。毅然と顔を上げながら警官に引っぱられてゆく様子が、状況を伝える記事とともに新聞に載った。

そのようにして、事実という事実が闇に葬られることなく、明るい日の下にさらされることが重要なのだ。それぞれの事情でデモにまでは参加できなくとも、日々虐げられ、心の底にやりきれない鬱屈を抱え続けている世の婦人たちにとって、赤瀾会をはじめとする若い世代の行動はきっと力になるに違いない。さざ波はいつか大きな波にもなり得る。

鬱屈はむろん、女性だけのものではない。東京市では過去に例を見ないほど自殺者の数が膨れあがっているといい、その最も多い原因は生活苦だった。不況がますます深刻化し、失業者が増えているのだ。

子どものような暗殺者に斃された原敬のかわりに、〈ダルマ〉とあだ名される高橋是《これ》清《きよ》が首相となったが、大黒柱を失った政府を立て直すのはよほど難しいようで、大杉や同志らはその様子を冷ややかに見ていた。

やがて秋の終わり、一家は鎌倉から逗子へ引っ越した。新しい住まいの前には例によって瞬く間に番小屋ができ、管轄の警察署から来た尾行巡査が詰めた。

おそろしく厳しい冬となったが、それでも海の近くだけあってまだましだったのだろう。東京はひどいもので、正月から凄《すさ》まじい寒波が続き、凍死者が百人近くも出たという。

二月の初め、大杉は、ある記念演説会に参加するため、和田久太郎や岩佐作太郎、近藤憲二らとともに福岡の八幡《やはた》市へ向かった。

八幡製鉄所では二年前、一万数千人の労働者による大規模なストライキが行われ、溶鉱炉の火が落とされて、三百八十本の煙突の煙が消えた。七十万坪の工場の敷地に労働者たちの怒濤の喊声が響いたと伝えられている。ストライキを主導した「日本労友会」そのものは浅原健三ら幹部の投獄によって解散せざるを得なくなったものの、資本家たちに新たな闘いを挑む意気はなお盛んであり、今回、二周年を記念しての演説会が開かれる運びとなり、そこに大杉が呼ばれたというわけだ。

「近藤さん」

出発の日、野枝は、同い年の同志をひそかに呼び止めて頼んだ。

「大杉のこと、どうかよろしくお願いします」

近藤は頷いた。「もちろん」

「本当に、お願いね」

近藤が真顔になる。

野枝は、見つめ返した。本当は自分こそが一緒に行って大杉を守りたいのに、それが叶わない。今頼めるのはこの男しかいない。

「わかった、気をつけるよ」彼は言った。「しかし、どうして俺に?」

「大杉のいちばん近くにいるのは、いつもきっとあなただろうと思うから」

近藤の耳が、ぎゅっと後ろへ引き絞られる。

「任せてくれ」

後になって聞けば、演説会場にはやはり警察が詰めていたそうだが、幸い誰も拘引されずに済んだようだ。八幡の翌日、せっかくここまで来たのだからと今宿の野枝の実家に立ち寄った大杉は、久しぶりにゆっくり海を眺めて一泊し、さらに大阪をまわって逗子の自宅に帰ってきた。大阪での会合では、集まった同志たち全員が懲りない警察の検束にあったが、翌日にはそろって釈放されたという。

「福岡は遠かったが、演説会はやはり参加してよかったよ。あれにはさすがに感動したね」

ムメから託された土産物などを野枝に渡し、大杉はコートや羽織を脱ぎながら興奮気味に話した。

演説会の会場となった市内の映画館は、身動きもできないほどの超満員だったらしい。もと労友会副会長の挨拶を皮切りに、和田や近藤を含む何人もが演壇に立ってはいちいち警察からの中止命令で降壇させられるというくり返しだったが、やがて、あえて客席からの飛び入りのかたちを取ってコートに白いマフラー姿の大杉が壇に上がると、聴衆の歓呼が地鳴りのように湧き起こり、踏みならす靴底が建物を揺らした。警官らは狼狽し阻止しようともしたが、会場の殺気立った空気に阻《はば》まれて、うかつに止めに入ることもかなわない。結局、中止命令を受けながら二十分ほども喋ることができたという。

「どんなことを話したの?」

「うん。何年か前の思い出をね」

「思い出?」

「そう。その当時、き、汽車で八幡を通過した時に、俺は窓から見える何百もの煙突を見て思ったんだ。こ、これだけの煙突の煙を一日でも止めることができたら死んでもいいってね。それが、とうとう実現した。ちょうど、おととし俺が豊多摩の監獄で寒さに震えてた間の出来事だよ。いやはや、隔世の感がある。もしも今、煙突の煙が一日止まったくらいで死んでもいいなんて言う奴がいたら、労働者諸君は笑うだろう。それほどまでに運動は進んだということだ。……とまあ、そんなふうなことを話した。こ、公開の席で二十分も喋ったのは近年にない記録じゃないかな」

野枝の淹れた熱い茶をうまそうに啜った大杉は、膝の上の魔子をあやし、濃い髭の陰で微笑した。

――この際、アナ派もボル派もない。理論闘争が勢力争いになり、互いにいがみ合う時、喜ぶのは誰だ？　権力者ではないのか。被害を受けるのは誰だ？　労働者たちだろう。革命というものは、革命家が百人千人といなくては起こせないものじゃない。革命運動は、議論でなく、イデオロギーでなく、行動だ。皆が力を出し合った共同の行動なのだ。

大阪での集まりで、大杉は皆に演説したそうだ。

その様子を野枝に話して聞かせてくれたのは近藤だった。熱くなればなるだけ激しく吃ったであろう大杉の弁舌を、三十人ほどの在阪の活動家が固唾《かたず》を呑んで聴いている光景が目に浮かぶようだった。

しかし、望みも虚しく、いっとき共同戦線を張ろうとしていたアナ派とボル派はここにきて再び対立を深めだしていた。橋渡しに努め、これからの展開に期待もしていただけに、大杉の思いは複雑だった。

「スギさんには悪いけど、この結果は、僕としては大いに歓迎だな。おかげであなたと決定的に袂を分かたずに済んだ」

村木源次郎は、傷心の大杉の前でもまったく歯に衣着せなかった。

「知ってるでしょう？　アナ・ボル共闘には、僕は端から反対だったんだ。スギさんの選ぶことにはたいがい賛成してきたつもりだけど、唯一これだけは共鳴できなかったし、はっきり言って最悪だと思っていた。いくら清濁併《あわ》せ呑むと言っても、さすがにヘドロは飲めませんよ。同じ目的を遂げるためだからって、水と油が混じり合えるはずがないんだ」

言うだけのことを言った後は二度とそれについて語らないところも含め、村木はやはり村木だった。

大杉の体調は相変わらず今ひとつで、野枝は原稿を書くだけでなくほうぼうから頼まれるままに講演をし、自らも積極的に家計を支えた。

そんな中、六月には四女が生まれた。今度は大杉の発案で、〈ルイズ〉。フランスの女性革命家からもらった名前だ。本家本元のルイズ・ミッシェルは、パリ・コミューンの際には自ら銃を取って闘ったほど勇敢だったが、同時に道端の捨て犬や捨て猫をそのまま見過ごしにできないほど深い情愛の持ち主でもあったという。

「うちのルイズは、さて、どうなることかねえ」

それはだぁれもわからない、と悪戯っぽく節をつけて言うと、大杉はギョロ眼を瞠るようにして生まれたての幼子の顔を覗き込み、イッヒヒ、と笑った。

頬が削《そ》げている。以前ならしばらく療養すれば快復したのに、昨年肺病で死にかけたのがまだ尾を引いているのか、ちょっと体調を崩すとすぐに熱を出すのだった。

十月初め、一家は逗子の家を引き払い、東京・本郷駒込の労働運動社の二階へと転居した。ちょうど大杉の熱心に訳したファーブルの『昆虫記』が出版されるタイミングでもあったが、また風邪をこじらせて二十日も寝込んだ大杉の、しばらくじっくり執筆だけに向かいたいという希望を叶えるためというのが大きい。

いっぽうで野枝自身も、自分の仕事に集中したかった。ルイズを郷里の親たちに会わせてもやりたい。

一度今宿へ帰ってこようと思う、という野枝に、大杉は笑って賛成してくれた。

「忙しい時は、一緒にいないほうがうまくいくのかもしれないよ」

離れて暮らすことに不安はない。お互いがお互いの唯一であることはどちらもが知っている。ただ、自分の知らないところで彼の身に何かあることだけが嫌だ。

「お願いだから身辺に気をつけて下さいね。警察の検束をあんまり甘く見ないように」

「そうだな。まあ、か、覚悟だけはいつでもしておかないとね、お互いに」

本郷駒込への引っ越しを終えるなり、野枝は魔子を大杉に託し、エマとルイズを連れて今宿へ向かった。子どもたちの世話を手伝うために上京していた叔母のモトが一緒だったので道中の苦労はなかった。

一緒にいないほうがうまくいく、などと良人に言われたら、普通はもっと傷つくものなのだろうか。

懐かしい車窓の風景を眺めながら、野枝はひとり微笑した。

なんだったら半年くらい離れて暮らしたっていい。その間に、これまでできなかった勉強をして、小説も評論もどんどん書こう。大杉もきっと、いい仕事をすることだろう。

郷里の家には十月十五日に着いた。

エマとルイズの面倒を母親たちにすっかり任せ、大杉とは数日ごとに手紙をやり取りしながら、ひと月あまりが経ったある日のことだ。野枝は、玄関先にぬっと立っている村木源次郎を見て、思わず悲鳴をあげた。

「いや、大丈夫。スギさんはどうもしないよ」

安心させるように村木は言った。

「ただ、しばらく会えないことになると思って――その前に迎えに来ただけだ」

第十九章　行方不明

もう三度、死に損なっている。

最初は、名古屋陸軍地方幼年学校にいた時だ。同級生との喧嘩で頭や肩などを刺され、放校になった。二度目は、あの「日蔭茶屋」での事件。そして三度目が、昨年の入院だ。

当初は腸チフスかとも思われたが、肺結核の急性増悪ということで、一時は意識が混濁し、野枝は医者から「お報せになるところにはお報せになりましたか」とまで言われたらしい。

〈大杉栄氏は爾後《じご》の容態面白からず入院以来三十九度乃至《ないし》四十度一分の発熱と尿便失禁等があって重態に陥り……〉

後になって目を通した『読売新聞』にはそんな余計なことまで報じられ、『東京日日新聞』など早々に死人扱いで、早出し版には堺利彦や前の女房である堀保子のお悔やみ話が載っていた。

野枝は、大きく迫り出した臨月の腹を抱え、周囲から心配されながらも付き添い続けてくれた。三女のエマが生まれたのは、容態がようやく快方へ向かったほんの数日後だった。

熱に浮かされて朦朧《もうろう》としていた大杉には、その間の記憶がほとんどない。ただ、いくらか正気に戻った時、枕元の野枝と交わした会話だけは不思議とくっきり覚えている。

こんな重い病はこりごりだ、ふだん大威張りでいたものが今の自分には何も残っていない、これでもし助かったとしても頭が馬鹿にでもなったなら生きている甲斐がない……まるで譫言《うわごと》のようにこぼす大杉に、野枝は枕元から間近に顔を覗き込んで言ったのだった。

〈大丈夫よ。もしかあなたがそんなことにでもなったら、生き恥をさらさなくていいように、私がちゃんと殺してあげますよ〉

やさしい口のきき方をする女だ、と、まるで初めて知るかのように思った。見上げると、顔は笑っているのに、見ひらいた目から溢れて落ちてくるものがある。高熱を発している額に雨粒のように降りかかるそれが心地よく、大杉は自分もまた精いっぱいの笑顔を作って答えた。

〈そうだな。是非そうしてくれ〉

ここ数年、体力の衰えは感じている。年が明けてもまだ三十九だというのに、どうにも無理が利かない。やりたいこと、やらねばならぬことは山積みであるのに、精神の昂《こう》揚《よう》に肉体がついていかぬ時がある。それが歯痒い。

まだ死にたくはなかった。ふり返れば、愛人に喉を刺された後も、肺結核で重篤となった後も、医者が「今夜が峠」と言った危篤状態を切り抜けてから生を取り戻すまでの実感はそっくり同じだった。このまま死ぬのかと思う時は存外つまらぬものだが、生きられるかもしれないと思い始めてからが面白い。身体全体が、まるで出汁のきいた旨い料理でも掻き込むかのように、満ちてくる生の味を貪り舐《な》める。皮膚の内側に力が少しずつ溜まり、髪の先、爪の先までをじわじわと潤してゆく。毎日何かしらの能力が戻ってくる。痛みが遠のき、動かせなかった部分が動き、立ちあがり、歩き、昨日できなかったことが今日はできるようになってゆく。

あの感覚を思えば思うほど、大杉は、死の淵から引き返すことなくあっけなく逝ってしまった同志の命が惜しまれてならなかった。

今年の初め、久板卯之助が死んだ。同志のうちでも指折りの健脚で、清貧の志も相まってめったに電車にも乗らないことから、尾行たちの内輪では久板の担当は〈決死隊〉と呼ばれるほどだったが、本人にとってはその健脚への自信がかえって災いしたということだろうか。油絵に熱中していた久板は、天城山《あまぎさん》へスケッチ旅行へ行ったなり、絵の具箱を抱えて山中で凍死しているところを村人に発見されたのだ。茶店の老婆が、もう日も暮れることだし雪も積もっているからと止めると、「いや、僕は雪は大好きです」と言って出たそうだ。

キリスト然とした独特の風体と、懐に〈大杉栄〉の名刺が三枚入っていたことが新聞に載り、村木源次郎らが気づいて遺体を迎えに行った。ずいぶん老けて見える男だったが、じつはまだ四十五歳という若さだった。

村木と同じく彼もまたアナ・ボルの共同に反対していたせいか、互いの間にはだんだんと距離が生まれつつあったが、大杉は久板のことが人間として好きだった。転がり込んできた時、布団もないのかと尋ねたら、「いや、あるんです、これが僕の新発見なんです」などと言いながら、得意そうに風呂敷包みから薄い座布団三枚とどてらを取り出したのを覚えている。

――人は、死ぬ。

最初にこの道へと導いてくれた幸徳秋水は処刑され、親しく交わった渡辺政太郎は病に斃れ、長く同じ釜の飯を食った久板卯之助は山中に凍死した。

同志ばかりではない、弟妹もだ。日蔭茶屋での事件直後、十三下の妹・秋は目前に迫っていた結婚を破談にされ、自ら喉を突いた。さらについ先月、野枝がエマとルイズを連れて郷里へ発ったすぐ後に、大杉の五つ下の弟・伸《のぶる》が病死した。中国・漢口の三菱の支店に勤務していたが、奇《く》しくも兄と同じ肺結核の治療のために帰国する途中、上海の病院で死亡したのだ。看取《みと》った一番上の妹の春が、手紙で報せてきた。

人生何があるかわからない、などと人は軽く言ってくれるが、これがほんとうにわからない。自分だっていつひょっこり命を落とすやら知れたものではない。

――そうだ、人は死ぬ。

だから享楽的に生きるか。だから憂えて隠遁《いんとん》するか。それとも、だからこそ今この時を燃やし尽くすか。答えなど、とうに決まっている。あたりをはばかって自分の意見さえ口にできないような、口にすればたちまち弾圧を受けるような、そんな世の中であっていいはずがない。社会革命はどうでも果たさねばならぬ。国を覆してでも実現させねばならぬ。

ただし、革命への道に、自分自身や同志たちを従属させるのでは本末転倒だ。そうではなくて、革命への道と自分の生きる道とをできるだけ無理なく重ね合わせてゆくべきである、というのが大杉の考えだ。人の心の振れ幅は大きい。また、それでいい。感情だけでなく、思想も行動も、振れ幅をどんどん大きく広げてゆけばいい。いま目の前に立ちはだかる現実と闘いながらも、先への理想や希望は見失うことなく、いつか、支配からの自由を獲得してみせるのだ。

どのみち死ぬのなら、それまでにやれるだけのことはやってやる。無駄にする時間はない。

その横文字の封書は、十一月二十日の夕刻に届けられた。大杉が寝床に入って本を読んでいると、階下から村木が持って上がってきた手紙の束に一通、はらりと交じっていた。

差出人は、フランスの同志コロメル。名前や書いたものくらいは知っているが面識はなく、いったい突然何を言ってきたのだろうと訝《いぶか》しく思いながら、寝転んだまま封筒を明かりに透かしてみた。薄紙を四つ折りにした程度の手触りしかわからない。

勝手に中を検《あらた》められた様子はなかった。付箋が三、四枚貼ってあるのは、もともとの宛先が「Kamakura, Japon」という大雑把さで、それが逗子に回り、また東京へ回り、ようやく「労働運動社」へ届いたしるしだ。それだけあちこち迷いながら開封されずに済んだのは奇跡と言っていい。

開けてみると、タイプの文字でほんの十行ばかりが打ってある。ぶつぶつと読み進んだ大杉は、途中で思わず起き上がった。なんと、これは……来たる一九二三年の一月末から二月初めにかけて、ベルリンで国際アナキスト大会をやるので出てこないか、という誘いではないか。

国際大会、だと？　いつの間に。はっと思い当たって、昼に届いたばかりのイギリスのアナキスト新聞『Freedom』を広げると、そこにちょうど大会の開催に関する記事が載っていた。

階下に下り、勤め先の出版社から帰ってきたばかりの近藤憲二に話す。

「もちろん行くんでしょうね」

彼は興奮して身を乗り出した。

「そのつもりだ。しかし問題は、か、金だな」

「どのくらい要りますか」

「さあ、どうだろう。まあ千円もあればフランスまでは辿り着いて、滞在費も二、三カ月分くらいは残るんじゃないかと思うんだが」

「どこかで工面しないといけないな。その後はまた後のことだ」

じっと座っていられない様子の近藤が机の間を歩き回るのを、村木が例によって達観した苦笑いで眺めている。

「で、旅券はどうするんです？」

「要らんよ、そんなものは。ご、ごまかす工夫は研究してある」

するとと近藤は不敵に笑った。

「じゃあ決まりだ。となれば、まずは福岡に連絡しなくちゃ」

野枝はエマとルイズを連れて帰郷している。手紙をやり取りしている暇はない。村木が迎えに行ってくれることになった。


じつのところ、アナキストの国際同盟が組織されるのはこれが初めてではなかった。十五、六年前のアムステルダム大会でいったん創設が決まり、日本の同志たちも幸徳秋水を代表として名だけは加盟したことがある。

が、どの国においても、無政府主義者というのは個人主義者でもあり、小さな団体くらいは作ったとしても国全体あるいは国際的な組織に加わることは避けて通る傾向があって、せっかく創設されたその同盟もわずか一、二年の間には立ち消えになってしまっていた。それだけに、この九月、スイスで開かれた大会でコロメルらが発議したという新しい同盟の発足は、世界がロシア革命を目撃した今、いわば満を持しての決定であったのだ。

ベルリン行きの件がどこかから漏れて官憲の耳にでも入れば、日本脱出さえ叶わないだろう。大杉は翌日から尾行をまいて歩きまわり、事情は伏せたまま、あちこちの出版社に前借りができないか頼んでみた。が、総じてうまくいかない。当然だ。貸してくれるところからはすでに借りられる限りの、いやそれ以上の借金をしており、しかも約束の原稿はまだどこへも渡していないのだから。

記憶の底を洗い出すようにして、少しでもまとまった金を持っていそうな友人を思い浮かべる。大石七分、続木斉、しかし彼らからもすでにめいっぱい借りている。前に三百円をぽんと出してくれた後藤新平の顔も浮かぶには浮かんだが、今は東京市長となっているあの男がはたして二度までも俠気《おとこぎ》を発揮してくれるものかどうか、もし裏目に出たなら目も当てられない。

時間ばかりが無為に過ぎてゆく。招待状が着いてから幾日もたち、野枝がとりあえず乳飲み子のルイズだけを連れて帰ってきた後も、依然としてどこからも金策ができぬまほとほと疲れ果てた頃——大杉はふと、旧友の画家・有島生馬《いくま》のことを思い出した。

正確には、その兄のことをだ。

生馬の兄は作家の有島武郎《たけお》だ。だいぶ前だが何かの集まりでたまたま顔を合わせ、その後は昨年の夏に鎌倉からの汽車でばったり一緒になったことがある程度だが、知り合いと言えば知り合いだし、何しろ金を持っている。駄目でもともとばかりにさっそく電話をかけて事情を話すと、なんと有島は快諾してくれた。

　年は大杉より七つばかり上のはずだ。色白の端整な顔立ちに口髭、物言いは穏やかだが声はよく響く。西洋風の豪奢《ごうしゃ》な居間に大杉と村木を迎え入れた有島は言った。

「立場こそ違いますが、あなたがたの主義や運動には深く感銘を受けているんです。今後も、少しずつでも援助させてもらいたい」

　ありがたい申し出だった。

　この夏、有島は親から受け継いだ北海道の農場を小作人たちに解放し、話題になったばかりだった。聞けば、ロシアの無政府主義者クロポトキンへの傾倒は、大杉がその著作を翻訳するより前からのことだという。なるほど、実践的〈相互扶助論〉というわけか。

「きみのような人はね、大杉くん。積極的に日本の外へ出て、世界の情勢を見てくるべきです。こんなせせっこましい国でいたずらに内輪げんかをしているのではもったいない」

　まずはフランスまで、神戸から船で渡ったとして四十日はかかる。滞在費などと合わせていくらあれば足りるかと訊かれ、

「千円あれば結構」

強気で答えると、有島は微笑した。

「旅先で手持ちが少なくなるほど心細いことはないでしょう」

手渡されたのは千五百円という大金だった。感激しつつ、あるところにはあるものだと思った。

そうとなれば、次は旅券の算段だ。かねてから考えていたのは、中国の旅券を手に入れ、自ら中国人になりすまして渡欧するという博打《ばくち》のような方法だった。

博打といえども、勝ち目のない賭けでは意味がない。大杉は、芝の印刷所に勤めている同志・山鹿泰治のもとへ押しかけて相談した。彼はかつて満鉄の大連発電所にもいたし、上海では当地の無政府主義者による雑誌『民声』の発行に協力していた男だ。中国で秘密裡に動くなら、山鹿以上の適任はいない。

「わかりました」

ひととおり話を聞くと、山鹿は頷いた。

「これといって当てはありませんが、とにかく北京のエロさんを頼りに当たってみますよ」

エスペラント語を操る盲目のロシア詩人・エロシェンコとは、彼が日本にいた時から浅からぬ交流がある。昨年五月の第二回メーデーの前後に素晴らしい演説をぶちあげ、内務省を激怒させて国外追放となったエロシェンコは、今は北京大学で講師をしているはずで、同じく教授の周作人《しゅうさくじん》の家に厄介になっていると聞く。周作人は、かの魯迅《ろじん》の弟だ。伝手を辿って頼み込めば、偽の旅券取得にも何かしら道が開けるかもしれない。

山鹿は、他の誰にも告げずにすぐその晩の列車に飛び乗り、下関から釜山経由で奉天《ほうてん》へ向かった。考えるより先に行動、そのあたりは自分と似たり寄ったりだ、と大杉は可笑しく思った。

そうこうするうちに十二月に入る。労働運動社の運営資金は要るし、年の瀬とあって溜まっていた借金もさすがに返さなくてはならず、有島武郎が提供してくれた資金は出発を待たずして半分ほどに減ってしまった。

「うーん。ど、どうしたもんかね」

「どうしたもんかね、じゃないですよ、スギさん。あんたときたらいつもそうだ」

近藤が頭から湯気を立てる。

「そんなこと言ったってしょうがないじゃないの、どれも必要なお金だったんだから」

横から野枝がかばうように言う。「ねえ近藤さん、いっそ今からでも、高村さんのところへブロンズ像をもらいに行くのは駄目かしら」

「そんなの無理にきまってるだろう。こっちから断ったんだぞ」

同い年の二人が揉めているのは、前年の寒い季節に労働運動社を訪ねてきたある人物のことだ。応対したのは近藤で、留守にしていた大杉は後から話を聞いた。

袴をはいて古いインバネスをまとった男は、近藤が誰何《すいか》してもすぐには答えず、牛のようにぬうっと黙って立っていたかと思うと、やがて無表情のままぼそぼそと答えた。

〈ぼく、高村光太郎〉

そうして持ってきた風呂敷包みをほどき、机の上に手首から先をかたどったブロンズ像を置いた。小指を曲げて親指を少しそらした左手は、どこか仏像のそれを思わせた。

〈これをあなたたちにあげます。金に換えて使ってもいいですよ〉

近藤とてむろん、高村光太郎が何者であるかは知っていた。差し出されたそれが、おそらく値打ちのあるものだろうということも想像がつく。しかしいくら金になるからとはいえ、魂をこめて作られたものを、本当の値打ちがわかりもしない自分らがああそうですかと貰《もら》って売り払うわけにはいかない気がする。丁寧にそう説明して言った。

〈せっかくのご厚意ではありますが、お断りするのがいちばんいいと思います〉

高村は、遠慮するなとも言わず、かといって怒りもせずに、やはり無表情のまま黙ってブロンズ像を風呂敷に包み直し、のっそり帰っていったという。

「私がいる時だったら絶対ありがたく受け取っていたのに」野枝はまだ悔しそうだ。「先方だって最初っからその気でわざわざ持ってきて下さったんじゃないの。それもきっと、私たちの運動を後押ししようと思ってのことでしょう。断るなんて失礼だわ、人の好意はもっと素直に受け取るものよ」

二年近くも前の話を今朝のことのように蒸し返され、近藤がむっつりと黙り込む。

やがて思いきったように言った。

「金の件ですが……じつは一つだけ、どうかと思ってるところがあるんですがね」

「えっ」

と夫婦二人して声が揃う。

「ど、どこだね」

「話に乗ってくれるかどうか、とにかくスギさん、あなたも来なければ駄目だ」

向かった先は、神田駿河台の武藤三治の家だった。〈鬼武藤〉と異名を取る高利貸しだが、息子の重太郎はかつて親に隠れて日本社会主義同盟に加入しており、近藤は以前、そこで書記をしていた時に知り合ったのだという。

「こんなことは僕も嫌いですけど、背に腹はかえられませんからね」

いざ押しかけてみると、若主人はべつだん嫌な顔もしなかった。用途や事情について何も説明しなくとも、あっさり請け合った。

「よござんすよ。しかし、あんたがたに貸したなんてことになると、あたしも親父《おやじ》の手前どうにも具合が悪い。どうでしょう、証文も保証人も、出鱈目《でたらめ》な名前にしといちゃくれませんかね」

こちらに否やのあろうはずがない。千円借りられれば、どうやら旅費の穴埋めはできそうだ。

「言いだしちゃみたものの、まさか本当に出してくれるとは思いませんでしたよ」

駒込まで大事に抱えて帰った千円を腕組みして睨みながら、近藤は言った。

「スギさん、あんたって人はつくづく不思議な人だ。もうどうにもならんだろうってところまで追いつめられても、結局は誰かが手を貸す」

大杉は笑った。さすがにほっとしていた。

「まあ確かに、運は強いようだね。おかげで何度も命拾いしてる」

すると、

「いや、ナメてちゃいけませんよ」

釘《くぎ》を刺したのは村木だった。隅の机からこちらを見据え、笑わずに言った。

「あんたも、落語の『死神』を知ってるでしょう。命の蠟燭の長さは決まってるんだ」

旅立つと決まれば特段の準備など要らない。せいぜい小ぶりのスーツケース一つで事足りる。ただし出立の前に、正月号の雑誌に約束していた原稿と、同じく正月に出すはずの単行本とを書きあげてしまわなくてはならない。加えていちばんの頭痛の種は、尾行の監視をどう躱《かわ》すかという問題だった。

同じ尾行をまくにも、いなくなったことがすぐにばれてかまわない時と、数日は知られたくない場合とがある。今回はむろん後者だ。しかし大杉一家が今その二階を間借りしている労働運動社は何ぶん狭い家で、尾行たちは外の空き地に建つお稲荷さんの小屋から監視しているのだが、中などすぐに見通せる。話し声に耳を澄ませているだけでも、誰がいるかいないか大体わかってしまうだろう。

「上海の時みたいに、熱を出して伏せってることにするしかないんじゃないかな」

近藤が言い、大杉は頷いた。単純なようだが、人は単純な嘘にこそコロリと騙される。

「しかしあの時より、ずっと長く持ちこたえなきゃならんぞ」

「本当らしく見せないといけませんね。濡れた氷囊《ひょうのう》を二階の手すりに毎日干して、氷もまめに買いに行きましょう。いや、せっかくだ、尾行に買いにやらせるのがいい」

愉しそうな口ぶりの村木に、そりゃあいいや、と近藤が笑って、ふと言った。

「しかしスギさん、尾行を騙すのには反対だったんじゃないですか」

「何の話だ？」

「やだなあ、忘れたんですか？　僕が前に、尾行の刑事に煙草を買いに行かせておいて、その間に走って逃げた時ですよ。スギさん怒ったじゃないですか。『そいつは武士道に反する』って」

「はて、そうだったか」

「やれやれ、これだよ。ほら、久さんが、『そんならまず尾行をまいて、こっちの用を済ませた後で、戻ってから煙草を買いに行かせるってのとどう違うんですか』って訊いたら、『ばか言え、全然違う、これは精神の問題だ！』って」

「出た、精神」

と村木。

「うーん。まあ、こ、今回はしょうがない。大事の前の小事と言うじゃないか」

「またそんないいかげんな」

まるで危機感の乏しい男たちのやりとりに、

「ねえ、あの子には何て話すんです？」

細く澄んだ声が割って入った。

大杉がふり返ると、野枝は、ルイズに乳を含ませながら、階段の下で遊んでいる長女の魔子をちらりと目で示した。

「あの時はまだ四つでしたから、あれくらいのことで済みましたけどね。今回はそうもいかないでしょう」

一昨年の上海行きの際は、尾行たちもすぐに大杉の不在を疑ったようだ。外で遊ぶ魔子をつかまえて何度も問いただした。が、「パパさんいる？」と訊けば「うん」、「パパさんいないの？」と訊いても「うん」、業を煮やして「いないの？　いるの？」と訊けば「うん、うん」と二つ頷いて逃げてしまう。いやはや魔子ちゃんにはとてもかないませんよ、と嘆いていたという。

「あの子は利口な子です。大好きなパパがいなくなるのに、隠して騙したりするのはかわいそうじゃないかしら」

「それこそ、武士道に反するってかい？」

近藤が軽口を叩くが、野枝の一瞥にあい、首をすくめて黙る。

「パパがしばらく留守にすることはちゃんと話して、尾行の口車に乗らないようによーく言い聞かせてやればいいのじゃない？」

大杉も、魔子のほうを見やった。

たしかに彼女はパパっ子だ。野枝がエマやルイズを連れて今宿へ帰省する時も、自分だけは残ると言い張って、泣きもせずに母親を見送った。しかし、

「いや、それはどうかな」大杉は言った。「ど、どんなに利口でも、いや利口だからこそ安心はできないよ。利口というのはつまり、自分の頭で考えて動くってことだからね」

ひとあし先に上海入りした山鹿泰治からは、未《いま》だ色よい報せが来ない。エロシェンコに会い、北京大学の知り合いから伝手を辿って現地の国会議員を紹介してもらい、大杉の旅券を中国人〈王松寿〉名義で申請してもらうところまではこぎつけたのだが、何しろ政情が混沌としている真っ最中とあってなかなか埒《らち》があかないらしい。このまま日本で待っているだけでは、大会そのものに間に合わなくなる。見切り発車だが、とにかくこちらも行って山鹿と落ち合うことにした。

横浜から船に乗ることも考えたが、鎌倉や逗子に暮らしていたせいであのあたりの尾行刑事たちに面が割れていることを思えば、それは避けたほうがいいだろう。近藤とともに散歩を装って出かけ、途中で自動車をつかまえて尾行をまく。必要な荷物はあらかじめ和田久太郎に託しておき、変装した彼に東京駅まで届けてもらう。汽車で向かう先は神戸の港だ。幸い、大杉栄といえば髭面で通っている。汽車の中で口髭と顎鬚の両方とも剃《そ》り落としてしまえば、一見しただけでは誰にもわからないのではないか。

いよいよ師走の十一日、朝——大杉は、娘を手招きして膝にのせると言った。

「なあ、魔子。こ、このあいだは、お友だちのおうちに二つ泊まっただろう？」

「うん」

「つ、次の朝パパが迎えに行ったら、ご機嫌斜めだったろう？」

「うふふ、うん」

「こ、こんどは魔子の好きなだけ、いくつ泊まってきてもいいんだがね。さて、いくつ泊まろうか。二つ？　三つ？」

膝を揺らし、おかっぱ頭を撫でながら訊くと、魔子はにこにこと首をかしげた。

「おや、足りないかい。じゃあ、四つ？　五つ？」

やはりにこにこしながらかぶりを振り、

「もっと」

「もっと？　やれやれ、うちのお姫さまはずいぶん欲ばりだなあ」

大杉が驚いたふりをして言うと、魔子はくくくっと笑み崩れた。

「じゃあ、お望みを言ってごらんよ、いくつならいいの？」

彼女は、小さな掌《てのひら》にもう片方の指を三本きっちりと置いて言い切った。

「八つ」

「ほう。そんなに長い間？」

大杉は、魔子を抱き上げて自分のほうへ向かせると、頬ずりをし、耳もとにキスをした。衝きあげてくる愛おしさがきりきりと痛い。日蔭茶屋でのあの夜、喉に受けたナイフの切っ先よりも鋭いほどだ。

「よし。か、かまわないから、いくつでも泊まっておいで。でも、もし途中でいやになったら、いつでもいいから帰っておいで」

抱きしめた腕をほどいてやると、魔子は踊るように飛び跳ねながら村木と手をつなぎ、残った手をこちらへと振って出かけていった。二つばかり年下の女の子がいる同志の家に、しばらく預かってもらうことにしたのだった。

小さく華奢《きやしや》な背中を見送る。すぐそばで、ルイズを胸に抱いた野枝が、泣き笑いのような表情でこちらを見つめている。

欧州は遠い。一旦旅立ってしまえば、少なくとも数カ月は帰れない。無事に戻ってこられるかどうか、二度と会えない可能性だってありうる。

「スギさん、そろそろ」

近藤に促され、大杉はあぐらを解いた。

「じゃあ」

「ええ」

「行ってくるよ」

「気をつけて」

野枝が、目に力をこめて見上げてくる。大杉は頷き返し、ルイズの産毛におおわれた柔らかい頬を撫でた。

「お土産を楽しみにしておいで。山のように、か、買って帰るから」

手ぶらで外へ出る。近藤が影のように並んだ。

＊

またしても妊娠していることに野枝が気づいたのは、年が明けてしばらくたった頃だった。

大杉との間にこれまで生まれた子は四人全員が女だが、なんとなく、本当にただなんとなくとしか言えないのだが、今度の子は男ではないかという気がした。前夫・辻潤との息子たちを身ごもった時の感覚とどこか似ているように思えたのだ。

今、長女の魔子を溺愛している大杉は、もし男の子が生まれてきたならどんなふうに接するだろう。どんなふうに可愛がるだろう。そしてその子は、どのくらい父親に似てゆくだろう。

胸の裡から幸福と不安が一緒くたに湧き上がってきて息が苦しくなる。

〈どうせ、畳の上では死なれんとよ〉

今さらのように、自分の口にした言葉が思い起こされる。この子らが成長するまで、果たして無事で生き延びられるのだろうか。無事でいてやりたいと願ってしまうことは、革命の精神に反するのではないか――。
大正十二年（一九二三年）二月号の『労働運動』に、野枝は「行方不明」と題する原稿を寄せた。

十二月の中旬からしばらく風邪で寝ていた大杉が、いつの間にか抜け出した。押し詰ってから警視庁では大騒ぎをはじめた。
巷《ちまた》の噂では、上海でつかまって勾留されているだの、ロシアの申し出で北京にいるだの、はたまた警視庁から旅券と金をもらってドイツに渡り、マルク暴落をいいことに大名旅行だのと好き放題に言われているらしい。そうかと思えば新聞には、悠々自適、雪に埋もれた越後赤倉の温泉で著述に耽っているなどと書かれる。これがみんな本当だったら福徳の三年目だけれど……と面白おかしく綴った上で、最後をこう結んだ。

さてこの噂の御本尊はいったいどこにおさまっているか。何かしているか。ここに種をあかしたいのは山々だが、実はまだ本人から一回の通信もない。そこで、やがてはくるその通信を待って、来月号には、その行動を明らかにする事が出来ようと思う。

昨年の暮れから数えてこの五カ月ばかりの間に、大杉から送られてくる便りは多くなかった。野枝宛ての最初の一通など、出発からひと月以上たつまで届かなかったほどだ。うっかり出した手紙から足がついて官憲に居場所を覚られるわけにはいかない、そう理解していても、どれだけ心配だったか知れない。

日本を無事脱出した後は、上海に上陸。北京での旅券取得がどうしてもうまくいかなかった山鹿泰治と落ち合い、別の筋からようやく旅券を手に入れた大杉は、広東《カントン》生まれで訛《なま》りのきつい〈唐継〉なる中国人になりすまし、一月五日にフランスの汽船アンドレ・ルボン号でマルセイユへと出発した。山鹿はそれを見送ってから日本へ帰ってきたので、そこまでの経緯は彼から聞いた話だ。

マルセイユからは陸路でパリへ向かったわけだが、ドイツのベルリンで行われるはずだった例の国際アナキスト大会がずるずると日延べされてゆくのをよいことに、ちょうど在仏であった旧知の画家・林倭衛と合流し、郊外まで足を延ばしたりなどして遊びまわっている……というあたりが今のところいちばん新しい情報だった。

気に病む野枝に、近藤は自分宛てに送られてきた二通の絵はがきを見せてくれた。一通目には、

〈No news is good news.〉

とだけ書かれており、もう一通には小さな字で、

――いろんな奴に会ってみたが、理論家としては偉い奴は一人もいないね。その方

がかえっていいのかも知れないが。が、戦争中すっかり駄目になった運動が、今ようやく復活しかけているところで、その点はなかなか面白い。そして若いしっかりした闘士が労働者の中からどしどし出て来るようだ。この具合で進めば、共産党くらいは何のこともあるまい。共産党は分裂また分裂だ。

イタリアはファシストの黒シャツのために無政府党も共産党もすっかり姿をかくしてしまった。

ドイツはよほど、というよりはむしろ、今ヨーロッパで一番面白そうだ。そこでは無政府党と一番勢力のある労働組合とが、ほとんど一体のようになっている。そしてロシアから追い出された無政府主義の連中が大ぶ大勢かたまっている。

それだけのことがびっしりと書かれていた。

「はがき一枚に、西ヨーロッパの情勢を全部とはねえ」

目を眇めて読みながら、村木があきれる。

おまけに、近藤は慌てて隠そうとしたのだが、絵はがきの表側にはフランス女の姿が描かれており、そこにも大杉の字でこうあった。

――どうだい、これなら君の好きそうな女だろう。一晩十五円なら大喜びで応じてくれるよ。やって来ないか。

「……なるほどね」絵はがきを返しながら野枝は言った。「これも西ヨーロッパ情勢の一部ってことなのね」

そうこうするうちに、腹はだんだん目立ってくる。そのせいもあってか、大杉の〈行方不明〉について周囲から訊かれる機会は増えた。

「御主人からろくに便りもないのによく心配せずにいられますね」

そう言われるたび、野枝はひそかに反発を覚えた。

心配しないわけがあるだろうか。ただ、大杉は、どんな小さな計画を実行に移すときでも周到過ぎるほどの準備をする男だ。二十八年間という自分の半生をふり返っても、野枝は彼ほどの現実家を他に知らない。長らく音沙汰がなくても無事を信じていられるのはそのためだ。大杉がどのような計画を立て、失敗した場合どのような対処をするつもりか、それだけのことを知らされてさえいれば、もう充分だった。それでもなお予想外の不幸がふりかかるのなら、諦める以外にない。

ある新聞記者などは、わざわざ訪ねてきて言った。

「僕には、あなたがた夫婦が何やら気の毒に思えてならんのです」

「気の毒?」

驚いた野枝が理由を訊くと、記者は滔々《とうとう》と前のめりに続けた。

「人生、政治的な主義主張のみがすべてではないでしょう。大杉氏はあなたを愛し、お子さんたちを愛し、あなたもまた御主人を大切に想い、子どもたちも父親を慕っている。そうでしょう？　だからこそ、今また次のお子さんが生まれてこようとしているわけだ。違いますか」

「まあ、それはそうですわね。ええ」

「社会主義者だからといって、そういうあなたがたの生活が、我々の生活と別のものだとは思えません。しかし家庭がこうも不安定では、お子さんたちはもちろん、あなたがた夫婦も不幸なのではないですか」

「不幸」

「世のご婦人たちのように、安心して落ちつきたくはありませんか。僕には、大杉氏がかなりの無理をしているように見えるのです。女房子どもが可愛くては思いきったことなどできぬとばかりに、無理やり自分に無茶を強いて、家庭から離れようとしているようにしか見えんのですよ」

　答える気がしなかった。こうした男は取材ではなく、ただ自説を述べに来ているだけだ。こちらが何を話そうとまともに伝わるとは思えないし、前後の文脈を無視して取り出した一言を勝手に曲げて書かれたのではたまらない。

　反論のかわりに野枝は、『婦人公論』や『女性改造』といった婦人雑誌に載せる原稿を、真摯に、がむしゃらに書いた。かつて無学な女工たちを啓蒙しようなどと考えていた頃とはまるで違う。すべての女性たちに向けて、〈同志〉として伝えたい思いをひたむきに書き綴った。

たとえ善き夫・慈悲深き父親として平和な日常を送っていたとしても、ある日突然に想像もしなかった災いが降りかかってくることはいくらでもあり得る。あるいはまた、どんなに安定した家庭の中にじっとしていようと思っても、その安定が国の支配や統制によってもたらされるものでしかないのなら、結果として不安定きわまりない。権力者の気分次第でいつ取り上げられるかわからない幸福にしがみつくことに何の意味があるだろう。

大杉は、もともと女に優しい子煩悩な男だ。世間並み以上に家庭生活を愛し、それを心から愉しんでいる。女房の行く場所へはどこへでも面白がってついて来るし、自分が出歩く時には子どもを連れていって何から何まで世話を焼く。夕餉の仕度ともなれば喜んで薪を運び、飯が炊けるまでしゃがんで火の番をし、芋や大根の皮むきくらい率先して引き受ける。その間じゅう、夫婦二人して何やかやと喋り続けている。いくら話しても飽きることがない。これまで一緒に暮らしてきた歳月の中で野枝は、大杉に対して決定的な不満を持ったことが一度もないのだ。時々の喧嘩はほとんどすべて、自分の側のわがままが招く行き違いでしかないと言っていい。

それほどに満たされた夫婦生活、家庭生活を惜しむ気持ちは当然ある。野枝の側だけでなく、大杉にだってあるだろう。

しかしそれらはあくまで、お互いにとって充分な値打ちがあるというに過ぎず、社会にとっての充分ではない。一部の同志たちから、あまりにも家庭生活を享楽しすぎるといって非難されているのを知りながら、大杉が意にも介さず好きなように行動しているのは、いざという時には欠片《かけら》ほども未練を見せず、真の目的のために家庭の幸福を切り離すだけの覚悟があるからだ。その点、あの新聞記者は大きな考え違いをしている。

野枝は、はっきりと書いてのけた。

彼は本当に私共を愛して居《お》ります。どれほど思い切った態度で家庭を無視しているように見えても、決してそうではありません。彼は私共を愛するために、臆病にも卑怯にもなりはしません。しかし、慎重になり周到にはなります。……私の、彼の妻として、子供らの母としての、彼に対する信頼も、感謝も、あきらめも、ただその彼の態度にあります。他所目《よそめ》にはどれほど不安定な家庭らしく見えようとも、事実私共には決して不安定でもなく、私も大杉も子供達も、決して不幸ではないと私は信じています。……

同時にまた、彼はいつでも私を一人の同志として扱う事を忘れません。……私は、彼の妻としてよりも友人としても、より深い信頼を示された一同志として、彼の運動に際して、後顧《こうこ》の憂いをなからしめる事につとめなければならないのです。

無意識に腹に手をあてるなどしながら、文机に覆い被さるようにして書き進む時、浮かんでくるのはかつての友人たちの顔だった。辻潤のもとを出奔し、子どもを棄ててまで大杉に走ったあの頃、彼女たちが新聞や雑誌に発表した非難と忠告の数々。こちらの説明不足のせいでもあったろうが、当時最も親しく交わっていた野上弥生子ですら、大杉との恋愛を刹那の戯れに惑わされただけと決めつけ、走る火花のようなそんなつまらないものを一生の大事業に数えるつもりかと諭した。当時はその言葉を夢にも忘れることができず、思い浮かべるたび悔し涙がこみ上げたものだ。

しかし、年月は流れた。

今では、私にはこの言葉も何の感情をも煽りません。ただ私がこの年月の間に学んだ事は、「恋は、走る火花、とはいえないが、持続性を持っていない事はたしかだ」という事です。が、その恋に友情の実がむすべば、恋は常に生き返ります。実を結ばない空花《からばな》の恋は別です。実が結ばれれば恋は不朽です。不断の生命を持っております。その不朽の恋を得ることならば、私は一生の大事業の一つに数えてもいいと思います。……

私共の恋はずいぶん呪われました。が、空花ではありませんでした。大きな実を結びました。……

「ねえ、あなたの友達は馬鹿でなかった事が分って下すったでしょうね」私はいつかそういって友人の信用をもう一度とりかえせるようになったのです。そして、それはこのまる七年間一日もかわる事のなかった私のもう一人の、たった一人の友人であり、同志であった愛人の思慮深いたすけによるのだという事を、誇らして頂きます。

そうして書き綴っていると、すぐそばに大杉がいて、おいおい、いいかげんにしておけよ、と笑っているような気がした。体温や匂いさえ感じられるほどだった。

寂しいものだから、いつにも増してほうぼうへ手紙を書く。郷里の父親や、今はアメリカに住む大杉の末妹のあやめに宛てた手紙には、大杉は洋行中で今年じゅうどころか来年の春頃にならないと帰ってこないと思う、と書いた。

一年ほど先というのもただの目安だが、大杉のことだからせっかく苦労して遠くまで行った以上はゆっくり羽を伸ばし、フランスやドイツばかりでなくヨーロッパをあちこち回ってくるに違いない。なぜそれがわかるかといえば、もしこれが自分なら同じようにするだろうからだ。

――私どもも、噂ほど金持では決してありません。相変らずの貧乏ですけれど、それでも、とにかくまあたべるのに困るというような事はありませんからご安心下さい。私どもはどれだけ金がはいっても足りないのですし、主義として貯蓄するなどという事はできませんから月に千円はいろうと千五百円はいろうと、はいるだけは出す途《みち》をこしらえて行くのですから財産などというものはできっこはありません。しかし、今のところでは、とにかくあなたを心配おさせするほど貧乏ではありませんから何卒ご安心下さい。

大杉が帰国するまでの間は、この筆一本で経済を支えなくてはならないのだ。運動を進めながら家庭を守り、この夏に生まれてくる赤子もきっと無事に育ててあげなくては。日に日に重たくなる腹の底から、不安とともに、武者震いのような昂揚が湧き上がってくるのを感じた。

柔らかだった新緑もすっかり色を濃くした五月四日。

突然、新聞に大杉の消息を伝える記事が載った。

〈行方不明を伝えられた大杉栄　パリで逮捕さる〉

五月一日に行われたメーデー集会で登壇し、アジ演説で聴衆を煽ったかどで拘引されたのだという。

誤報か人違いであればいいのにと、同志の皆でどんなに願ったか知れない。フランスの法律がどのようなもので、未決監での待遇がどの程度なのか、こちらからはまったくわからない。日本国内ならどこであろうとすぐにでも駆けつけるが、今この瞬間、無事かどうかの手がかりさえ得られない。じっと座っていられないほど気が揉める。それなのに――。

野枝は、文机の上に置いた電報をため息まじりに手に取った。何回読んでも、同じ感想しか浮かんでこない。

魔子よ、魔子
パパは今
世界に名高い
パリの牢屋ラ・サンテに。

だが、魔子よ、心配するな
西洋料理の御馳走たべて
チョコレトなめて
葉巻スパスパソファの上に。

そしてこの
牢屋のおかげで
喜べ、魔子よ
パパはすぐ帰る。

おみやげどっさり、うんとこしょ
お菓子におべべにキスにキス
踊って待てよ
待てよ、魔子、魔子。

「いったいどうしたんだ、スギさん」

これを見せた時、近藤は困惑顔でつぶやいたものだ。

「無事なのはいいが、頭でもイカレたかね」

まったく同じ感想だった。あまりにも能天気、こちらは真剣に心配しているだけに腹も立つ。が、同時に、それでこそ大杉栄だとも思えるのだ。かすれたタイプライターの文字を指でなぞりながら、野枝は、これももう何度目かになる苦笑を漏らした。

彼がわざわざ魔子に宛てて送ってよこしたのは、このあいだ野枝がこちらの様子を報せたせいだろう。魔子は、村木が獄中の同志への差し入れに本を包んでいるのを見て、そばへ寄って遠慮がちに訊いたのだ。

「パパにはなんにも差し入れを送らないの？」

自分がよその家に泊まっている間にいなくなってしまった父親は、てっきりまた豊多摩あたりにいるのだと思っているらしい。

〈尾行たちから何を訊かれても黙っているか、他のことを言ってごまかしておいて、夜

になると私とだけそっとパパの噂をしています〉
そんなふうに書き送ったのが、大杉にはたまらなかったに違いない。愛娘《まなむすめ》へのこの文言を考えながら涙ぐんでさえいたかもしれない。
〈喜べ、魔子よ／パパはすぐ帰る〉
いったい、喜ぶのは魔子だけだとでも思っているのだろうか。文字をつまみ上げて思いきりつねってやりたくなる。気を取り直すと、野枝は、パリの林倭衛に宛てて手紙を書いた。

――リベルテールの方からもなんとか云って来てくれる事と思って、実は待っているのですが、何の沙汰もなし、新聞にもその後なんの通信もはいらないという事です。もちろん放還される事と思いますが、でも、何かの理由でしばらくでも牢にでも入れられる事も、ないとは云えません。事情がいくらか分るようでしたら、知らして下さいませんか。
それと、五月七日に正金銀行から二百円だけ電報為替でリベルテール社内エイ・オスギとして送りました。その金、本人の手に入っているかどうかを知らして頂きたいのです。……送ってよこす通信がまるで来ないので、金もなかなか送れません。捕まった時には多分無一文だったのではあるまいかと思っています。

リベルテールというのはパリでアナキスト同盟の機関誌を出版している会社で、その編集部のコロメルこそが大杉に招待状をよこした人物だった。

状況から判断するに、大杉の素性はすっかり当局にばれていると見て間違いなかろう。そもそも中国人〈唐継〉で押し通すことができていたなら逮捕の報せが日本にもたらされるわけがないのだし、当然、新聞に大杉栄と載るはずもない。

「旅券そのものが偽物とばれた以上は、フランスへの入国手続きそのものが無効にされるだろうな」

と村木は言った。

「つまり、どういうこと？」

「強制的に日本へ還《かえ》されるってことだ」

来年の春頃どころか、大杉の言うように〈すぐ帰る〉ことになるのだろうか。じきに暑くなる。パリの気候はどうだろう。せめて良人が牢獄で南京虫や蚊に悩まされることのないように、と野枝は祈った。新しいシーツを差し入れてやりたくても、今回ばかりは叶わない。

第二十章　愛国

夜が来ようとしている。西の空の一隅だけに夕映えの名残がわずかにあって、重たい雲がまるではみ出た腸のような色を保っている。

梅雨明けはまだだろうか。ひどく蒸し暑く、詰め襟の内側が汗に濡れる。

東京憲兵隊大尉・甘粕《あまかす》正彦は、上官の小泉六一《ろくいち》少将から直々に呼ばれ、屋敷へ向かって歩いていた。呼ばれているのが自分だけなのか、それとも誰か他に同席するのかはわからないが、〈内密の相談〉の中身についてはだいたい察しが付いている。このところ小泉は、警視庁の不手際や手ぬるさに対して苛立ちを隠さない。それも道理だ。最近の主義者どもの行動は目に余る。

甘粕は昨日の新聞を思い浮かべた。メーデーのあと三週間ばかりパリの牢獄にぶち込まれていた大杉栄が、マルセイユの港から強制送還となり、その船がいよいよ上海に入港したとの記事だった。

上海まで来れば、日本へはせいぜい三日。今夜呼ばれたきっかけも、おそらくはその件だろう。

物思いに耽りながら路地の角を折れる。

とたんに、白髪の老婦人とぶつかりそうになった。

「失敬」

「いえ」

老婦人は甘粕を見るなり慌てたように会釈し、顔を伏せて通り過ぎた。

鬢《びん》付《つ》け油の甘い香りに、ふと、上京して同居している母親が思われる。旧仙台藩士の娘であった母親は、昔は事ごとに厳しかったが今ではすっかり丸くなって、長男の耳に心地よいことしか言わない。

〈まずまず、正彦は分隊長さんさなったのが。偉ぐなったねえ。あ？　なしてそったらごど言うの、憲兵さんの何がいげねぁのよ。天皇陛下ばお守りする大事なお役目だもの、身体さ気をつげで、しっかりやんなさい〉

だが、憲兵は世間の鼻つまみ者だ。たいていの人間は、思想に疚しいことがあろうがなかろうが、この黒い襟を見ただけで話をやめ、そそくさと立ち去る。

ただし、大杉栄は別だ。日頃から憲兵や警察官を〈官憲の犬〉と愚弄して憚らない奴ならば、出くわしてもこちらを睨みつけるか、さもなくば見下したような嘲笑を浮かべるか。げんにこれまでも警察の尾行がさんざんな侮辱を受けている。

昨日の新聞記事に添えられた奴の顔は、相変わらず額の広さと眼の強さが異様に目立っていた。これまでも写真で見るたび糞忌々しく思ってきたが、幸か不幸か正面から対《たい》峙《じ》したことはまだない。このうえは是非とも、軍が鎮圧に出張るほどの暴動のさなかに出くわしたいものだ。そんな非常時であれば、ちょっとした間違いが起こったとしても不思議はなかろう。

端から気に食わなかった。単なる社会主義ならばまだ思想のひとつとして理解の余地もあろうが、無政府主義とはいったい何ごとか。人々の不安や不満につけ込み、手前勝手な理想のために国家の転覆を謀《はか》り、あまつさえ天皇陛下に牙を剝こうとするアナキストこそは、何をおいても真っ先に粛清すべき国賊どもではないのか。

その連中の親玉ともいうべき大杉が、我が物顔で外をのし歩いている——甘粕にはそれが許せなかった。どうしても許せなかった。

じつのところ、大杉とはいささかの縁がある。あちらは明治十八年（一八八五年）香川の生まれで、宮城出身の甘粕よりも六歳上だが、同じ名古屋の陸軍地方幼年学校に通っていた同窓の先輩にあたるのだ。ただし大杉はおそろしく喧嘩っ早く、三年生の時には同級生と決闘し、短刀で刺されるなどの騒ぎを起こして退学処分となっている。父親は日清・日露戦争にも従軍した軍人だと聞くが、息子はとんだ面汚しというわけだった。

いっぽう、後から入った甘粕は順調に卒業して陸軍士官学校へ進み、数え二十二歳で歩兵第五十一連隊附《づき》の初年兵教官となった。将官を目指す軍人にとって歩兵科はいわば出世街道であり、この道をまっしぐらに突き進むものと信じて疑わずにいた。それが——。

川沿いのゆるやかな坂道を上りながら、甘粕はわずかに顔をしかめた。雨が近いのかもしれない。膝の古傷がじくじくと痛む。

陸軍戸山学校にいた二十五歳の時、馬事訓練で、膝を大怪我する事故に遭った。ぶちっ、と響いたのは後から思えば靭帯《じんたい》がちぎれる音で、ほとんど同時に、ぐじゃ、と少し湿った音がしたのを覚えている。その一瞬を境にして将校への道は閉ざされた。

憲兵科への転科については、陸士時代の教官であった東條英機にも相談し、最終的に納得してのことではある。が、憲兵などしょせんは陸軍警察官に過ぎない。前途洋々たる従兄や弟と違って、戦地で功を上げることも叶わなければたいした出世も見込めない。周囲の手前、平静を保ってはいたが、憤死するかと思うほどの屈辱だった。

——寧為鶏口《むしろけいこうとなるも》、無為牛後《ぎゅうごとなるなかれ》。〈鯛の尾より鰯《いわし》の頭〉という。

いいだろう、と甘粕は誓った。憲兵の請け負う主な仕事に危険思想の監視が含まれるというなら、自らに一切の妥協を許さず、どこまでも厳しく取り締まり、不穏分子をあぶり出してやる。

日露戦争が終わって五年後の明治四十三年のことだ。天皇陛下の暗殺を企て、爆裂弾を製造した宮下太吉が逮捕された。

社会主義者の幸徳秋水ら十二名は、自分らはまるで無関係だ、身に覚えのない冤罪《えんざい》だなどと空とぼけたことを抜かしたが、問答無用できれいさっぱりと処刑された。

甘粕は、ここぞとばかり、愚かな主義者どもの取り締まりに全身全霊を傾けた。三十一歳で大尉に昇進し、千葉県市川の憲兵分隊長となり、今は東京の渋谷憲兵分隊の長を務めている。

母親に褒められるまでもなく、憲兵としては異例の立身出世と言っていい。身分や階級はもちろんのこと、何であれ人に見下されるのが甘粕は我慢ならなかった。

ついぞ伸びなかった身長は五尺、ともすれば女学生にも見おろされる。が、女と付き合ったことがないのは断じてそのせいではない。時間と精神の無駄だからだ。

大杉栄が女房以外にも二人の女と浮名を流し、はては刺されて生死の境をさまよっていると知った時は、死ねばいい、どうぞ死んでくれと心から願った。英語やフランス語ばかりかエスペラント語にイタリア語、ドイツ語やロシア語までも流暢《りゅうちょう》に操り、インテリを気取って口ばかりの理想をまくしたて、女と見れば誰彼かまわずくどき、知り合いの女房までも平気で寝取る。同じ男とも認めたくない。虫唾《むしず》が走るほど大杉が大嫌いだった。

どうやらその点は、あの正力松太郎も同様であるらしい。次なる警視総監とも目されている正力が、これまでどれだけ大杉に苦汁を飲まされてきたかは聞いている。例の「巡査殴打事件」に始まり、微罪を無理やりでっちあげてようやく起訴にまで持ち込んだものの、三カ月の収監が精いっぱいだったということもだ。

そして、例によっていともたやすく警察の尾行をまいた大杉は、まんまと日本を脱出し、上海からフランスへ渡った。

〈正力のとんまめ、いい面の皮だな〉

これから会う小泉が、あの時ばかりはそう皮肉って笑ったものだ。ふだんは口角を上げたこともない男の、やけに嬉しそうな高笑いが思い出される。

気持ちはわからぬでもないが、笑っている場合ではない。警察と張り合っている場合でもない。

船が着けば新聞記者どもはまた面白がって押しかけ、でかでかと記事にするだろう。ふだんは一般市民からも敬遠されている主義者だが、今回ばかりは別だ。警察の裏をかいた大杉は英雄のように祭り上げられるかもしれない。大正の国定忠治《くにさだちゅうじ》だ。

――どうしてくれようか。

覚えず、軍刀の柄をきつく握りしめる。

法の下に奴を檻に入れておくことは、おそらく現時点では難しい。かといってこのまま野放しにしておけば、洋行帰りの奴はますますいい気になって集会だ講演だと好き勝手を重ね、各地で人々を煽ろうとするに違いない。

一人ひとりに力はなくとも、集まれば馬鹿にできないことを甘粕は知っていた。米騒動がいい例だ。北陸のほんのひとにぎりの主婦らが発端となったあの騒動はまたたく間に全国に波及し、しまいには寺内内閣を退陣に追い込む事態となったのだ。

おまけに最近は朝鮮人の無政府主義者もじりじりと増えている。大杉の一味が奴らと結託したなら、この首府にどんな暴動が起こるかわからない。それこそ天皇陛下を弑《しい》しようとする不逞《ふてい》の輩が続出するやもしれない。

気がつくと、小泉邸の前を行き過ぎようとしていた。

慌てて引き返し、分厚い木の門の前で背筋を伸ばす。もうすっかり暗い。軍靴の下に、敷石と砂利のこすれる感触がある。

この期に及んでなお、正力率いる警視庁がどうにもできぬのならば、いよいよ軍が――いや、いざとなれば自分が……。

胃の腑《ふ》が引き攣れるような緊張と昂揚を抑え、呼び鈴を押す。

ほどなく、門が内側へと開いた。

＊

マルセイユを六月三日、上海を七月八日に出港した日本郵船・箱根丸は、七月十一日の午前十一時、ようやく神戸に入港するとのことだった。

臨月間近の腹を抱え、しばらく福岡の代準介宅に居候していた野枝は、前々日のうちに魔子を連れて神戸に入り、須磨《すま》の旅館に泊まっていた。

すると昨日になって、近くに住む同志の安谷寛一が大杉からの電報を届けに来た。

〈イトウニフネへ一〇〇エンモッテクルヨウイッテクレ〉

なんとまあ、簡単に言ってくれる。慌てて相談し、安谷と一緒に京都のパン店「進々堂」へ行って、続木斉夫人から金を借りてきた。

盆地の京都は蒸し暑い。身体は重くだるく、体調のせいかひどく気が塞ぐ。帰りの列車に揺られながら、野枝はぽつりと安谷にこぼした。

「ねえ、あなた平塚さんを知ってましたっけ」

「平塚？　というと、らいてうさんのことですか」

一つ年下の安谷は、以前から野枝を〈姉さん〉などと呼んで慕ってくれている。

「だいぶ前に遠くから見かけたことぐらいはありますけど」

「じゃあ、わからないかしらね」

「何がです？」

「さっき会ってきた続木さんの奥さんと、それはそっくりなのよ」

「ああ、なるほど。言われてみればちょっと似てますかね」

「ちょっとじゃないの、そっくりなの。上方弁のところは違うけど、喋り方とか仕草まで、ほんとうによく似ていらしたわ」

「へえ、そうなんですか」

安谷は話の行方がわからぬようで、不思議そうにこちらを見ている。

野枝は、車窓からぼんやりと外の景色を見やった。近づいたり離れたりする斜面に、鬱蒼《うっそう》と茂る緑が日にさらされて萎《しお》れている。座席の硬さが尻にこたえ、胸もとにはとめどなく汗が流れる。

「たくさんお友だちもあったのに……いつの間にか離れてしまったわね」

「え」

列車の音と蟬の声とで聞こえなかったらしい。そのほうがいい。野枝は、黙ってかぶりを振り、目をつぶった。

きっと、あんな原稿を書いたせいだ。

〈――ねえ、あなたの友達は馬鹿でなかった事が分って下すったでしょうね……〉

今回ばかりではない。友人がいなくとも少しも寂しく思わないと、以前もどこかに書いたことがある。あれはほんとうのことだ。

それでも時折、こうして感傷的になってしまう。あの頃の友人たちに今そばにいて欲しいというのではなく、ただ、きらめく時間が懐かしく思えるだけなのだが、わかっていても胸は絞られる。どうして時は、こうまで早く過ぎてゆくのだろう――。

翌日の昼、炎天に日傘を差して見守る中、船はゆっくりゆっくり接岸した。やがて甲板に姿を見せた大杉は、白い夏服の上下に、へんてこなヘルメットを自慢げにかぶり、案じていたよりはよほど元気そうな笑顔で報道陣の前に立った。

野枝が魔子を連れ、義弟の進と並んでせっかく出迎えたというのに、言葉を交わす間もなく大杉一人が林田署へ引致され、三時間以上も取り調べられる。すっかり待ちくたびれたものの、また罪をでっち上げられて勾留されるかと心配していたわりには何ごともなく済んで、夕方、安谷とともに宿へやってきた。ヘルメットはパリのメーデーの時にかぶったものだという。

「お帰りなさい」

やっと言える。

「おう、た、ただいま。久しぶりだね」

正しくは七カ月ぶりだ。こんなに長く離れていたことはない。

さっそくパパ、パパが帰ってきた、と飛びつく魔子を抱きあげる。

「こ、こんなに可愛いお姫様と、よくもまあ離れていられたもんだ。どうしてパリへ魔子も一緒に連れてこなかったのかと何度も思ったよ」

大杉は高らかに笑い、その顔を見ているうちに野枝もようやく雲の晴れてゆく思いがした。

翌日はさっそく朝八時の汽車に乗り、十二時間近くかけて東京駅に着いてみると、見物人まで含めれば七、八百人もの出迎えがひしめいているのに驚かされた。押し合いへし合いの歓呼に、大杉は手をふって応え、村木や近藤ら同志たちに出迎えの礼を言った。

「タクシーを待たせてありますよ」と近藤が言う。「ちなみに、ここに久さんの姿がないのにはちょっとしたわけがあるんです」

「会えば私と喧嘩になるからだわ」

野枝が言うと、近藤は笑った。

「それもあるけど、なんとあの人、湯治に行った那須温泉で初めて恋人ができたんですよ。まあ、詳しい話は後で」

皆でぎゅうぎゅうとタクシーに乗り込み、駒込の「労働運動社」まで帰りつくと、子どもたちを交えてサイダーで乾杯をした。

大杉のふかす香りの高い煙草に遠い異国を感じる。船の上で日に灼けたせいか前より健康そうに見える良人に、野枝は糊のきいた白地の浴衣を出してやり、自分も縞の浴衣に着替えた。

「おお、これこれ。く、寛ぐにはこれだよ。それに飯が旨いなあ、何を食っても旨い。やっぱり日本がいちばんだな」

「そこは、女房の飯がいちばんって言うところでしょう」

と笑って睨んでやる。

そろって二階の部屋で夕餉を囲んでいるうちに、押しかけた新聞記者たちが勝手に階段を上がってきては写真を撮り始めた。可愛らしい浴衣姿で父親にくっついている魔子も、身重の野枝が抱きかかえているルイズも、それぞれ目を丸くして写真機を凝視する。

記者らに訊かれるまま、大杉はフランスでのことをあれこれ話してやった。

「思想的にはそんなに進んでいるようには思わんが、スパイ政治は進んでいておっかないね。あと、向こうから送った原稿には、女につきまとわれて逃げ回っていたように書いているが、ありゃ嘘だ。ほんとうは、こ、こっちが追い回してばかりいた」

ラ・サンテにいる間に白葡萄酒《しろぶどうしゅ》を飲めるようになった、などと威張っているくせに、少しの麦酒《ビール》でもう顔が赤いのだった。

ようやっと解放された夜、子どもらを寝かしつけ、畳にのべた布団に気持ちよさそうに手脚を伸ばした大杉は、やはり日本がいい、というようなことをまたくり返した。

「あら。『こんな国はいやだ！』ってしょっちゅう言うくせに」

「それとこれとは違うんだな」

「どう違うの？」

「俺は、こ、これでも日本を愛しているんだよ。こんなに季節や風土の美しい国を他に知らない。飯は旨いし人も情け深い。例外はあるが、おおむね素晴らしい国だよ。だからこそ、我慢のならない国家を変えていきたいんだ。民を縛り付けるだけの支配者なんか要らない。き、きみも感じるだろう？　ここへきてやっと、皆が目覚め始めているって」

「わかるわ。いよいよだっていう気がする」

「そうさ、チャンスだよ。全国の労働者が、同志が、一致団結して本気で変えようとするなら、こ、この国は必ず変わる」

「本当にそう信じている？」

「もちろん。それを信じられないくらいなら、と、とっくに別の国へ行って暮らしてるさ」

「たしかにね」

野枝は、微笑みながら隣に横たわった。夏の夜気に包まれ、大杉の匂いを近くに感じる。懐かしく、慕わしい。

「でも……世界には、きっといろんな国があるんでしょうね。私も一度くらい、この目で見てみたいわ」

「見ればいいさ。いつか連れていってあげるよ」

「ほんとに？　えらそうなこと言って、持ってったお金は全部遣ってきたくせに」

「なぁに、必要になったらまたどこからでもかき集めればいいんだ」

笑った大杉が、ふいに黙り込んだ。

長々と嘆息して言った。

「そういえば、有島さんのことは上海からの船の上で知ったよ」

「……そうだったのね」野枝は呟いた。「いつ話すべきか迷っていたの。きっとびっくりするだろうと思って」

「ああ、そりゃ驚いたさ。弔電も打っておいたが、まったくえらいことをやったもんだ。そんな衝動的な人には、ち、ちっとも見えなかったがな」

今回の渡航費用を二つ返事で用立ててくれた有島武郎は、わずか五日前、軽井沢の別荘で、『婦人公論』の記者であり人妻である波多野秋子と心中しているところを発見された。遺書などによれば、実際にはひと月も前に二人揃って縊《いし》死したらしい。真夏のことだけに床や壁どころか屋外にまで蛆虫《うじむし》が——と、そんな酷《むご》い話まで漏れ伝わっていた。

「よく、死ぬよなあ」

大杉が、しみじみと独りごちる。

よく人が死ぬ、という意味にも、よくもまあ自殺などするものだというふうにも、どちらとも受け取れた。

何しろ先月末には同志・高尾平兵衛《へいべえ》が、反動の赤化防止団団長・米村嘉一郎を襲撃して逆に撃ち殺され、これまたほんの四日前にその葬儀が行われたばかりだ。去年の立会演説会で岩佐作太郎に日本刀で切りつけたのも、つい先頃の後藤新平宅襲撃も、同じく赤化防止団による犯行だった。

警察はいったい何をしているのだ、と野枝は思う。社会主義や無政府主義を唱える者を目の敵にしてくれるが、排外的な愛国主義者のほうがよほど過激ではないか。どうして平等に取り締まろうとしないのだ。お国にさえ楯突《たてつ》かなければいいのか。真剣に国家を憂う人間を問答無用で殺しにかかる奴らが愛国者か。

「有島さんもねえ……」野枝は言った。「せっかく農民たちに良いことをなさってたのに、こんな死に方はもったいないわね。それも、あんな女と」

「あんな女、とは?」

「波多野秋子ですよ。有島さんほどの小説を書かれる方が、どうしてよりによってあんなつまらない女に引っかかったのか」

「どうしてわかるんだね、つ、つまらないって」

「そんなの、遺される旦那さんに宛てた手紙を読んだらすぐにわかりますよ。自分に酔っぱらってるだけの大甘な文章。読むだけで虫歯になりそうだったわ。どうして男ってああいう女に弱いんだろう」

　腹立ちは本当だったのだが、大杉は苦笑した。

「まあまあ、亡くなった人の悪口をお言いでないよ。俺たちだって、いつ蛆にたかられることになるかわからんのだから」

　野枝は、暗がりで思わず眉根を寄せた。

「あなたが先は、いや」

「またそれかい。わかるもんか、そんなこと」

「そりゃそうでしょうけど……」

　こちらへ寝返りを打った大杉が、野枝の身体に腕を回してくる。

　体重をかけないようにそっと抱きかかえ、ふくらんだ腹を撫でながら、彼は言った。

「間に合ってよかった」

「生まれる前に？」

「ああ」

「逮捕されなかったら、ずっと向こうにいるつもりだったくせに」

「それを言うなよ」

と大杉が笑う。

「どうだろう、こ、今度はほんとに男の子かね」

「わからないけど、そんな気がするわ」

「もしそうだったら、名前はネストルだよ」

「わかってます」

ウクライナの革命家、〈無政府主義将軍〉と呼ばれたネストル・マフノ。大杉がいま最も傾倒しているのが、農民たちを率いて神出鬼没の転戦を続けていた彼だということは知っている。この旅でも、マフノに関する資料をしっかり買い込んできたようだ。

「ち、ちなみに、どうだい」大杉の黒々とした眼が覗き込んでくる。「もうこれ以上産むのはこりごりかい？」

「どうして？」

「俺は、したいからさ。き、きみと、もっともっとたくさん」

野枝は、ふきだした。

良人の胸に額を押しつけ、七カ月ぶりの甘え声を自分に許す。

「――私もよ」

久しぶりの帰国とあって、しばらくは来客が引きも切らなかった。

まずは横浜から弟の勇が、兄の無事な顔を確かめに来た。子どもらがはしゃぐのを見て勇は目尻を下げ、妹あやめの息子の宗一を、今は自分たち夫婦が預かっているのだと言った。結核を患ったあやめがアメリカ・ポートランドからまた一時帰国しており、姉の菊がいる静岡で入院療養しているためだ。

「魔子ちゃんは宗一と仲良しだったよね。一緒に住んでた頃、よく遊んだもんねえ」

勇に言われると、魔子は曖昧に首をかしげた。まだ小さかったせいではっきりとは覚えていないようだ。

「今度、横浜へも遊びにおいで。会ったらきっと思い出すよ」

魔子がこっくり頷く。

「やはり、いとこだからな。こうして見ると面差しがどこか似ている」

勇は目を細めた。

幾人もの同志が、入れ替わり立ち替わり現れた。中浜鉄や、岩佐作太郎も訪ねてきた。岩佐が労働運動社の二階へ上がってきた時、野枝は膝に大杉の頭をのせ、めっきり増えた白髪を抜いてやっているところだった。起き上がろうとする大杉を見た岩佐は、

「おいこら、大杉！　お前、幸福な奴だなあ！」

感に堪えないといった調子の大声で言い、嬉しそうに笑った。

来訪を待っているばかりではなく、こちらからも方々に挨拶に出かける。さらにまた七月末には銀座で帰国歓迎会が開かれ、五十名余りが集まった。

「ど、ドイツで開かれるはずだった、こ、こ、国際無政府主義大会が、つ、ついに実現

しないままだったのは、非常に残念だった」

挨拶を求められた大杉は、盛大に吃りながら言った。

「パリ生活、と言っても、ご、ご存じの通り三週間は、ご、獄屋で送ったし、残りのおおかたは、ち、地下鉄にばかり乗って闇から闇へと逃げ隠れしていたものでね。か、か、格別の土産話もない。惚気《のろけ》の種くらいは二、三持ち合わせているが、こっ今夜は、か、可愛い女房を同伴していることだし、遠慮しておきます」

野枝が隣でぶつ真似をすると、会場は沸いた。

「行ってみて良かったことは何かあるかね」

と、服部浜次が訊く。

「そうさなあ。西洋人が少しも、こっ、怖くなくなったことかね」

「えっ、きみでも怖かったのか」

横から有島生馬が冷やかし、大杉がイッヒヒと笑い、また座が沸く。

あとで大杉は、野枝とともにその生馬に近づくと、

「兄さんのことを話したり、き、聞いたりするのはいちばん嫌だろうね」

彼らしい言い方でお悔やみを述べ、強く手を握った。

連日の会合、挨拶回りや講演などのうちにも、腹はいよいよ大きくなってゆく。この子が生まれてきて、魔子と、ルイズと、さらに今は今宿に預けているエマも引き取らねばならず、となれば誰か手伝いも置かなくてはならない。どう考えても今の労働運動社

の二階では手狭だ。

何とかならないだろうかと友人の新聞記者・安成二郎に相談すると、さっそく貸家探しに付き合ってくれた。

おかげで、ほどなく淀橋町《よどばしちよう》柏木《かしわぎ》の高台に手頃な家を見つけることができた。下が三間、上が二間の二階家で家賃は月八十五円、少し高いが鉄道の新宿駅に近いのは捨てがたい。同番地には作家の内田魯庵《ろあん》宅があり、大久保百人町の安成の家とも歩いてほんの二、三分の距離だ。

念のために近藤の名前で申し込んだのだが、あとで家主に電話をしてみると、

「住むのは大杉さんでしょう。大杉さんならお貸ししますよ」

との返事だった。言われた当人は、

「ははあ、何しろ僕は人望があるようだよ」

などと素直に嬉しがっていた。

二階からの眺めの良い家だった。裏手に青桐《あおぎり》の木が茂り、表には庭石と何本かの植え込みがあり、それを見おろすように、すっかり茶色く枯れた大きな松の木がそのままに立っていた。

「これだけはどうにも頂けないなあ」

しきりに気にする安成に、野枝は笑って言った。

「枯れてもなお倒れずに残ってるなんて、いいじゃありませんか。そうありたいものだ

わ」

仕事も荷物もばたばたと片付け、八月に入ってすぐに引っ越した。

自宅へ挨拶に出向くと、太った身体を揺らしながら奥から現れた魯庵は、魔子の手を引いて玄関先に立つ大杉の姿を見たとたん丸眼鏡の奥で小さな目を瞠り、いささか間の抜けた調子で言った。

「なんと。いいお父さんになったものだねえ」

終章　終わらない夏

いま、赤ん坊の泣き声が聞こえた気がした。

耳を澄ませる。窓の外、ぴょおう、と風が吹く。

あの地震の日も、朝から強い風が吹いていた。遠くに居座るあらしのせいだった。うだるように暑く、せめてさっぱりとした酢の物でも食べさせようときゅうりを刻んでいたら、突然ぐらりと来たのだ。

野枝は、痛む乳房を白いワンピースの上からそっと押さえた。

「張るのか」

向かいの椅子に掛けた大杉が訊く。

「少し」

柏木の家に残してきたネストルは今ごろどうしているだろう。郷里から手伝いに来ている雪子やモトなど女手はあるにせよ、生まれてやっとひと月の幼子のことだ。やはり気がかりでならない。

壁際に、木製の書類棚が寄せてある。事務机と椅子、他には今座っている簡素な応接用の椅子とテーブルが置かれているだけの、いかにも素っ気ない部屋だ。しかし窓のガラスはよく磨かれ、板床には塵《ちり》一つなく、ここが規律の厳しい憲兵隊本部の建物であることを物語っている。

「あついよ」

と、宗一が訴える。

鶴見の勇のところから連れて帰る途中の甥っ子は、大杉の隣で退屈そうに脚をぶらぶらさせている。数えでまだやっと七つだというのに母親に似てか病弱で、今も少し顔色が悪い。

落ちついたらゆっくり医者に診てもらわなくては、と野枝は思った。焼け出された勇のところには他に着せるものがなく、間に合わせで女の子の浴衣を着せられていたのだが、違和感がない。こうして見ると、やはり魔子とよく似ている。

「あついよう」

「ほんと、だいぶ蒸すわね。ごめんね、宗坊。もうちょっとだと思うから我慢してちょうだい」

「……うん」

かわいそうに、巻き添えを食わせてしまった。預かる話になった時、大地震で焼け野原になった東京を見たいと言ったのは彼だけれども、連れてくるほうだってまさか今日の今日こんな面倒なことになろうとは思ってもいなかったのだ。

折しも巷では悪意ある噂が飛び交っている。地震と火事のどさくさに、朝鮮人たちが井戸に毒を投げ入れたとか、それと結託して主義者らが暴動を起こそうとしているとか、天皇陛下を弑するため爆弾を用意しているとか。どう考えてもただの流言蜚語《りゅうげんひご》だというのに、無辜《むこ》の人々が自警団などに狩られ殺されて、軍まで出張る騒ぎとなっている。身辺には気をつけるようにと、内田魯庵からもさんざん忠告されていた。

「労働運動社」の仲間たちなど、すでに片端から予防検束の名目で駒込署に連行され、近藤も和田も望月も中村も今なお留置されたままで、かろうじて釈放されたのは病身の村木源次郎ひとりだ。その他にも東京のあちこちで、六十名を超える主義者が検束されているという。

平時ならばまだしも、人々がこれだけ殺気立っている中で、警察や軍部が冷静だとはとても思えない。それこそ皆、端からズドンズドンとピストルで撃たれたとしても不思議はない。むしろ、事ここに至ってなぜ大杉ばかりが検束されずにいるのか、そのほうが不思議だった。最近はいくらかおとなしくしていたからか、いやもしかすると何か尻尾をつかもうとして泳がされているのかも……。

良人には言わなかったが秘《ひそ》かに気を揉んでいただけに、先ほどいきなり憲兵が現れた時には血の気が引いた。鶴見から帰ってきて、もうすぐそこは家というところで果物を買っていたら、急に目の前に立ち塞がり、同行を求められたのだ。

一人が乱暴に野枝の肘をつかんだが、それを制したのは丸眼鏡をかけたずいぶんと背の低い男だった。憲兵分隊長の甘粕大尉と名乗った。

「け、憲兵隊が、いったい何の用だ」

凄んだ大杉に、甘粕は言った。

「ちょっと来てくれればいいんだ。訊きたいことがあるのでね」

「行ってもいいが、いっぺん家へ、か、帰ってからにしてもらいたい。今戻ってきたところで、つ、疲れてるんだ」

「いや、いかん。今すぐだ」

「だ、だったら、せめて僕だけでいいだろう。女房や、こっ、子どもに用はないはずだ」

「駄目だ。みな一緒に来てもらう」

大杉が、ちらりと野枝を見た。どうする、と問うような目だ。

野枝は、頷いてみせた。どうでも連れて行くと言うのなら、無様に抗うのも癪《しやく》だ。

「よし、わかった」大杉は言った。「そんなら行こう」

甘粕が、満足げに唇をすぼめた。

「鴨志田《かもしだ》！」と部下に命じる。「女と子どもを乗せてこい。大杉、あんたは別のに乗ってもらう」

部下が乗ってきた黒い車に、宗一が促されて物珍しそうに乗り、野枝はその後から帽子のつばを押さえて乗り込んだ。大杉のほうは少し離れた淀橋署に停めてあった車に乗せられ、二台連なって麴町の東京憲兵隊本部へ向かう。途中の道は、建物がことごとく崩れたり焼けたりですっかり様相が変わっていた。

かつて幸徳秋水らがどうなったかを、頭の中から追い出すのは難しかった。野枝は、宗一を不安にさせまいと平静を装いながらも、身体を硬くして身構えていた。

が、この部屋へ通されてすぐ、親子丼が三つ出てきた。試しに果物ナイフを所望するとそれも聞き入れられ、おかげで先ほど買った梨を剝いて食べることもできた。大杉の好きな、甘くみずみずしい梨だった。

もう四年前になるのか、警察に検束された大杉や同志たちのもとへ、食料とともに桃を買って差し入れたのを思い出す。食事さえなかなか許されなかったあの時に比べれば、状況はまだましということだろうか。

「あのおじさんたち、どこへ行ったの」

再び宗一が口をひらく。甘粕と名乗った小男の大尉は、ここ一時間あまりの間にすっかり子どもを手懐《てなず》けていた。

「さあなあ。ずいぶん待たせるもんだ」

「これからここで、なにするの？」

「まったくだ。何をするんだろうな」

「はやくかえりたい」

苦笑いを漏らした大杉が、

「俺もだよ」

懐から煙草の箱を取り出して一本くわえる。吐いた煙が電球の笠《かさ》の下に溜まり、うっすらと渦をまく。

吸い終わる頃、足音が近づいてきてドアが開いた。甘粕から、森、と呼ばれていた男が告げる。

「大杉。来てもらおうか」

「あんたらに呼び捨てにされる覚えはないんだがな」

言いながらも、大杉は組んでいた脚を解いて立ちあがった。宗一の頭をよしよしと撫で、こちらを見て頷いてよこす。澄みきった目だ。野枝は、懸命に微笑んでみせた。

ドアが閉まり、廊下を足音が遠ざかってゆく。

不安を押し隠し、宗一としりとり遊びなどしながら、どれくらい待っただろうか。

やっとのことで再びドアが開き、しかし入ってきたのは甘粕一人だった。先ほどまでと、何やら様子が違っている。頬が紅潮し、額には汗が浮かび、興奮を無理やり抑え込んでいるかのように鼻息が荒い。

「さあ、坊や」わかりやすい猫撫で声で、甘粕は言った。「あっちの部屋でお菓子でも食べながら遊んでてくれるかい。おじさんは、この人とお話があるんだ」

宗一が野枝を見る。

「いいわよ。行ってらっしゃい」

「うん」

甘粕に連れられ、宗一が出てゆく。隣の部屋に入ったようだ。

すぐに戻ってきた小男を、野枝は、座ったまま見上げた。

「向こうのお話は、まだ済まないんですか」

「まあ、そう簡単にはいかん」

それが癖なのか、口髭に隠れた唇をすぼめる。

頓狂《とんきょう》な顔だ、と思った。丸い顔の中心に部品が集まっている。似顔絵が描きやすそうだ。

「いったい何を調べているんです？　私たちが何をしたって言うんですか」

「とぼけても無駄だ」

「なんですって？」

甘粕は、腕を後ろ手に組んで野枝の前に立った。

「貴様らは、この時を待っていたんだろう？」

「は？」

「大杉が帰国して以来、連日のようにあちこちの集会に顔を出していたのは調べが付いているんだ。そのたび尾行をまいて、可哀想に、責任を問われた巡査はくびになったと言うぞ」

「知ってますとも。大杉は大いに同情して、就職を世話するつもりだと言ってますわ」

「なんだと？　ほう、仲のいいことだな。最初からグルだったのか？」

野枝は眉をひそめた。

「どうしてそうなるんですか。向こうも仕事で見張っているのだし、こちらが迷惑をかけてしまったから償いをと言っているだけでしょ」

「はっ、律儀なことだな。そうまでして尾行をまいて、何をこそこそと集まって計画していた？　何にせよ、折良く起こった地震のおかげで東京は大混乱だ。こんな好機はないものな」

「だから、いったい何の話です」

「愚民どもが混乱すればするだけ、貴様ら主義者にとっては好都合というわけだ。おい、女。お前だってどうせ、この国が早く滅びてしまえばいいと思っているんだろう、ええ？　この淫売の国賊め」

思わず失笑が漏れた。

「失礼ですけど、それは見解の相違でしょうね」

「生意気な口をきくんじゃない。お前が爆弾を用意しているという報告も上がってきているんだぞ」

「私がですか？　爆弾を？　まあ怖い」

「やかましい！　俺を、いや、国家を愚弄する気か！」

野枝は、ため息をついた。

「愚弄しているのはあなたがたのほうでしょう」

「なんだと？」

「愚かしいといったらないわ。私たちをどこまでも厳しく取り締まって、涙どころか血の小便も出ないくらい絞り上げて、捕まえればろくに取り調べもせずに粛清する。そうすることで民衆に、逆らえばこうなるんだっていう恐怖を植え付けて何も言えなくさせているんだわ。ねえ、あなたがた、批判されるのがそんなに怖いの？　きっとそうなんでしょうね。見たところ、周りに置くのは絶対に楯突くことのない人間か、いざという時に二つ返事で動いてくれる脳みそのない兵隊ばかりのようだし」

「貴様……よくもべらべらと」

「ええ、この際ですから言わせてもらいますとも。私は黙らないわ、あなたの部下じゃないんですから、従う義理なんかありませんからね。とにかくはっきりしてることは、あなたたちは民衆の幸福なんか少しも考えてないってことよ。考えるのは、どうしたら自分たちの地位が脅かされずに済むか、どうしたら今より出世して弱い者から搾取できるか、ってことばかり。そうでしょう？」

甘粕が、冬眠しはぐれた熊のように低く唸る。間近に見ると、眼球の白目の部分が真《ま》っ赤《か》に染まっている。

「口のきき方に気をつけろよ。女だからといって、特別扱いはせんぞ」

「望むところですとも」

一歩も引くまいと甘粕を睨み上げる。丸っこい鼻孔がひくひくと動き、こめかみに憎々しげな青筋が立つのを見て、ザマアミロと思った。

「いいから大杉を返して下さい」

　甘粕は答えない。

「家で子どもたちが待ってるんです。生まれてすぐの赤ん坊もね。あなたがたの知りたいことなんか私たちは何も知らないし、今は何ひとつ企ててもいません。とにかく、早く家に帰らせて」

「貴様らのような頭のいかれた連中を『はいそうですか』と野に放つほど、この俺がお人好しに見えるのか」

　野枝は、再び長いため息をついた。お話にならない。

「あなたなんかと議論したくないわ」

「議論？」甘粕が嘲り笑う。「女のくせに、俺と議論だと？　これだから主義者は、」

「関係ないでしょう」

「無政府主義は、建国のおおもとを揺るがす国家反逆思想である！」

　甘粕は声を張りあげた。大杉がいつも言うところの〈お題目〉だ。思わず笑ってしまいそうになる。

「貴様らが今、この非常時につけこんで国家の転覆を謀ろうとしてるのはわかっておるんだ。そうはさせるか」

「ですからそれは、何かの誤解か悪意あるでっちあげです。だいたい、あなたの言うことは矛盾してますよ。ほんとうに私たちがこんな国なんかどうなろうと構わないと思っていたら、自分の命を危険にさらしてまで運動を続けようとするはずがないじゃありませんか。そうでしょ？　まったく、馬鹿も休み休み言って下さいな」

「なにをッ？」

「考えてますとも。天下国家じゃなく、民草《たみくさ》一人ひとりのことを。私たちはちゃんと自分の頭を使って考えているんです。ええ、あなたがた〈犬〉と違ってね」

顔の左側が爆《は》ぜた。

椅子から転がり落ち、うつぶせに床に倒れこんで初めて、頬を張られたのだと気づく。

「な……」

何をするのだと言うより先に、髪をわしづかみにされた。

「犬、と言ったか？」

ぐいと引き起こされ、悲鳴を上げたとたん、床に思いきり顔面を打ちつけられる。激烈な痛みだ。

「もういっぺん言ってみろ。誰が犬だと？　貴様か？」

引き起こされ、再び打ちつけられる。

「そうだろうな。這いつくばって床を舐めるのが好きなようだし」

三たびの衝撃。鼻骨の砕ける感触を耳が聞く。

どこかで子どもの泣き叫ぶ声がする。いや、また風だろうか。自分の呻き声が邪魔で、耳を澄ますこともできない。

後頭部をつかんでいる手が、ようやくゆるんで離れていった。立ちあがる気配がする。脈打つ痛みに意識が遠のく。必死にこらえて、まぶたをこじ開ける。細くかすんだ視界、顔のすぐ近くに甘粕の革靴がある。その靴の踵《かかと》にべっとりと、自分のものではない血液が付着しているのを見て、野枝は、覚った。

全身から力が抜け落ちる。

最後に見た、あの澄んだ目――彼の、眼。

革靴の向こう側、板床の彼方《かなた》でドアが開き、部下が一人入ってくるのがぼんやりと見える。振動が耳に響く。這ってでも逃げたいのに身体が動かない。いつのまにか子どもの泣き声もやんでいる。

（ああ、宗坊）

それだけは信じたくない、いくら憲兵でもあんな小さな子どもまで手にかけるはずが……。

近づいてきた靴が、すぐそばで止まった。蹴り転がすようにして仰向けにされると、天井からぶら下がる明かりが目に突き刺さる。太陽のような丸い明かりの中に、黒い頭が二つ。涙と血と逆光で、顔は見えない。

「会いたいかね、旦那に」

甘粕の声が降ってきた。

「会わせてやろう」

脇腹に靴先が食い込み、野枝は身をよじった。別の靴が顔を蹴る。胸を、腹を踏みつける。何度も、くり返し。肋《あばら》が折れ、内臓のどれかに刺さる。

ああ、死ぬのだ。

張りつめた乳房を踏みにじられたとたん、熱いものがほとばしり、服を内側から濡らした。腕をつかんで引き起こされ、背後からは太い腕が首に巻きつく。もがきながら鼻からわずかに吸い込む息に、血と乳の匂いが入り混じる。

締まってゆく。頭がぱんぱんに膨れあがる。だめだ。破裂する。

暗転の前の一瞬——子らの顔が浮かんだ。

＊

「マコよ」　ゲンニイ

マコよ、独りで泣くのはおよし、
僕も一緒に泣かしておくれ、
パパに、よく似た大きなお目に、
露を宿して歔欷《すすりな》く時は、
僕も一緒に泣かしておくれ、

パパと、ママと、が帰らぬ事を、
僕が寝床で話したおりも、
マコよ、お前は頷くばかり、
涙見せない可憐《いじら》しさまに、
僕は腸絶つ思い、

パパの、よく言った戯言《ざれごと》に、

俺が死んでも
ゲンニイ、居れば
マコは、安心、
大きくなる、と、
マコよ、今日から好いおじ様が、
パパの、代りにお前と遊ぶ、

マコよ、独りで泣くのはおよし、
小さいお胸に大きな悩み、
秘めて憂いの子にならぬよう、
僕も一緒に泣かしておくれ。

あれすらも、すでに昨年のことになるのか。雑誌『改造』十一月号に大杉栄追悼の特集が組まれた折、村木源次郎は、短い回想の文を寄せた。たった一枚しかない野枝の羽織を質に入れて作った金を、車夫の未亡人にあるだけ渡してしまった大杉の思い出だ。書きあげた後、ふと思い立って添えたのが、魔子に宛てた詩だった。手慰みのおまけのようでありながら、まるで自ら生爪をはぎ、その血で書きつけたような代物になってしまった。贈られた魔子自身は読んでいないだろう。読まなくていい。あんなものはただの自己満足に過ぎない。

村木の他にも、多くの同志や友人らが、あちこちの新聞・雑誌に追悼の文章を書いた。親しかった者、そんなに親しくはなかった者、褒める者、貶《けな》す者。中にはむろん、その人だけが知る故人の思い出をしみじみと綴った良い文章もあったが、官憲や世間の目が怖いのか、掌を返し、賢しらぶって批評する者たちもいた。

信じていた相手から今さら何を言われても、死んでしまっていては反論できない。大杉ならばただ黙って相手を見放すだけかもしれないが、野枝はきっと今ごろ地団駄を踏んで悔しがっているだろうと村木は思った。袂を分かってからも野枝が心の中で大切にしていた友人たちが、今になって彼女の本質を軽んずるような言葉を吐いていたからだ。

純粋で小娘のように可愛く、それでいて傲慢で利己的で無責任で……と生前の野枝を評した平塚らいてうは、一方で、彼女はついぞ思想というものを持たない人間だったというようなことを書いていた。野上弥生子に至っては、野枝のはただの社会主義かぶれでしかなく、百姓の妻が夫にくっついて畑に出るのと同じ程度のものに過ぎなかった、と綴った。もしも大杉が貴族か金持ちであったなら喜んで貴族や金持ちの生活をしたはずで、それほどに彼女は愛する人の世界に身を打ちはめていける人だった、ただそれだけの可愛くて単純な彼女にいったい何の罪があったというのだ、かわいそうでならない——。弁護する調子でありながら、村木はやはりそこに故人への軽侮を読み取らずにいられなかった。

　女たちの目にはそのように映るのか。たしかに野枝は、誰をも惹きつけるかわり、味方を敵に回すことも多い女だった。

　しかし今になって鮮やかに思いだされるのは、野枝がかつて語った故郷の〈組合〉の話だ。

　大杉が豊多摩監獄にいて不在の晩、同志の皆と囲炉裏を囲みながら、彼女は話してくれた。規約もなければ役員もいない、あるのは困った時は助け合うという精神のみ。集まりの際の金勘定も、葬式も、道から外れた者を諭すのも、どれもこれも皆でする。組合からつまはじきにされることへの恐怖心が抑止力となり、それ以前に基本的には各々が他へ迷惑をかけまいという良心に従って動くから、上からの命令や監督は必要ない。役場も警察もほとんど要らない。

　かつてはそうした村のあり方が監視のように思われて嫌だったという野枝は、あの時たしか近藤からだったか、今は違うのか、故郷へ帰りたいかと訊かれて、こう答えたのだ。

〈私は――自分が戻るよりも、あの組合を再現したいのかもしれないわ。この国の、いたるところで〉

　社会主義かぶれ、どころではない。野枝こそは、自分たち同志の誰よりも――もしかすると大杉よりも正確に、社会主義というものの本質を肌に染みこませていたのではないか。それがあまりにも自然に身体の中に在って、主義者たちが遣うような仰々しい語彙で彼女が語ろうとするとかえって浮いてしまうものだから、周囲はそれを〈かぶれているだけ〉と誤解したのではないか。

少なくとも村木の長年見てきた野枝は、愛する男の世界にただ付き従うだけの女ではなかった。もしもそうであったなら、そもそも社会的事件に関する意見の対立をきっかけに最初の夫から離れることもなかったはずだ。

息を、深く吸い込む。磯《いそ》の匂いが漂っている。横浜の貿易商の家に生まれた村木にとってはなつかしい匂いだ。真夏の昼下がり、素足を洗うさざなみが快い。

笛のような鳴き声が、頭上から長々と尾を引いて降ってくる。手をつないで波打ち際を歩いていた魔子が立ち止まった。

「みて、ゲンニイ。おおきなとんび」

眩しそうに片手をかざしながら言う。襟にきれいなレースのついたブラウスが、おかっぱ頭によく似合っている。こんな服装をしているのは、村では大杉の娘たちだけだろう。

村木も、空を見上げた。

「ほんとうだ。ずいぶん低いところを飛ぶんだな」

ぎろりと下を睨む鳥と目が合う。

「あのね。ここらの人が、あかんぼうをおぶってあるくでしょう」

「ああ」

「あかんぼうが、おまんじゅうか何か、にぎっているとするでしょう」

「うん」

「そうすると、とんびがね、きゅうにお空からすべるみたいにおりてきて、おまんじゅうをつかんでさらってゆくの」

「そりゃおっかないな」

「しかたがないわ。とんびだってどこかに子どもがいて、おなかをすかせてまっているのよ」

「ほう、なるほど。たぶん、一番大きい姉さんがいっとう食いしん坊なんだろうな」

からかってやると魔子が頬をふくらませ、

「そんなことないもの」

手をつないだままふり回す。少し元気な顔を見ることができて、村木はほっとした。

つい数日前の盆のさなか、魔子の末の弟のネストルは、初めての誕生日を迎えるやいなや死んだ。肺炎だった。

大杉と野枝が遺した子どもたち四人のうち、それぞれ三歳と二歳だった二代目エマとルイズはここ今宿の家に引き取られ、まだ首も据わらない唯一の男児ネストルは代準介の娘・千代子《ちよこ》が育てていた。ちょうど同じ頃に男児を産み、乳もよく出るので、双子を授かったつもりで育てるようにと代が言ったそうだ。葬儀の日、あまりに小さな棺を前に千代子はずっと泣き通しだった。

村木にしても、まさかこんな事情でまた今宿を訪れるとは思ってもみなかった。一昨年、フランスへ向かう大杉に頼まれて野枝を迎えにきた時は十一月も終わる頃で、海風が冷たかったが、目路《めじ》の限り続く松林の美しさに見とれた。入江の向こうに浮かぶずんぐりとした島を眺めていると、隣に立つ野枝が教えてくれた。

〈能古島っていうのよ〉

「のこのしま、っていうのよ」

魔子が言った。

「ママはね、あの島まで、スイスイおよいでわたれたんですって」

「まさか、嘘だろう?」

大げさに驚いてみせる。

「ほんとよ、おばあちゃんにきいたもの。村の男の子のだぁれもかなわなかったって言ってたわ」

〈おばあちゃん〉とは、どちらのことだろう。野枝の母親のムメだけでなく、父・亀吉の妹で大叔母にあたるキチのことも、魔子は〈おばあちゃん〉と呼ぶ。むろん、その夫の代準介は〈おじいちゃん〉だ。

四人きょうだいのうち長女の魔子だけは、代とキチ夫婦に引き取られた。これまで野枝が事あるごとに博多の代家に子どもらを預けてきた中で、とくに魔子は、今宿の祖父母よりも代夫婦のほうに懐いていたからだ。

事件から一年近くたとうとしているが、記憶はいまだ生々しい。ことに労働運動社に関わってきた面々の胸には、とうてい呑み込むことのできない昏い思いが渦巻いている。

大杉たち三人の死は、ともすれば闇から闇へ葬られるところだった。行方不明と知れたのでさえ、九月十八日にたまたま鶴見から勇夫妻が大杉家を訪問したおかげなのだ。留守宅では、大杉たちが帰ってこないのは勇のところに泊まっているからだと思いこんでいた。

不吉な予感から、急いで淀橋署に捜索願を出した。その日の新聞夕刊に第一報が載った。

〈大杉夫妻並に其の長女の三名を検束、自動車にて本部に連れ来り、麹町分隊に留置せり〉

其の長女、という誤解には、宗一が女の子の浴衣を着せられていたことも影響していたかもしれない。

しかし新聞記事を読んだ勇が毛布を持って麹町の憲兵隊へ面会に行き、子どもだけでも返してほしいと頼んでも、「そんな者は来ていない」と門前払いを食わされる。連れ去られたところばかりか憲兵隊本部に入るところを見た者さえいるのに、なぜしらを切らねばならないのか。いよいよおかしいということになった。

事件はやがて、淀橋署の刑事が、憲兵隊による大杉拉致の事実を警察署長に報告したところから発覚していった。淀橋警察署長は警視総監・湯浅倉平に報せ、湯浅は内務省警保局に報せ、事態は新内閣で再び内務大臣に就任した後藤新平の知るところとなった。後藤は驚き、戒厳司令官の福田雅太郎に報告をとりまとめるよう求めた。が、このとき福田から問い合わせを受けた憲兵司令官の小泉六一少将は、憲兵隊による連行を否定している。後藤はこの件を重大な人道問題であるとして山本権兵衛《ごんのひょうえ》首相をはじめ閣議に報告し、真相を追及するよう厳しく求めたのだ。

事ここに至って初めて、小泉憲兵司令官は、甘粕正彦大尉による犯行を白状した。部下の所業を賞賛するような口ぶりに、田中義一陸軍大臣は激昂し、小泉に謹慎を命じたという。

ようやく調査が始まったのが十九日。甘粕大尉らによる大杉栄ら三名全員の殺害が発覚し、軍部が遺体の下げ渡しに応じる姿勢を見せたのは、事件から一週間以上が過ぎた九月二十四日のことだった。それすらも、勇ら実弟たちと村木が協力し、弁護士ともども奔走し、そして何より政府や軍の要人ともつながりのある代準介が動かなければもっと遅くなっていただろう。

三つの遺体はそれぞれ裸に剝かれ、畳表にくるんで縛られ、憲兵隊本部構内の古井戸に投げ込まれて、その上を瓦礫《がれき》や藁や木片で埋められていた。厳しい残暑の中、瓦礫を取りのけて水から引き上げられる頃にはすでに腐乱が相当進んでおり、軍医による死因鑑定を経て下げ渡された寝棺の中にはぎっしりと防腐用の石灰が詰められてすさまじい臭気を放っていた。村木はデスマスクを取るつもりでいたが、ほんとうに本人であるかどうかすら判別のつかぬ状態では断念するしかない。そのまま軍用車で火葬場に運び、茶毘《だび》に付した上で遺骨を引き取った。

野枝の郷里今宿での葬儀は、月命日の十月十六日、全国の右翼団体などから脅迫状の舞い込む中、警察による警備のもと行われた。代準介によって、野枝が十四、五歳の頃に詠んだという歌も紹介された。

　死なばみな一切のことのがれ得て
　　いかによからんなどとふと云う

代もまた、弔句した。

　枝折れて根はなおのびん杉木立

遺児たちのうち幼い二人がわけもわからず焼香の真似事をし、きゃっきゃっと声をたてて笑うそばで、魔子だけが奥歯を嚙みしめている様子は、参列者たちの涙を誘った。

一方、東京での社会葬は、十二月十六日に上野の斎場で執り行われた。

そのまさに当日の朝、もうひとつの事件が起こった。弔問客を装った右翼の男たち三人が、隙を見て遺骨を奪い、ピストルを乱射しながら逃走を図ったのだ。和田と近藤が命がけで追いかけて一名を取り押さえ、他の連中もやがて逮捕されて数日後に遺骨は警視庁に無事戻されたものの、当日は三人の写真しか偲《しの》ぶよすがのない寂しすぎる葬儀となってしまった。

それでもなお、充分に盛大だったと言っていいだろう。労働団体や運動家たちを中心に約七百名が参列し、三十数名がかわるがわる弔辞を述べて死者を悼み、閉会してもしばらくの間は、激しい拍手や足踏みなどに合わせて歌われる革命歌が会場を揺るがせていた。

近しい仲間たちのたっての願いで、魔子だけは東京の葬儀にも参列していた。代準介がわざわざ警察の許可を取りつけ、手を引いて上京してくれたのだ。大勢の前に出ても怖じず、口を真一文字に結んで涙をこらえている魔子の姿に、同志らは男泣きに泣いたものだった。

子どもたちは、代の努力で、生まれて初めて戸籍を持った。目立たぬように、エマは「笑子」、ルイズは「留意子」、ネストルは父の名前をもらって「栄《えい》」と改名し、魔子は表記を変えて「眞子」となった。

しかし、近しかった同志たちは今も手紙などの中に、頑ななまでに「魔子」と書く。むろん、村木も同じ思いだ。大杉と野枝の初めての子であり、大杉自らが命名してあれほどまでに慈しんだ〈魔子〉は、断じて〈眞子〉ではない。百歩譲っても〈マコ〉でなければならない。

同時に、代の親心もわかるのだ。遺骨の埋葬を寺から拒否されるほどの〈国賊〉の遺児に対し、世間の風当たりはいよいよ冷たい。

震災とともに流布した流言蜚語により、社会主義者はこれまで以上に嫌われており、そのせいか主要な新聞までもが、いまだに誰の命令で動いたかさえ白状しない甘粕の肩を持つ。曰く、極めて謹厳な精神家で、酒も飲まず道楽も持たず、ふだんは無口で読書を好み、部下には慈愛に満ちた父親のごとく接し、また部下からも敬愛されていた――。もしやどこか上のほうから強い圧力でもかかっているのではと勘ぐりたくなるほどだ。

たとえそれが忌まわしきアナキストであろうとも、丸腰で無抵抗の夫婦を拉致して虐殺し、一緒にいただけのがんぜない子どもまで殺《あや》め、あまつさえ井戸に投げ込んで事の隠蔽を図ろうとしたのだ。本来は国家権力の暴走を見張るべき新聞が、軍人どもの極悪非道な行為を庇《かば》い立てできるという、その神経がまったくわからない。

国家や、軍や、新聞ばかりではない。民衆こそたいがい愚かだ。冷静に考えれば明らかに理屈の通らないことを鵜呑みにし、無責任に言いふらし、自分の頭はろくに使わず、声の大きな者や力の強い者の陰に隠れようとする。

彼らに物事を深く考えさせるなど端から無理なのかもしれない――底のない絶望とともに、村木は思った。可能であるとしても、そう悠長に待ってはいられない。待つだけの時間が、おそらくこの身体には残されていない。結局、テロルしかないのだ。力で黙らせようとしてくる奴らに思い知らせるには、力で対抗する以外に手立てはない。

かつて、原敬を狙おうとして失敗した。匕首《あいくち》やピストルまで懐に隠して付け狙いながら果たせなかった。どれだけ隙を窺おうとしても、固く警護されている人間を仕留めるのは至難の業だ。まず訪れることのない機会をひたすら待ち続けた末に、その実行が成功しようが失敗しようが結果は共通している。いずれにしても、たった一回きりで現世でのすべては終わるのだ。

国家の転覆とまでは言わないが、せめて復讐だけは果たさねばならない。そう決めて、和田久太郎や、ことテロルに関しては一日の長がある「ギロチン社」の古田大次郎とともに選んだ標的は、陸軍大将福田雅太郎、震災時の戒厳司令官だ。あのとき戒厳令さえ発令されていなければ、憲兵隊があのような浅ましい暴挙に走ることはなかったろうし、大杉も野枝もおそらくまだ生きて――

「ゲンニイ」

手を引かれ、我に返る。くらりと眩暈がする。踏みしめる砂の熱さとともに、磯の匂いが戻ってくる。

目を落とすと、魔子がこちらを見上げていた。

「……どうした」

「ゲンニイこそ、どうしたの？」

「何が」

「こわいおかお、してる」

村木は慌てて顔をごしごしこすってみせた。

「すまん、すまん。ちょっと考えごとしてただけだ」

「ときどきそういうおかおをするのね、ゲンニイは」

「そうかい？」

「ねえ」

「うん？」

「こんど、こわいおかおをしたくなったらね」

「うん」

「マコのこと、かんがえて。そうしたら、いつもみたいにやさしいおかおになるでしょう？」

胸を衝かれた。父親そっくりの瞠ったような目が、いかにも心配そうに村木を見上げてくる。

「それか、もうわすれちゃう？」

「え、何を」

「だから、マコのこと。もう、いっしょのおうちにいないから、わすれちゃう？」

笑おうとして、うまくいかなかった。

「……ばかだなあ」

しゃがみこみ、村木は同じ高さから魔子の目を覗き込んだ。

「何をばかなこと言ってるんだ。そんなわけ、あるか」

熱い砂に片膝をつく。まるで貴婦人の前で誓いを立てる騎士のようだと思いかけ、あながち間違いでないことに気づく。この姫君は、少しもわかっていないのだ。いったい自分が、どれほど大勢の同志たちにとって魂のよりどころとなっているか。まさに彼女のこの黒々としたまなざしを思い浮かべればこそ、命とひきかえのテロルを実行に移せる男がどれだけいるか。

波音が浜辺を洗う。トンビの笛が細く長く響く。

村木は、少女の柔らかな頰を両手ではさむようにして言い聞かせた。

「いいかい、これだけは覚えておいで。このゲンニイが魔子のことを忘れるなんて、世界がひっくり返ったって、空からお星様が全部落っこちてきたって、絶対にあるわけないんだ。そうだろう」

おかっぱ頭が、ためらいがちに頷く。細い腕が、小さな白い蛇のように首に巻きついてくる。襟元から、汗と石鹼の混じった清潔な匂いがした。

「ゲンニイ」

「うん?」

「また、あいにきてくれる?」

「ああ」

「きっとよ」

「もちろん」

この世の何より愛しい宝を抱きしめ、村木は、頬と頬を重ねて目を閉じた。

これが、最後だ。もう二度とここへは来られない。実行は来月、大杉らが殺された九月だ。それまで、用心に用心を重ねながら準備を整えなくてはならない。

ふいに、背後の松林を抜けて風が吹きつけてきた。村木は目を開けた。色のない水面にみるみるさざなみが立ち、打ち寄せる波音がわずかながら大きくなる。

今はこれほど穏やかな波も、あらしの日には激しく逆巻くのだそうだ。

遠い水平線を見やる。

まばたきをする一瞬、抜き手を切って荒波を泳ぎ越えてゆく少女の幻を見た気がした。

空が。

青い。

これほど青い空を、見たことがない。

その青が、なぜか、小さくて丸い。望遠鏡の筒を逆さから覗いたかのようだ。自分ひとりが一条《ひとすじ》のスポットライトを浴びているようで、周囲は真っ暗だ。深いふかい穴の底にいるらしい。

腕も、脚も、胴体までも頼りなくて、ぐにゃぐにゃする。痛みは感じない。痛みどころか、何も感じない。――なにも。

誰か。わたしはここにいる。

呼ぼうとして、気づいた。

彼が――

彼がすぐそばに、いる。

裸の全身に、歓喜がさざなみのように広がってゆく。

これでもう、失わなくていいのだ。与《あずか》り知らぬところでこのひとの命が奪われ、自分ひとり遺されて生きながらえる恐怖に、二度と怯えなくていい。追い求めるべき理想と、炉辺の幸福の間で板挟みになる必要もない。

あらしの時は去っていった。ここには風すら吹かない。この穴よりもなお深い、安堵。

ごく近くにもうひとつ、小さな存在がある。両腕を広げ、ふたりともを抱き寄せる。

涙の膜のせいだろうか、空が濡れたようにゆらゆらと揺れる。


ああ、そうだ。見たことなら、ある。

故郷の空だ。

波間に浮かんで見上げた、あの日の、遥《はる》かな空だ。

主要参考文献

『伊藤野枝全集　上・下』學藝書林
『伊藤野枝の手紙』大杉豊編・解説、土曜社
『新装版　自由それは私自身　評伝・伊藤野枝』井手文子、パンドラ
『ルイズ　父に貰いし名は』松下竜一、講談社文芸文庫
『伊藤野枝と代準介』矢野寛治、弦書房
『村に火をつけ、白痴になれ　伊藤野枝伝』栗原康、岩波書店
『飾らず、偽らず、欺かず　管野須賀子と伊藤野枝』田中伸尚、岩波書店
『美は乱調にあり』瀬戸内晴美、文藝春秋
『諧調は偽りなり　上・下』瀬戸内晴美、文藝春秋
『絶望の書・ですぺら　辻潤エッセイ選』講談社文芸文庫
『評伝　辻潤』玉川信明、三一書房
『風狂のひと　辻潤　尺八と宇宙の音とダダの海』高野澄、人文書館
『元始、女性は太陽であった　平塚らいてう自伝　上・下・続・完』大月書店
『『青鞜』の女たち』井手文子、海燕書房
『『青鞜』人物事典　110人の群像』らいてう研究会編著、大修館書店
『青鞜の女・尾竹紅吉伝』渡邊澄子、不二出版
『「青鞜」の火の娘　荒木郁子と九州ゆかりの女たち』中尾富枝、熊本日日新聞社
『自叙伝・日本脱出記』大杉栄、飛鳥井雅道校訂、岩波文庫

『獄中記』大杉栄、大杉豊解説、土曜社
『大杉栄評論集』飛鳥井雅道編、岩波文庫
『大杉栄全集　第12巻』秋山清他編、現代思潮社
『新編　大杉栄書簡集』大杉豊編、土曜社
『日録・大杉栄伝』大杉豊編著、社会評論社
『新編　大杉栄追想』大杉豊解説、土曜社
『断影　大杉栄』竹中労、ちくま文庫
『大杉栄伝　永遠のアナキズム』栗原康、夜光社
『大杉栄　日本で最も自由だった男』河出書房新社
「大杉と別れるまで」堀保子（「中央公論」一九一七年三月号）
『神近市子　神近市子自伝　人間の記録8』日本図書センター
『引かれものの唄　叢書『青鞜』の女たち　第8巻』神近市子、不二出版
『プロメテウス　神近市子とその周辺』杉山秀子、新樹社
『本郷菊富士ホテル』近藤富枝、中公文庫
『日影茶屋物語　しづ女覚書』三角しづ語り、福山棟一聞き書き、かまくら春秋社
『日本の近代をデザインした先駆者　生誕150周年記念　後藤新平展図録』東京市政調査会編、東京市政調査会
『後藤新平　大震災と帝都復興』越澤明、ちくま新書
『一無政府主義者の回想』近藤憲二、平凡社

『ニヒルとテロル　秋山清著作集　第3巻』ぱる出版
『甘粕正彦　乱心の曠野』佐野眞一、新潮社
『アナーキズム』浅羽通明、ちくま新書
『明治・大正・昭和　東京写真大集成』石黒敬章編・解説、新潮社
『写真集　大正の記憶　学習院大学所蔵写真』学習院大学史料館編、吉川弘文館

※引用に際しては、原則として原文の旧字体を新字体に、歴史的仮名遣いを現代仮名遣いに改め、送り仮名や句読点、ルビを一部補いました。

解説――「わたしが書かなければ、誰が……？」

上野千鶴子

すでに傑作と評判のある伊藤野枝《いとうのえ》伝があるところに、後から手を出す書き手はどんな蛮勇の持ち主だろうか？　伊藤野枝は辻潤《つじじゅん》や大杉栄《おおすぎさかえ》との「自由恋愛」の実践者、「青《せい》鞜《とう》」の平塚《ひらつか》らいてうの後継者でアナーキスト、そして関東大震災に際して憲兵、甘粕正彦《あまかすまさひこ》に大杉と共に弱冠二十八歳で虐殺された女性として世に知られている。そんな有名な女性の評伝を書こうとすれば、おのずと読者の評価もきびしくなるだろう……。

二〇二一年に九十九歳で物故した瀬戸《せと》内《うち》寂聴《じゃくちょう》さんには『美は乱調にあり』（一九六六年、文藝春秋→二〇一七年、岩波現代文庫）、『諧調は偽りなり』（一九八四年、文藝春秋→二〇一七年、岩波現代文庫〈上下〉）という伊藤野枝・大杉栄伝がある。生涯に四百冊以上の本を書いた瀬戸内さん自身が、自分のしごとで残るものがあるとしたら「青鞜」時代の女たちの評伝だろう、という。わけても伊藤野枝伝は、ご本人が深く入れ込んで書いたものだ。前作から次作まで十六年の間を置いて書き継いだ全三冊の評伝は、ご本人の執念を感じさせて迫力がある。伊藤野枝伝には、ほかに栗原康《くりはらやすし》という男性の書き手による『村に火をつけ、白痴になれ』（二〇一六年、岩波書店→二〇二〇年、岩波現代文庫）がある。

だが前作のふたつとも、小説というよりは、書き手の「私」が顔を出すノンフィクション仕立てになっている。瀬戸内さんは「憑依《ひょうい》する作家」といわれるが、それでもおのずと「私」が顔をのぞかせてしまう。歴史家として取材を重ねた自負もあるのだろう。栗原さんの著作は「私」満載、野枝にかこつけた全編、彼自身のアジテーションの趣《おもむ》きである。

ふたつの著作とも、野枝の生まれ故郷、福岡の今宿《いまじゅく》の海岸から始まる。瀬戸内さんの著作の冒頭はこうだ。

「博多行を思いたった時、私はただ、美しい生《いき》の松原のあるという今宿の海岸に立ってみたいというだけの軽い望みを抱いていたにすぎない。」

栗原さんはこう書く。

「さいきん、福岡の今宿というところにいってきた。伊藤野枝の故郷である。」

だが二作とも、今宿についての記述はここで終わる。今宿が面した博多の海の情景の描写はどちらにもほとんど出てこない。九州といえども福岡は日本海側に面している。対岸は朝鮮半島。本州とのあいだには玄界灘《げんかいなだ》。荒海である。冬には雪交じりの偏西風が、遮るものもない平地に、情け容赦もなく吹き付ける。温暖な南の国と思ったら大間違いだ。

村山由佳さんの『風よ　あらしよ』という表題は、今宿の風景をそのまま写し取ったものだ。もとの野枝の文章は「吹けよ　あれよ　風よ　あらしよ」である。烈風の吹きすさぶ日本海の海岸にすっくと立って、避けるどころか、もっと激しく「吹けよ　あれよ」と念じるひとりの若い女の姿が鮮明に浮かんでくる。

本書の冒頭はこうだ。

「空が。

青い。

これほど青い空を、見たことがない。」

「その青が、なぜか、小さくて丸い。望遠鏡の筒を逆さから覗《のぞ》いたかのようだ。（中略）周囲は真っ暗だ。深いふかい穴の底にいるらしい。」と続くので、野枝の生涯について知っている読者は、これが野枝が憲兵隊本部で虐殺された後、投げ込まれた井戸の底からの光景だとわかってくる。

そしてこう続く。

「誰か。わたしはここにいる。

呼ぼうとして、気づいた。

声が。

出ない。」

「声が出ない」のはもちろん、死者だからだ。「声を失った者」に声を与えるのが作家の役割だ。この冒頭のフレーズで、読者はいっきに村山由佳という書き手のスタンスに引きこまれる。野枝は今でも「声」を与えられていない、その「声」を語るのはほかならぬわたしだ、という強烈な自負へと。その自負がなければ、本書は生まれなかったにちがいない。

野枝の評伝の前二作を著者の村山さんは読んだにちがいない。歴史的人物の評伝を書く際には、まず事実を正確に収集しなければならない。伊藤野枝と大杉栄というふたりの登場人物は、あまたの著作を自分たち自身で残しているのみならず、周辺にいた多くのひとびとの証言がある。本書の末尾には膨大な参考文献目録がついているが、そのなかには瀬戸内さんと栗原さんの著作も含まれている。

この二作を読んだ後、村山さんは、「わたしにも書ける」、いや「わたしには書ける」と確信したにちがいない。伊藤野枝伝は、わたし以前には、まだ誰にも書かれていない、と。

「憑依する作家」瀬戸内さんを超えて、本書は、「小説　伊藤野枝伝」になっている。「憑依」の条件は、「私」を抑制して、徹底的に登場人物の視点によりそうことだ。だが歴史的人物の場合には、後から来た者は、その成り行きも視点人物が見なかった景色も、当時の社会的背景についても知っている。そういう場合、作者は、すべての登場人物から等距離をとる「神の目」に立つことになる。そうなれば「小説」は「大説」になってしまう。後から来た評伝作家は、視点人物が書かなかったこと、書き残さなかったことに入り込んでその人物に成り代わって想像力を働かせると同時に、その視点人物に見えなかったこと、知らなかったことをも作品に組み込まなければならない。そのミクロとマクロの危ういバランスを操縦しなければならないのだが、作者の村山さんはそれに成功しているだろうか？　成功したと、言いたい。なぜなら、読者にまるでその場に立ち合ったかのような気分を味わわせるからだ。

たとえば野枝と辻潤の最初の出会いはこうである。

「くすくすくす、とさざ波のように広がる笑い声にノエは目を上げた。黒板のほうを向き、白墨で自分の名前を書き付けている新任教師の後頭部に、ぴょこんと派手な寝癖がついているのだった。

全校生徒の出席する入学式で校長先生から紹介された時、へらりと椅子から立ちあがり、挨拶をして、へらりと腰を下ろしたのを覚えている。（中略）辻がこちらを見る。視線がかち合った。

ノエの目をまっすぐに見つめながら、辻は言った。

『では、教科書の一頁目。きみから読んでみましょうか』」

本書の魅力はいくつもある。

野枝の内面が活《い》きいきと描かれているだけでなく、他の登場人物たちの群像が魅力的に描かれていることだ。その秘密のひとつは、会話体にある。吃音《きつおん》で知られていた大杉の発言を吃音で表すのは、前二作にはなかったことである。

「翻訳はかなり、ご、御亭主が手伝っているというふうに聞きますけれどね。しかしそれでも、た、たいしたものですよ。まあ、あの御亭主のもとでじっとしていられなくなるのも時間の問題でしょう。かかか、か、賭けたっていい」

野枝の郷里でのやりとりは博多弁である。

「何がいかんかったとですか！　うちは、悪いこつばしとらん！　ひとつもしとらんもん！」

関西出身の尾竹紅吉《おたけべによし》は、関西弁でしゃべる。

「せやけど、どないかしてるのはあのひとのほうやもん。このごろはまるで手当たり次第やないの」

これまでの評伝にはなかった会話のリアリティに、読者はぎょっとする。

大杉と野枝の周辺にいた当時のアナーキストたち、というよりも世に刃向かい家族を捨てたほとんどテロリストのような村木源次郎《むらきげんじろう》や久板卯之助《ひさいたうのすけ》、渡辺政太郎《まさたろう》、近藤憲二などが個性豊かに描かれている。「青鞜」に集まった同人たちの群像も、それぞれのキャラが立ちあがる。その点では瀬戸内さんも人後に落ちない。『美は乱調にあり』の後編に当たる『諧調は偽りなり』では、日蔭《ひかげ》茶屋事件で世間から愛想尽かしをされた後も大杉のもとを離れなかった仲間の男たちの群像が、ていねいに描かれている。ために日蔭茶屋事件で終わった『美は乱調にあり』だけでは、複数恋愛の痴情ものだったかもしれない作品が、幸徳秋水《こうとくしゅうすい》の大逆事件以後、日本の反体制運動の首根っこを絞め殺した一連の動きの歴史劇になった。瀬戸内さんは、男を描くのがうまい。

本書のもうひとつの功績は、二〇〇一年になってから存在が明らかになった野枝の新資料を、きちんと組み込んでいることである。それは一九一八年、大杉の不当逮捕に抗議して、時の内務大臣、後藤新平に宛てた、巻紙で四メートルに及ぶ自筆の手紙である。あとから発見されたために全集には入っていないし、それ以前に書かれた瀬戸内さんの評伝にも、この書簡への言及はない。二〇一六年に書かれた栗原さんの評伝には、引用がある。森《もり》まゆみさんが全集からあらためて編んだ『伊藤野枝集』（二〇一九年、岩波文庫）には、全文収録されている。

奥州《おうしゅう》市立後藤新平記念館の収蔵物から発見され、二〇〇一年に公開されたこの書簡はこんな出だしから始まる。

「前おきは省きます

私は一無政府主義者です」

終わりはこうである。

「私の尾行巡査はあなたの門の前に震える、そしてあなたは私に会うのを恐れる。ちょっと皮肉ですね、

ねえ、私は今年二十四になったんですから　あなたの娘さんくらいの年でしょう？

でもあなたよりは私の方がずっと強味をもっています。そうして少くともその強味は或る場合にはあなたの体中の血を逆行さすくらいのことは出来ますよ、もっと手強いことだって——

あなたは一国の為政者でも私よりは弱い。」

この書簡が発見されたのは、後藤がこれを処分せず、保管していたからである。野枝の手紙が自筆の文字も文体も雄渾《ゆうこん》で人を動かす力があることは、それまでも知られていた。辻潤と運命の出会いをした上野高等女学校へ上京して通うことができたのも、叔父の代準介《だいじゅんすけ》へとせっせっと書き送った手紙の力強さに、隣人の文士、村上浪六《なみろく》が目をとめたおかげであった。野枝が後藤に手紙を書く以前に、大杉は後藤のもとへ金の無心に行って三百円という当時にしては大金をせしめている。その一部は妻の保子《やすこ》に渡り、さらに一部は野枝の着物になった。この金のゆくえが神近市子《かみちかいちこ》の怒りの引き金にもなった。

これには後日談がある。「私の名を御記憶下さい。」とあるとおり、後藤は大杉と野枝の名前を記憶していた。関東大震災のあと、憲兵に拘束されたり殺されたりした主義者や朝鮮人があまたあるなかで、唯一犯人が逮捕され、有罪の判決を受けたのは、甘粕大尉が関係したこの事件のみであるという。大杉らが拉致されたことを淀橋《よどばし》警察署長が警視総監に報告し、さらに内務省警保局に伝わり、新内閣の内務大臣、後藤新平の知るところとなった。後藤は山本権兵衛《ごんべえ》を首相とする閣議に報告し、甘粕逮捕に至ったのだ。その後、甘粕は有罪判決を受けて服役した。

これを教えてもらったのは、近代軍事史の専門家、加藤陽子《かとうようこ》さんからである。二〇二三年一月二日に放映されたNHK Eテレの正月特番「100分 de フェミニズム」の特集で、あろうことか、加藤さんは「名著」として森まゆみ編の『伊藤野枝集』を指定した。緻密で格調高い文章を書くことでファンのいる加藤さんが、いささか雑駁《ざっぱく》で素人くさい文章を書く伊藤野枝を「名著」に選ぶとは。だが、野枝の肉声が響いてくるような書簡や日記からは、「女として」野枝が生きなければならなかった不条理や抑圧が生々しくたちあがってくる。そして歴史とはこういう生きた個人のひとりひとりがつくりだすものだということを、加藤さんはよく知っているにちがいない。

ところで伊藤野枝を日本近代史のヒロインにしたのは何だろうか？　華々しい恋愛だろうか、それともむごたらしい非業の死だろうか？

近代史のなかでわたしたちが覚えている女の名は、管野《かんの》スガ、金子文子《かねこふみこ》、伊藤野枝。管野は大逆事件で幸徳秋水らと共に刑死した。金子は終身刑の判決を受けた後、獄内で自殺した。伊藤は虐殺された。もし伊藤が長命であったなら、わたしたちは彼女をヒロインとして扱っただろうか？

評伝作家には当然、主人公に対する思い入れがある。同一化といってもよい。同一化は憑依の条件である。瀬戸内さんの野枝に対する思い入れは、「恋と革命」、とりわけ幼い子どもを捨てて婚外の恋愛に走った野枝に対する共感だろう。そこに瀬戸内さんは自分の人生を重ねたにちがいない。いずれの評伝にも共通するクライマックスのひとつは、有名なスキャンダル、大杉がもうひとりの愛人、神近市子に刺された日蔭茶屋事件であろう。瀬戸内さんの『美は乱調にあり』は、凶行の現場で終わっている。

「刺す以外には――今なら刺せる。

短刀を持った右手は鉄のように重かった。（中略）市子は葉が落ちるように全身で石の首の真上へ刃ごと、ゆっくり落ちていった。」

続編の『諧調は偽りなり』がなければ、瀬戸内さんの野枝伝は情痴小説のひとつに終わっていただろう。

栗原さんの『村に火をつけ、白痴になれ』はこうである。

「市子はもう情けないやらなんやらで、どうしようもない気持ちになってしまった。くやしい。この気持ちを払しょくするためには、セックスしかない。そうおもって夜中、大杉のふとんにもぐりこんでみたが、大杉に『なにをやっているんです、あなたはもう他人ですよ』といわれて、拒絶されてしまった。ああ、もうダメだ。ヤッチマエ。深夜三時、市子は刃渡り一五センチほどの短刀をにぎりしめ、大杉の喉元をつきさした。ギャー!!!」

作家の文章とは大違いである。ちなみに栗原さんは野枝の生き方を、「もはやジェンダーはない、あるのはセックスそれだけだ。」という。つまり欲望を全開にして生きる野生の女と。だが、「自由恋愛」を標榜《ひょうぼう》した大杉に対しても、栗原さんは同じように、

「もはやジェンダーはない、あるのはセックスそれだけだ。」というだろうか？

栗原さんの評伝を読んで村山さんは伊藤野枝伝を書く気持ちになったと聞くが、その中には「わたしが、書く」「わたしが書かなければ、誰が……？」という自負があったに違いないのだ。

これら前作に対して、村山さんの本書における事件の叙述はきわめてあっさりしたものである。

「大杉はふと、喉のあたりに灼けるような塊を感じて目を開けた。

やられた、とわかった。」

殺そうとした女の内面の記述はない。だがそこに至るまでの別れ話をやりとりする長い男女の会話のなかに、男と女の齟齬《そご》とすれちがいがリアルに再現される。あたかも傍《そば》で聞き耳を立てていたかのように。作家の想像力の勝利である。


どんな評伝も作家の身の丈を超えることはない。「憑依する作家」といえども、作家が自分自身を超えることはできないのだ。だが「他人になる」ことを通じて、作家はもはやそこにはいない人々を生き返らせ、わたしたちの人生に引きこむことができる。本書には知らず知らずのうちに、村山さんのこれまでの人生経験が滲《にじ》み出ていることだろう。瀬戸内さんの作品を通じて、わたしは野枝だけでなく、大杉や村木を身近にいる友人のように感じた。村山さんの作品を通じて、わたしは野枝の目を通して、野枝の生きた時代と情熱を味わった。野枝のようなひとが身近にいたら？……ほんとうを言うとお友だちにはなりたくない（笑）。だが、彼女が時代のヒロインになるとき、わたしたちもまた自分の生き方を励まされるのだ。

本書は確実に、村山さんの代表作のひとつになるだろう。

（うえの・ちづこ　社会学者）

第五十五回吉川英治文学賞受賞作

本書は、二〇二〇年九月、集英社より刊行された『風よ　あらしよ』を文庫化にあたり、上下二巻として再編集しました。

初出　『小説すばる』二〇一八年七月号〜二〇二〇年二月号

本作品は史実をもとにしたフィクションです。

本文デザイン／アルビレオ

村山由佳の本

放蕩記

愛したいのに愛せない——38歳、小説家の夏帆は、母親への畏怖と反発から逃れられずに生きてきた。大人になり母娘関係を見直すうち、衝撃の事実が。共感と感動の自伝的小説。

村山由佳の本

La Vie en Rose　ラヴィアンローズ

歪んだ愛を振りかざす夫に疑問を持ちながらも、咲季子は自分の幸せを信じていた。あの日、年下のデザイナー・堂本と出逢うまでは……。新境地を拓く、衝撃の長編サスペンス！

村山由佳の本

おいしいコーヒーのいれ方 Ⅰ～Ⅹ

彼女を守りたい。誰にも渡したくない——。高校3年になる春、年上のいとこのかれんと同居することになった勝利。彼女の秘密を知り、強く惹かれていくが……。切ない恋の行方は。

おいしいコーヒーのいれ方

Second Season Ⅰ～Ⅸ、アナザーストーリー

鴨川に暮らすかれんとなかなか会えず、悶々とした日々を送る勝利。想い合う気持ちは変わらないが、大人になるにつれて、ふたりをとりまく環境が少しずつ変化していき……。

集英社文庫

村山由佳の本

BAD KIDS

年上の写真家との関係に苦しむ都。同性の親友に密かな恋心を抱き、葛藤する隆之。傷ついた心をいたわり合うふたりは……。等身大の18歳を瑞々しく描き出す、永遠の青春小説。

海を抱く BAD KIDS

超高校級サーファーの光秀と、校内随一の優等生・恵理。正反対のふたりは、ある出来事をきっかけに体だけの関係を持つようになり……。ままならない18歳の心と体。青春小説の決定版。

集英社文庫

風《かぜ》よ　あらしよ　下《げ》

2023年4月25日　第1刷　　定価はカバーに表示してあります。

著　者　村山由佳《むらやまゆか》

発行者　樋口尚也

発行所　株式会社　集英社
東京都千代田区一ツ橋2-5-10　〒101-8050
電話【編集部】03-3230-6095
【読者係】03-3230-6080
【販売部】03-3230-6393(書店専用)

印　刷　凸版印刷株式会社

製　本　凸版印刷株式会社

フォーマットデザイン　アリヤマデザインストア　　マークデザイン　居山浩二

ISBN978-4-08-744508-4 C0193